Jacob's Room

吴尔夫
作品集

雅各的房间

[英] 弗吉尼亚·吴尔夫　著
蒲　隆　译

人民文学出版社

Virginia Woolf
JACOB'S ROOM

图书在版编目（CIP）数据

雅各的房间/（英）弗吉尼亚·吴尔夫著；蒲隆译. —北京：人民
文学出版社，2022
（吴尔夫作品集）
ISBN 978-7-02-014916-2

Ⅰ.①雅… Ⅱ.①弗… ②蒲… Ⅲ.①长篇小说—英国—现代 Ⅳ.①I561.45

中国版本图书馆 CIP 数据核字（2019）第 016008 号

责任编辑　马爱农
装帧设计　李思安
责任印制　王重艺

出版发行　人民文学出版社
社　　址　北京市朝内大街 166 号
邮政编码　100705

印　　刷　河北鹏润印刷有限公司
经　　销　全国新华书店等

字　　数　229 千字
开　　本　880 毫米×1230 毫米　1/32
印　　张　10.375　插页 3
印　　数　1—3000
版　　次　2003 年 4 月北京第 1 版
印　　次　2022 年 1 月第 1 次印刷

书　　号　978-7-02-014916-2
定　　价　69.00 元

如有印装质量问题,请与本社图书销售中心调换。电话:010-65233595

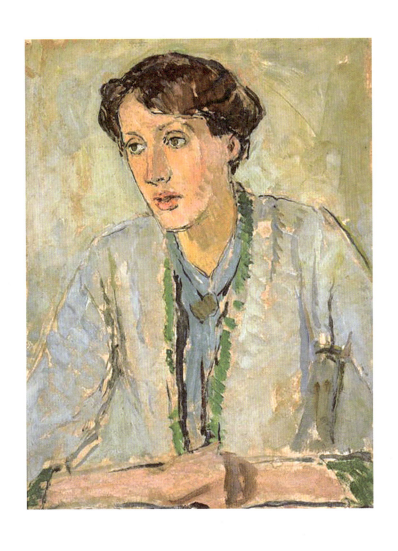

弗吉尼亚·吴尔夫肖像（1912 年）

凡妮莎·贝尔 绘

吴尔夫
作品集

总 目 录

雅各的房间

前　言

　　《雅各的房间》发表于一九二二年。同年，詹姆斯·乔伊斯的《尤利西斯》问世，这是欧洲文学史上的两件大事。此前，弗吉尼亚·吴尔夫发表了《远航》和《夜与日》两部在风格上较接近于传统现实主义的小说。《雅各的房间》通常被认为是她创作过程中的一个转折点，是她尝试用意识流手法创作的一个开端，也是她后来著名的意识流小说《达洛维太太》《到灯塔去》和《海浪》的前奏。

　　翻开《雅各的房间》的书页，读者会期待什么？一个以雅各为中心的情节完整的故事，一段悲剧或喜剧；雅各的房间应该是一个重大事件的发生地，一个值得描写并能引起读者极大兴趣的地方；雅各则应该是一个拜伦式的男主人公，一个有着无数浪漫奇遇的漫游者。然而，弗吉尼亚·吴尔夫却是在故意逃避读者的这种期待视野，她像变魔术一样，把雅各的房间当成一个吸引观众视线的道具。当读者专注于此时，看到的只是：一张圆桌，两把矮椅，壁炉上的广口瓶，几支黄色的鸢尾花，几张照片和名片、烟斗、稿纸等毫无特色、平淡琐碎的东西。她对房间的描写只是寥寥数笔，但是却让读者隔着紧闭的房门听到雅各和弗洛琳达做爱时的"轻微吱呀声"和那种"突然的骚动"，并由这种声音和桌上佛兰德斯夫人的信联想到这位守寡的母亲会对儿子的放纵行为如何痛心疾首。可以说雅各的房间是一个巧妙的设置，它既空无一物，又无所不包。这种手法尽管不同于传统小说的直接描绘，精雕细琢，但所传达的信息和内涵却丰富得多。

小说中对于雅各这位男主人公的描写也很少。他的形象似乎有些单薄：幼年失去父亲，充满各种无法言传的奇妙体验；少年时代离别母亲，只身去剑桥读书；青年时代，不断追求知识和爱情，生活中充满浪漫传奇。如果吴尔夫按照传统手法去写，那么读者可能又会看到一篇类似《大卫·科波菲尔》的故事。令人感到困惑的是：作家没有用过多的笔墨去涂满雅各生活的各个阶段，也没有给人一个关于雅各形象和其生活环境的典型描写。小说中的雅各自始至终是沉默而神秘的，我们只是从他的朋友迪克·格雷夫斯嘴里得知：雅各是他认识的最了不起的人，他魅力非凡，对男性和女性同样有吸引力。他像幽灵一样在活动，但我们看不清他的面孔，他的肉体，最后这位神秘的青年又像烟一样随风而去。

雅各是谁？有的读者和评论家根据作家的传记和身世推断：雅各是吴尔夫英年早逝的哥哥，剑桥学生索比。可这似乎有点按图索骥之嫌，比起吴尔夫的真正用意要狭隘得多。雅各身上可能有索比的影子，但他的面目是模糊难辨的，也是流动的，不确定的。他只是一个男性的代表，或者说是一个人的代表。如果说雅各和他的房间一起只是作者所设置的舞台道具，是一根作者故意设下的牵引读者视线的红线，而不是传统概念上的小说主人公，您是否会感到惊讶？

耐心读下去，读者就会觉得《雅各的房间》似乎是一个圈套。吴尔夫以"雅各的房间"为小说的名字，却只是呈现给读者一个几乎是空荡荡的房间,真正的故事场景在房间之外。本书的写作手法是吴尔夫对传统小说观念的有意颠覆。吴尔夫在书中几乎摒弃了所有的物质细节,而努力去捕捉人物的瞬间体验和感受。她想通过这部小说告诉读者:小说原来可以这样写。但她并不告诉读者应该怎样读她的作品,在她的多部小说中反复咏叹的一句话是:人们必须根据种种暗示,不可仅仅听其言,也不能完全观其行。如此说来我们在此只是领略了她的众多暗示中的一个。

另外的一个暗示则存在于一种深邃含蓄的女性意识层面。在雅各的成长过程中,贯穿着形形色色、不同年龄层次的女性生活画面。首先是他的寡母贝蒂·佛兰德斯的精神和情感世界;接着在剑桥教授家里见到他的太太和女儿——克拉拉·达兰特对雅各的暗恋和被压抑的情欲;雅各与弗洛琳达的交往;人体模特范妮的绝望;桑德拉·温特沃思·威廉斯超凡脱俗的魅力和在雅各身上激起的爱情。最终,这根以雅各为轴心的线又回到了母亲佛兰德斯夫人那里,打结做束。

吴尔夫写作《雅各的房间》的视角从来没有深入到雅各的房间内,而是远远地观望或者是猜测,女作家这样写有着比较细腻的含义:在她看来由于性别、所受教育、社会伦理观念的影响,男女之间非常可悲地隔着一层不可逾越的墙,两性的完全融合是不可能的;尤其是在当时的英国,女子所处的家庭和社会环境比起男子来非常狭窄,在吴尔夫的小说中反复出现牛津和剑桥等高等学府的名字,而这些学校对于当时的女子来说只能是可望而不可即的。

吴尔夫在本书中对现代女性欲望和爱情做了内视角的深入探讨。在爱德华时代的小说中,爱情是充满浪漫色彩的传奇故事,是恒久不变和归于婚姻的,那些游离家庭中心的爱情一般都以灾难结束。而现代小说恰好相反,它们对欲望的主体和客体之间的关系提出质疑,认为欲望是一种不可知的努力,欲望的客体常常落在主体所能达到的界限之外。在高度现代主义的小说中,所有人物都在某种程度上无家可归,到处飘荡或精神搁浅。对于现代主义女性主体来说,含义则更加复杂。由于女性的主观性的一面,或许会把女性自我认定为欲望的客体。如果在一部现代主义的小说中,男性人物从某种程度上说是飘荡的,或许相对来说女性人物在某种程度上就是模特,即一个正在描绘欲望的画家的模特。在《雅各的房间》中,与其说雅各是书中的主角,倒不如说雅各是一条线索,吴尔夫在继续她对雅各身份的探寻时,细腻地逐渐向我们揭示妇女们的内心世界,在雅各从童年到成年,在从一个女性到另一个女性一连串的现代都市冒险历程中,在他逐渐从少女转移到少妇寻找乐趣和知识的过程中,文本的叙事在逐渐揭示女性欲望的本质。从母亲贝蒂·佛兰德斯→克拉拉·达兰特→弗洛琳达→范妮→桑德拉,她们都是作为欲望的客体被渴望,或被遗忘。在书中吴尔夫既写女性作为男性欲望客体的被动地位,也揭示了女性作为欲望主体的被压抑甚至是自我毁灭的地位。守寡的佛兰德斯夫人被人追逐却拒绝了求婚者;青春的克拉拉在默默等待中压抑自己的欲望;范妮在雅各向她告别时知道他会忘掉她的;弗洛琳达毫无约束地放纵自己的欲望,同样走向毁灭。读者可以发现,作家尽管在探寻,但她没有也无法给出我们明确的答案。

对于《雅各的房间》的解读需要借助于对吴尔夫其他八部小说作品、传记、日记和她的评论文章的阅读和了解。吴尔夫的作品中充满了暗示和深刻的用意,这是一种典型的女性表达。

她的语言风格、文体特点在当时是独一无二的。如果读者领略了其中的暗示，所有的困惑都会迎刃而解的。雅各房间的设置是对传统现实主义的精确描绘理论和典型环境中的典型人物的一种反讽；雅各这一人物形象的设置则是用来贯穿和反衬众多女性人物的生活和情感体验的。而且，故事的结尾也颇耐人寻味。

《雅各的房间》发表之初，招来的批评和喝彩几乎是一样多。布卢姆斯伯里圈子里的文化精英们，例如，罗杰·弗赖伊、利顿·斯特雷奇、克莱夫·贝尔等现代文化艺术的倡导者，认为它是一个了不起的突破和实验；而与吴尔夫同时代的英国作家阿诺德·本涅特曾经在他的两篇批评文章《小说衰退了吗?》和《对新流派的又一个批评》中认为，《雅各的房间》中没有传统小说的诸要素，例如，故事中没有悲剧、喜剧，没有高潮和结局；不能博得读者的同情和憎恨，使人无动于衷；没有活生生的人物形象；既没有提出问题，也没有解决问题，令人感到困惑。现在，读者朋友何不以自己的眼睛和心灵去领略这位在二十世纪世界文学史上颇具神秘色彩的女作家的小说，从而作出自己的评判？

姚翠丽

二〇〇二年九月

一

"得了，"贝蒂·佛兰德斯写道，把鞋跟往沙里踩得更深了一些，"看来只有走了。"

淡蓝的墨水从金笔尖缓缓地涌出来，把那个句号洇没了；因为她的笔就在那里扎着；她眼神凝注，慢慢地泪水盈眶了。整个海湾在颤抖；灯塔在摇晃；恍惚中，她似乎看见康纳先生小游艇的桅杆如同阳光下的蜡烛一样变弯了。她赶快眨了眨眼睛。凡是事故都令人害怕。她又眨了一下眼。桅杆直直的；波涛匀匀的；灯塔端端的；只有那墨渍已经洇开了。

"……只有走了。"她念道。

"算了，如果雅各不想玩就算了，"（她大儿子阿彻的影子落在了信纸上，落在沙滩上，显得蓝幽幽的；她觉得冷森森的——已经是九月三日了）"要是雅各不想玩。"——多讨嫌的一团墨渍！天一定不早了。

"那臭小子到底在哪儿呀？"她说，"我就是见不着他。快点跑去把他找来。叫他马上来。""……不过庆幸的是，"她信手乱写一气，再没有管那个句号，"一切安排似乎还差强人意，尽管我们挤得像一个桶里的鲱鱼，不得不把婴儿床竖起来，这么做房东太太自然不会允许的……"

这便是贝蒂·佛兰德斯写给巴富特上尉的信——厚厚的一叠,洒满了伤心泪。斯卡伯勒离康沃尔有七百英里;巴富特上尉在斯卡伯勒;西布鲁克已经死了。泪水迷蒙了双眼,花园里的大丽花翻着红浪;玻璃暖房光芒耀眼,厨房装点着许多明亮的小刀;教堂里奏起了圣歌的旋律,佛兰德斯太太弯下腰,俯在幼小的儿子们的头上;泪水涟涟,教区长的妻子贾维斯夫人见状不禁思量:婚姻就是一座堡垒,寡妇们则在野地里孤独彷徨,时而捡起几粒石子,时而捡起几根金黄的稻草,孑然一身,无依无靠,真可怜! 佛兰德斯太太守寡可有两年了。

"雅——各! 雅——各!"阿彻大声喊。

佛兰德斯太太在信封上写上"斯卡伯勒",又在字下使劲划了一道粗线;那是她的故乡;宇宙的中心。可邮票呢? 她在包里搜了一通,又把包口朝下摇了摇;随后在衣兜里摸。这一连串动作来得急切,连头戴巴拿马帽的查尔斯·斯蒂尔也停了手中的画笔。

如同一只易怒的昆虫的触角,他手中的画笔毫不含糊地抖着。那女人坐不住了——看样子要站起来——管她呢! 他在画布上急匆匆点了一笔,深紫色的一块。整幅风景正需要这么一笔。要不色调太苍白了——层层灰色溶成了浅紫,一颗星儿或一只白鸥就这样挂着——苍白如旧。批评家们将会如是说。他只是一个无名之辈,办画展无人问津,由于表链上有个十字架,倒是深得房东孩子们的欢心,只要房东太太们喜欢他的画,他就非常知足了——她们常常是喜欢的。

"雅——各！雅——各！"阿彻大声喊。

虽然对孩子着实喜欢，这聒噪声仍惹恼了斯蒂尔，他烦躁不安地在调色板上点了些小黑圈。

"我看到你弟弟了——我看到你弟弟了。"斯蒂尔点着头说，这时阿彻慢吞吞走过他身旁，拖着铁锹，瞪着戴眼镜的老绅士。

"在那儿——岩石旁边呢。"斯蒂尔嘴里咬着画笔，说话含糊，手里挤出一堆赭黄颜料，可眼睛始终盯着贝蒂·佛兰德斯的背影。

"雅——各！雅——各！"阿彻大喊。呆了秒把钟，他又慢吞吞地往前走去。

这声音别具伤感。既无实体，亦无激情，孤零零地飘进这个世界，无人应答，撞击在岩石上——这样响着。

斯蒂尔皱了皱眉；但对黑色的效果颇为满意，"——正是这一点把其余部分协调起来了，嗯，五十岁学画还可以！有提香①……"如此念叨着，找到了合适的色调，一抬头，却惊恐地发现一片乌云笼罩了海湾。

佛兰德斯太太站起来，把衣服两边的沙子拍掉，拿起她的黑阳伞。

一块块岩石犹如远古时期的什么东西，涌现在沙滩上，极其坚硬，呈棕褐色，或者不如说是黑色，这是其中的一块。岩面粗糙，因为上面布满了起棱的帽贝壳，疏疏落落地散布着一缕缕干

---

① 提香（1490？—1576），意大利画家。

海草,一个小孩必须叉开双腿,心里有股豪情,才能爬到顶峰。

但就在岩石顶上有一个积满水的坑,底下是沙子;边上粘着一团水母和一些贝类。一条鱼倏忽窜过,黄褐色海草在边上构成了一条飘带,带出了一只乳白壳的螃蟹——

"哇!好大一只螃蟹。"雅各嘟哝道——两条细腿开始在沙上行走。抓住了!雅各把手伸入水中。螃蟹凉丝丝的,轻飘飘的。可沙子把水搅得稠糊糊的,于是他爬了下来,木桶提在身前,雅各差点跳起来,因为他看见一对硕大的男女直挺挺地并排躺着,脸通红通红的。

一双硕大的男女(天快黑了)并排躺在那儿一动不动,头枕手帕,距海只有几英尺之遥,两三只海鸥优雅地掠过涌来的海浪,落在他们的靴边。

花手帕上的两张大红脸向上瞪着雅各。雅各也向下瞪着他们。雅各小心翼翼地抱着桶,然后故意跳了起来,起先漫不经心地小跑,海浪涌上来,他匆忙闪开,步子加快了,海鸥在眼前惊起,又在不远的地方飘落下来。一个粗壮的黑女人坐在沙滩上。雅各朝她奔去。

"阿姨!阿姨!"他气喘咻咻,抽抽噎噎地喊着。

海浪打着她。她原来是一块岩石。她周身是海草,一受冲击,海草便呼呼作响。雅各茫然。

他伫立在那儿,脸色逐渐平静。他差点狂叫起来,原来崖下黑簇簇的树枝和禾秆丛中有一块完整的头骨——大概是牛的头骨吧,反正是一块头骨,也许还会有牙齿哩!他仍在抽泣,但已经心不在焉了,他跑得老远老远,把头骨捡起来抱在怀中。

"他在那儿!"佛兰德斯太太喊着,绕过岩石,很快跑过了沙滩。"看他拿的是什么？雅各，放下！马上扔掉！我就知道不是好东西。干吗不跟我们一起？淘气鬼！快把东西放下。两个都给我过来。"她忽地一转身，一手抓住阿彻，一手摸着找雅各的胳膊。他往下一蹲闪过去，顺手捡起了那块散落下的羊腭骨。

挎着包，抓着伞，牵着阿彻的手，还讲着可怜的柯诺先生被火药炸瞎一只眼睛的故事，佛兰德斯太太急匆匆地走上那条陡坡路，可心灵深处的一丝隐忧总难释怀。

在离那对情侣不远的沙滩上，扔着老绵羊没了下颚骨的头骨。干净、洁白，风吹，沙磨，康沃尔海岸再没有比这更洁净的骨头了。海滨刺芹会从眼窝里长出来；它会化为粉末，或者有朝一日某个打高尔夫的人把球击过来，会撒上一点尘土——不，公寓里要不得，佛兰德斯太太想。带着小孩子们大老远来这儿，真不容易，连个帮忙打开婴儿床的男人都没有。而雅各又那么难管；已经犟得不行了。

"扔掉，宝贝！听话。"走上大路时，她说；但雅各身子一扭溜开了；起风了，她松开帽夹看着大海，又重新夹上。风更大了。海浪表现出暴风雨前惯有的那种不安，犹如一个不安分的生灵，浑身不自在，期盼着一顿鞭打。渔船向水边靠去。一抹淡黄色的光划破紫色的海面；又合上了。灯塔亮了。"跟上。"贝蒂·佛兰德斯说。阳光照耀着他们的脸，也给那片大黑草莓镀了一层金，黑草莓从树篱里伸出来，颤悠悠的，他们走过时，阿彻试图折上一枝。

"别磨蹭，小子们。你们再没有鬼把戏可变了。"贝蒂说着，把他们拉了一把，怀着惴惴不安的情绪望着，花园的暖房里突然灯火闪烁，在这闪亮的夕照下、在这撼人心魂、躁动不安、生机勃勃的色彩里,红黄交错,变幻不定,大地显得妖冶无比,面对此情此景,贝蒂·佛兰德斯心潮澎湃,不由得想到了自己的责任与危险。她抓紧阿彻的手,步子沉重地爬上山坡。

"我让你们记住什么?"她问。

"我不晓得。"阿彻说。

"现在我也不晓得。"贝蒂说,幽默而简短。满脑子的事务,常识,迷信,随意的做法,时而惊人的大胆、时而幽默诙谐、时而多愁善感纷然杂陈,谁能否定怀有这种万念俱无的心境呢——谁又能否认在这些方面女人个个都比男人更胜一筹呢?

好吧,先说贝蒂·佛兰德斯。

她把手扶在花园门上。

"那块肉!"她惊叫着把门闩使劲抽下去。

她全忘了那块肉。

此时,丽贝卡站在窗前。

晚上十点钟,一盏大油灯点在桌子中央时,皮尔斯太太前屋的空旷就显露无遗了。耀眼的光落在花园上;径直划过草坪;照亮了一只孩子用的木桶和一株紫菀,一直射到树篱上。佛兰德斯太太把针线活搁在桌上。有几大轴白棉线,钢架眼镜,针线盒,一团缠在一张旧明信片上的棕色羊毛线。还有一些宽叶香蒲和几本《滨河》杂志;以及被孩子们的靴子踩得沾满沙子的亚麻油地毡。一只大蚊子在角落间飞来飞去,结果撞上了灯罩。风吹着雨扫过窗户,灯光一照银光闪烁。一片叶子不停地敲打着玻璃。远方大海上雨急风骤。

阿彻睡不着。

佛兰德斯太太俯在他身上。“想想仙女，”贝蒂·佛兰德斯说，“想想那些可爱的鸟儿呆在自己的巢里。闭上眼，瞧鸟妈妈嘴里叼着虫子。转过身，闭上眼睛。”她喃喃低语，“闭上眼睛。”

公寓里似乎全是哗哗的流水声；蓄水池外溢了；水冒着泡儿，发着声儿，沿着管子流，顺着窗子淌。

“哪里的水在流？”阿彻嘟囔着。

“不过是放洗澡水罢了。”佛兰德斯太太回答。

门外“啪”的一声。

“那条船不会沉吧？”阿彻睁开了眼睛说。

“当然不会，”佛兰德斯太太说，“船长早就上床睡了。闭上眼，想着仙女们在花下睡得正香。”

“我想，风这么大，他肯定也睡不着。”她对丽贝卡轻声说。丽贝卡就在隔壁的小房间里，弯着腰坐在酒精灯前，屋外的风横冲直撞，酒精灯小小的火焰却宁静地燃着，一本书立在幼儿床边遮住光线。

“他奶吃得好吗？”佛兰德斯太太小声问，丽贝卡点了点头，走到小床边，把被子往下拉拉，佛兰德斯太太俯过身，焦急地看着熟睡了还眉头紧皱的孩子。窗户晃动起来，丽贝卡蹑手蹑脚地过去把它插紧。两个女人俯在酒精灯上面低语，商议着哄孩子、好好吃奶这种永恒的伎俩，此时，风更狂野，把窗户廉价的插销猛地一拧。

两个人都扭过头看了看幼儿床，噘了噘嘴。佛兰德斯太太走到床边。

“睡着了吗？”丽贝卡看着床，悄声问道。

佛兰德斯太太点了点头。

"晚安！丽贝卡。"佛兰德斯太太小声说，丽贝卡管她叫"夫人"，尽管她俩都是想着法子哄孩子、好好吃奶这种永恒伎俩的阴谋家。

佛兰德斯太太一直亮着前屋的灯。那儿放着她的眼镜，针线活，和一封盖有斯卡伯勒邮戳的信。她也没有拉上窗帘。

灯光射过草地，落在孩子的金箍小绿桶上，落在旁边猛烈颤抖的紫菀上。风从海岸上飞奔而过，朝着山坡猛扑过去，突袭一阵，又翻卷起来。风漫卷过洼地上的小镇，多么凶猛！所有的灯光：港湾中的，卧室窗户里高悬着的，都似乎在它的狂怒中闪烁颤抖！风推起滚滚黑浪，又扫过大西洋，把轮船上空的星星也刮得左摇右晃。

前客厅里"喀嚓"一声。皮尔斯先生把灯熄了。花园不见了。只是黑沉沉的一片，每一寸土地被雨浇透。每一片草叶被雨打弯。雨也会让人们的眼睛合上的。躺在床上，人们只能看到一片狼藉，——翻卷的云，以及黑暗中黄色的、硫黄色的朦胧景象。

睡在前面卧室的孩子已经踢掉毛毯，只盖着被单。天热；黏糊糊、气蒙蒙的。阿彻四仰八叉躺着，一只胳膊搭在枕头上。他的脸通红。当厚窗帘吹开一点时，他翻了一个身，半睁开眼。事实上风把屉柜上的布吹开了，漏进一点光，因而屉柜锐利的棱角边依稀可见，垂直而上，直到一块白色的鼓起来，一道银光出现在穿衣镜里。

靠门的另一张床上，雅各睡着了，睡得又沉又死。长着大黄牙的羊腭骨就在他脚旁，他早把它踢过去，顶在铁床围栏上。

凌晨，风小了，室外的雨却倾倒得更爽快更凶猛。紫菀打倒在地上。孩子的小桶装了半桶雨水。乳白壳的螃蟹慢慢地绕着桶底,试图用它的细腿爬上陡直的桶帮,不能得逞,再试;如此一遍又一遍,屡试屡败,屡败屡试。

二

　　"佛兰德斯太太"——"可怜的贝蒂·佛兰德斯"——"亲爱的贝蒂"——"她依然楚楚动人"——"真奇怪,她为什么不再找一个!""确实有个巴富特上尉——周三必来,雷打不动,但从来不带妻子。"

　　"那就怪埃伦·巴富特了。"斯卡伯勒的妇人们七嘴八舌地说,"她从来不出门到别人家串门。"

　　"男人总想要个儿子——这我们清楚。"

　　"有些肿瘤非切除不可;但我妈长的那种你得年复一年地忍受下去,你卧床时休想有人给你端一杯茶。"

　　(巴富特太太是个病人。)

　　伊丽莎白①·佛兰德斯是个中年寡妇。人们难免这样对她说三道四,随后还会把她当成话柄。她才四十出头。这些年伤心事一件接一件;丈夫西布鲁克撒手人寰;撇下三个儿子要她照看;家境贫寒;斯卡伯勒郊外有一座房子;她可怜的哥哥莫蒂也垮了,说不定还死了——因为他人在哪里呢?干什么营生?她

---

　　①　伊丽莎白是正式名字,贝蒂是其昵称。

手搭凉篷，沿路眺望，看巴富特上尉来了没有——对，他来了，像往常一样守时；上尉的关照——使贝蒂·佛兰德斯成熟了，使她体态丰满，使她面带喜色，使她莫名其妙地泪水盈眶，这样的情形别人一天也许能看到三次。

诚然，为丈夫流泪无可非议。墓碑尽管平常，倒挺结实，夏日里，寡妇带着儿子们伫立在那里，人们对她油然而生爱怜之心。行礼时帽子举得比平时更高；妻子紧挽着丈夫的手臂。西布鲁克躺在六英尺以下的地方，长眠这么多年了；圈在三重内棺里；缝隙用铅封上了。这样，倘若泥土和木头变成玻璃，无疑，他那张脸在地底下就清晰可见了，一个年轻人的脸，留着胡子，五官端正，他外出打野鸭，却总是不肯换靴子的。

"本市商人。"墓碑上写道；不过既然许多人依然记得，他只在办公室窗户后面坐过三个月，在此之前，他还驯过马，骑马纵狗打过猎，还种过一点地，撒过一点儿野，贝蒂·佛兰德斯为什么要这样称呼他呢？——唉，她总得给他一个什么称呼吧。为孩子们树个榜样。

难道他生前就什么都不是？这个问题没法回答，因为即使闭上眼睛，不是立碑人的习惯，光也很快会从眼睛里消逝的。起初，他是她生命的一部分；现在却是一群伙伴中的一员，他已经消失在那如茵的绿草中，埋没在那倾斜的山坡下，隐藏在那千万个或正或歪的白石林里；化解在那些腐烂的花环里，依附在那些发绿的锡制十字架上，辗转在那些狭窄的黄色小径上，飘飞在四月低垂在教堂墓园墙头上，散发着一股病人卧室的气息的丁香丛里。西布鲁克现在就是这一切；当她挽起裙子喂鸡时，听见做礼拜或者送葬的钟声，那是西布鲁克的声音——故人的声音。

知道公鸡会飞到她肩上，啄她的脖子，所以她现在去喂鸡时,不是拿根棍子,就是领个孩子。

"你不喜欢我的刀子吗,妈妈?"阿彻问她。

儿子的声音和钟声同时响起,把生与死融为一体,难解难分,令人振奋。

"小不点儿要这么大的刀!"她说。她把刀子拿过来,逗他开心。这时,公鸡飞出了鸡舍,佛兰德斯太太一边喊着让阿彻把菜园门关上,一边放下食,咯咯地叫着让母鸡来吃,同时在果园里忙来忙去。这一切被对面的克兰奇太太看在眼里,她正对着墙,拍打地垫,在跟隔壁的佩奇太太说佛兰德斯太太在果园里喂鸡的事时,她把垫子提在手里。

佩奇太太,克兰奇太太和加菲特太太之所以能看见佛兰德斯太太在果园里,是因为果园是在道兹山上圈起一块地;道兹山雄视下面的村庄。对于它的重要性怎么说都不算夸张。它是皇天后土;它顶天立地;它是村里人测算见识多少的极限,因为这些人终生都在本村生活。像倚着园门,抽着烟斗的老乔治·加菲特那样的人,仅仅到克里米亚去打仗时才离开过一次村子。太阳的行程依靠它计量,天色的明暗参照它判断。

"看她领着小约翰上山去了。"克兰奇太太对加菲特太太说着,最后一次抖了抖垫子,又进屋忙活去了。

佛兰德斯太太打开果园门,牵着约翰的手向道兹山顶走去。阿彻和雅各不是在前面奔跑,就是在后面磨蹭;当她到达山顶时,他们已经抢先占领了罗马要塞,正叫喊着能看见海湾里的什么船只。眼前景色十分壮观——前有大海,后有荒原,整个斯卡伯勒从一端到另一端平展展地横在眼前,就像一片拼板玩具。佛兰德斯太太开始发胖,她在要塞里坐下来,放眼四顾。

整个景色的变换她应该了如指掌;春夏秋冬风光不同;狂风

暴雨怎样从大海上涌起;乌云退去时,荒原如何震颤开颜;她应该注意到正在修建别墅的那个红点;纵横交错的田埂;阳光下小玻璃屋钻石般的闪亮。如果她忽略了这些细微之处,那她可能让她的想象驰骋到了日落时金色的海面,想着大海如何把一片片金币撒到海滩的圆卵石上。小小的游艇争先恐后挤进海里;码头的黑臂膀把海揽在怀里。全城一片金红;穹隆盖顶;轻雾萦绕;音乐回荡;噪音刺耳。班卓琴时起时伏地响着;旅行者鞋跟上粘着沥青,散发出沥青的气味;山羊们突然慢条斯理地跑过人群。看得出市政当局怎样精心布置了花坛。有时风把一顶草帽吹跑。郁金香在太阳下怒放,花红似火。一溜一溜防水袋似的宽松裤子铺展开来。一顶顶紫色女帽框住了轮椅靠垫上一张张柔和、绯红、烦怨的面孔。一个个三角形的广告牌由身穿白色外套的男子用车子推着行进。乔治·博厄斯船长捕获一条巨鲨。三角广告牌的一面用红、蓝、黄三种颜色的字这样写着;每一行末尾都以不同的颜色划着三个惊叹号。

这就有理由下去看看水族馆了,那里,灰黄的遮阳篷,盐酸的臭味,竹椅,摆放着烟灰缸的桌子,转着圈儿的游鱼,坐在六七只巧克力盒子后面编织的管理员(她往往一个人和鱼做伴,一呆就是几个小时),都作为巨鲨的组成部分留在人们的脑海里,因为巨鲨本身只不过是一个松垮垮的黄色容器,就像泡在水池里的一只空荡荡的二合一旅行提包。水族馆从未让人高兴过;但是人们发现只有排队才能进码头时,浮现出的一张张脸上的阴冷表情顿时一扫而光。穿过旋转栅门,人人迈出一两个箭步;有的在这个展间旁流连;有的在那个展间边驻足。然而乐队最终把大家都吸引过来;甚至下码头上的渔夫也在能听得到音乐的地方扎寨安营。

乐队在摩尔式亭台上演奏。台上响起九号乐曲。这是一首华尔兹舞曲。那几个脸色苍白的女郎，那位年迈的寡妇，同那三个寄宿在同一座公寓里的犹太人，那个花花公子，那位少校，那个马贩子，还有那个经济独立的绅士，都是一脸糊涂、麻木的神情，透过脚下木板的缝隙，他们能看到夏天泛绿的海浪平和亲切地在码头的铁柱周围荡漾。

不过有时这些都不存在（倚着栏杆的那个年轻人想道）。盯住那位女士的裙子；灰色的那条就行——下面是粉红色丝袜的。裙子的样式不断变化；裙褶垂到脚踝上——九十年代的式样；后来变宽阔了——七十年代的款式；现在则红亮红亮的，在衬裙上舒展开来——六十年代的时样；一只穿着白色棉袜的小黑脚隐隐露出来。仍旧在那里坐着？是的——她仍在码头上。现在丝袜上印着玫瑰枝纹，但不知为何再也不能看得那么清晰了。我们脚下没有码头。沉重的四轮马车可能在大道上颠簸，然而没有供它停靠的码头，而十七世纪的大海是多么汹涌澎湃、浊浪滔天呀！咱们去博物馆吧。炮弹；箭头；罗马人的玻璃和一把泛着铜绿的钳子。贾斯帕·弗洛伊德牧师四十年代初自己出资，在道兹山上的罗马营垒里挖掘出的——看这张小标签上面的字迹都褪色了。

而现在，斯卡伯勒再有什么可看的呢？

佛兰德斯太太坐在罗马营垒的圆台上，补雅各的裤子，她抬一下头，只是因为要吮吸线头，或者蚊虫袭来耳边嗡嗡叫过，然后又飞走了。

约翰不停地跑上来，把他称之为"茶叶"的青草或枯叶拍到她的腿上，她心不在焉地把它们摆整齐，把长花的一头放在一起,心里想着阿彻昨夜又被惊醒的情况;教堂的钟快了十多分;她希望自己能够买下加菲特的地。

"那是片兰花叶,约翰。瞧上面的小棕斑。过来,宝贝儿。我们得回家了。阿——彻!雅——各!"

"阿——彻!雅——各!"约翰跟着妈妈尖着嗓子喊,一边以脚跟为轴原地旋转,一面抛撒着手里的青草和树叶,好像在播种。阿彻和雅各从土墩后面跳出来,他们一直蹲在那里,本想给妈妈来个突然袭击。现在他们开始一起慢悠悠地往家走。

"那是谁?"佛兰德斯太太手搭凉篷眺望着,问道。

"在路上走的那个老头吗?"阿彻朝下瞧着,说道。

"他不是个老头,"佛兰德斯太太说,"他是——噢不,不是——我还以为是上尉呢,原来是弗洛伊德先生。走吧,孩子们。"

"噢,烦人的弗洛伊德先生!"雅各说着,拧掉了一棵蓟草的头,因为他早就知道弗洛伊德先生是去教他们拉丁文的;其实,弗洛伊德先生是出于好心,抽空教了三年了。在附近一带,佛兰德斯太太能找来做这种事的再没有别人了。两个大点的孩子她快管教不了了,而且也得准备上学了。这种事大多数牧师都不一定肯干;或者用完下午茶后过来,或者把他们叫到他家去——看他的方便而定——因为教区很大,弗洛伊德先生,像他的先父一样,常常到几英里以外走访荒原上的村舍;并且,同老弗洛伊德先生一样,他也是位大学者,这就使这种事儿更不大可能了——她做梦也没想到会有这样的事情。她应该猜得到吗?先别说是学者了,他还比她小八岁呢。她认识他的母亲——老弗洛伊德夫人。她在那里喝过茶。就在那天晚上,她在老弗洛伊德夫人那儿用过茶回来,她在门厅里发现了一封短信,于是顺手拿上去了厨房,给丽贝卡送鱼,心想一定是有关孩子们的事儿。

"弗洛伊德先生自己送来的,是吗?——我想奶酪一定在门厅的小包里——噢,在门厅里——"她在看信。不,不是关于孩子们的。

"是的,明天做煎鱼饼肯定够用了——也许巴富特上尉——"她看到"爱"这个字眼。于是她急忙走进菜园,匆匆地读着,身子靠在胡桃树上,好稳住自己。她的胸脯上下起伏。眼前清晰地浮现出西布鲁克的面容。她摇摇头,泪眼迷茫,望着映在苍黄的天幕上微微摇曳的小树叶。此刻,三只鹅半飞半跑,仓皇穿过草坪,约翰尼挥舞着棍子,在后面追赶。

佛兰德斯太太气红了脸。

"我已经给你说过多少次了?"她大叫着,一把抓住他,夺过他手中的棍子。

"我又没有打着!"他嚷着,挣扎着要脱身。

"你也太淘气了。我给你说过一遍吗?给你说过一千遍了。不许你轰鹅!"说着她就把弗洛伊德的信一揉,紧紧抓着约翰尼,把鹅重新赶进了果园。

"我怎么能想到结婚!"她用一截铁丝拴上园门时,心里苦涩地说着。那天晚上孩子们都睡了,她想起弗洛伊德先生的容貌,觉得自己一向都不喜欢红头发男人。她把针线盒推开,拿过吸墨纸,又把弗洛伊德的信读了一遍。再次看到"爱"这个字眼时,胸脯又上下起伏起来,不过这次没有那么剧烈,因为她看到约翰尼赶鹅以后,心中明白不可能再嫁任何人了——更不要说弗洛伊德先生,因为他比自己年轻许多,不过是个多好的人呀——还是位大学者呢。

"亲爱的弗洛伊德先生。"她写道。——"我是不是忘了奶酪?"她心里纳闷,放下了笔。没有,她已经告诉丽贝卡奶酪在门厅里了。"我非常惊讶……"她又写道。

但是弗洛伊德先生第二天一早起来在桌上发现的信并不是以"我非常惊讶"开的头。那封信洋溢着母爱,语气谦恭有礼,逻辑不够连贯,充满了懊悔之情,直到他和安多弗的威姆布什小姐结为伉俪很久很久以后;直到他离开村子多年以后,他还珍藏着它。他申请去设菲尔德的一个教区,并如愿以偿;他把阿彻、雅各和约翰叫来道别时,让他们在书房里任选一件自己喜爱的东西,留作纪念。阿彻挑了一把裁纸刀,因为他不想拿别人太好的东西;雅各选了一册一卷本的拜伦诗集;而约翰太小,选择不当,就挑了弗洛伊德先生的小猫,哥哥们认为他的选择十分荒唐;但弗洛伊德先生却把他举了起来,说道:"它的毛皮长得像你。"然后弗洛伊德先生谈到了皇家海军(因为阿彻想去那里参军);谈到了拉格比公学(因为雅各要去那里就读);第二天,他收到了一个银制托盘,随后就走了——先到设菲尔德,在那里他遇见了威姆布什小姐,她是去那里看望叔叔的,接着去了哈克尼——然后又到了玛雷斯菲尔德学院,他当上了院长,最终成为著名的《传教士列传》丛书的主编,退休后他带着妻女住在汉普斯特德,人们常常看见他在羊腿池边喂鸭子。至于佛兰德斯太太的信——有天他找来找去,怎么也找不到,也不好问妻子是不是她给扔了。后来在皮卡迪利大街遇到雅各,他怔了一会,才认了出来。不过雅各已长成一个英俊青年,弗洛伊德先生不想在街上叫住他。

"我的天啊,"佛兰德斯太太在《斯卡伯勒与哈罗盖特信使报》上读到安德鲁·弗洛伊德牧师如何如何,并已成为玛雷斯菲尔德学院的院长时,说道,"那准是我们的弗洛伊德先生。"

一层淡淡的郁闷笼罩到饭桌上。雅各自个儿抹果酱吃;邮差在厨房里和丽贝卡说话;一只蜜蜂在黄花上嗡嗡飞舞,花朵冲着敞开的窗户频频点头。他们都活着,那就是说,当可怜的弗洛伊德先生成为玛雷斯菲尔德学院院长的时候。

佛兰德斯太太站起身,走到火炉围栏旁,轻轻地抚摩着黄玉耳朵后面脖子上的毛。

"可怜的黄玉。"她说(因为弗洛伊德先生的小猫现在已成老猫了。耳朵后面还有一小块疥癣,活不了几天了)。

"可怜的老黄玉。"猫在阳光下伸懒腰时佛兰德斯太太说道。她笑了,想起她是怎样把它劁了,她又是怎样不喜欢红头发男人。她微笑着走进了厨房。

雅各掏出一块极脏的手帕抹了抹脸。他上楼去了自己的房间。

那只鹿角锹甲死得很慢(这些甲虫是约翰收集的)。即使第二天,它的腿依然不僵。而蝴蝶已经死了。一股臭鸡蛋味熏跑了那群浅斑黄蝴蝶,它们匆匆穿过果园,飞上道兹山,又转移到荒原上,消失在荆豆花丛后面,接着又乱哄哄地在烈日下飞走了。一只豹纹蝶落在罗马营垒的一块白石头上晒太阳。山谷里传来了教堂的钟声。斯卡伯勒的人们都在吃烤牛肉;因为是星期天,雅各在离家八英里以外的红花草地里捕捉那些浅斑蝴蝶。

丽贝卡已经在厨房里捉住了那只骷髅头形蛾。

蝴蝶盒子里散发出一股刺鼻的樟脑味。

与樟脑味混在一起的是十分明显的海藻味。门上悬挂着一些茶色的丝带。太阳火辣辣地直射在上面。

雅各捏着的飞蛾前翅上毫无疑问有黄褐色的肾形斑点。但后翅上没有新月斑。他捕到飞蛾的那天夜里那棵树已经倒了。树林深处突然枪弹齐发。他很晚才回家,到家时,妈妈把他当成了夜盗。她说,儿子中只有他从来不听话。

莫里斯把它称之为"在湿地或沼泽地发现的纯本地昆虫"。但莫里斯有时也出错。有时,雅各会挑一支极细的钢笔,在书页的空白处做些更正。

树倒了,尽管当夜一丝风也没有,搁在地上的提灯照亮了依然发绿的树叶和枯死的山毛榉叶。这地方很干燥。一只蟾蜍呆在那里。那只红色的后勋绶夜蛾绕着灯光飞舞,忽闪一下,就不见了。尽管雅各等待着,但这只红蛾再也回不来了。十二点过了,他才穿过草坪回家,他看见妈妈还在明亮的屋子里,一个人玩纸牌游戏,就坐在那里。

"你吓死我了!"她嚷道,想着发生了什么可怕的事情。他吵醒了丽贝卡,这么早也得起床。

他站在那儿,脸色苍白,刚从黑漆漆的外面走进热烘烘的屋子,亮光晃得他不停地眨眼。

不,那不可能是稻草色边儿的后勋绶夜蛾。

割草机总要上油。巴尼特把它拉到雅各的窗下,它嘎吱嘎吱响着,哐啷哐啷地穿过草坪,又嘎吱起来。

乌云遮住了天空。

太阳又探出了头,强光令人目眩。

阳光像一只眼睛,照在马镫上,然后突然、但又十分轻柔地停留在床上、闹钟上和打开的蝴蝶盒上。浅斑黄蝶们已飞到荒原上空;又曲里拐弯飞过了紫色的红花草丛。豹纹蝶沿着树篱招摇过市。小蓝蝶在草地上扔的一块块骨头上小憩,忍受着烈日的暴晒。小苎胥蝶和孔雀蛱蝶饱餐着从老鹰嘴里掉下来的血淋淋的动物内脏。距家几英里远的地方,有一片洼地,洼地上面有一堆废墟,雅各在废墟下的起绒草丛中,发现了银纹多角蛱蝶。他曾见过一只白花蝶绕着一棵栎树越飞越高,可他就是捕不到。高地上独居的一位老村妇曾对他讲过,有一只紫蝶每年夏天都会光顾她的花园。一大早狐崽们总在荆豆丛中嬉耍,她说。天蒙蒙亮时你往外头看,总能看到两只獾。有时它们把对方撞翻,活像两个男孩打架,她说。

"雅各,今天下午可不许跑远,"妈妈把头从门外探进来说,"因为上尉要来道别。"那天是复活节假期的最后一天。

星期三是巴富特上尉的节日。他穿上笔挺的蓝哔叽礼服,拄着橡皮头的手杖——因为他是个跛子,右手还少了两根指头,这是报效祖国的结果——下午四点他分秒不差从那座有旗杆的房子出发。

三点,推轮椅的狄更斯先生,先接走了巴富特夫人。

"挪挪地方。"在广场上坐上十五分钟后,她总要对狄更斯先生说。然后又是,"行了,谢谢您,狄更斯先生。"下第一道命令后,他会找一块太阳地;下第二道命令后,他就把轮椅停在那阳光灿烂的狭长地带。

由于是这里的一名老住户,他和巴富特夫人——詹姆斯·科珀德的女儿——有许多共同之处。在西街与宽街交叉处的喷泉饮水器就是詹姆斯·科珀德的礼物,因为他在维多利亚女王登基五十周年大庆时正当市长,科珀德的画像随处可见:市里的洒水车上,商店的橱窗上,律师咨询室窗户镀锌的遮阳篷上。然而埃伦·巴富特夫人从未参观过水族馆（尽管她与捕到鲨鱼的博厄斯船长很熟）。有人手持海报走过时，她用不屑的眼光睨视着他们，因为她知道自己永远不会去看皮埃罗一家、泽诺兄弟，或者黛茜·巴德和她的海豹表演团。虽然在广场上，坐在轮椅里的埃伦·巴富特夫人却是一名囚徒——文明世界的囚徒——在阳光明媚的日子里，当市政厅、绸布店、游泳池和纪念馆在地面上投下一道一道的阴影时，就像她囚笼的一根根铁条横陈在广场上。

由于是这里的一名老住户，狄更斯先生往往站在她后面一点，抽他的烟斗。她总会问他一些问题——这些人是谁——琼斯先生的铺子现在由谁经管——然后问些有关季节的问题——不管什么问题，要是狄更斯先生试图回答——从他嘴里说出的话就像饼干渣。

她闭上双眼。狄更斯先生转了个身。他并没有完全失去一个男人的感觉，尽管你看他朝你走来时，你注意到他的一只圆头黑靴子是如何在另一只前面抖着摆动；他的马甲和裤子间怎么有一道黑影；他如何步履不稳，趔趄了几下，就像一匹老马，突然发现自己脱开了车辕，而没有拉车。但是当狄更斯先生吸进去一口烟又把它吐出来时，他眼中仍流露出一个男人的感觉。他在想巴富特上尉此刻怎样正向快乐山行进；巴富特上尉，他的主人。因为在家里，在马厩上面那间小起居室里，窗户上有只金丝雀，女孩们坐在缝纫机旁，狄更斯太太因为风湿病蜷缩成一团——在家里，尽管他受人轻视，但一想到受雇于巴富特上尉，他便有了支撑。他喜欢想正当他与海滨人行道上的巴富特夫人聊天时，他是在帮助正去见佛兰德斯太太的上尉；他，一个男人，来照看巴富特夫人，一个女人。

转过身,他看见她正与罗杰斯夫人闲谈。再转过来时,他看到罗杰斯夫人已经走开了。于是他回到轮椅旁,巴富特夫人问他几点了,他掏出他那块大银表,十分殷勤地把时间告诉她,仿佛他对时间,对每一件事,都比她懂很多似的。但是巴富特夫人心里清楚:巴富特上尉正往佛兰德斯太太那里走呢。

他确实在往那里走。下了电车,他看见东南面的道兹山,青山蓝天相映成趣,天边雾霭蒙蒙。他朝山上挺进。尽管有些跛;但步伐仍不失军人风范。贾维斯夫人走出教区长宅院大门时,一眼就瞅见了他,她的纽芬兰狗,尼罗,慢悠悠地摇晃着尾巴。

"哟,巴富特上尉!"贾维斯夫人惊叫着。

"你好,贾维斯夫人。"上尉招呼道。

他们一起往前走,走到佛兰德斯太太家门口时,巴富特上尉脱下花呢帽,彬彬有礼地鞠躬,说:

"再见,贾维斯夫人。"

贾维斯夫人便独自往前走去。

她要去荒原溜达溜达。她是不是深夜又一直在草坪上踱步呢?她是不是又敲着书房的窗户,喊着说:"看月亮,看月亮,赫伯特!"

于是赫伯特就看月亮。

贾维斯夫人闷闷不乐时,就到荒原上去溜达,一直走到某个碟形洼地上,虽然她总想走到更远的一个山梁上去;她在那里坐下来,拿出藏在斗篷下面的一本小书,念上几行诗,然后四处眺望。她也不是十分闷闷不乐,由于她已经四十五岁了,也不大可能十分闷闷不乐,就是说不会闷闷不乐到绝望的程度;也不大可能像她有时威胁的那样,撇下丈夫,毁掉一个好男人的事业。

一位牧师的妻子在荒原上溜达时,不必说在冒多大的风险。贾维斯夫人身材矮矮的,皮肤黑黑的,眼睛亮亮的,帽子上插一根野鸡毛,正好就是那种在荒原上丧失信仰的女人——也就是把上帝与天地万物混为一谈——但她没有丧失信仰,没有撇下丈夫,从未把她那首诗读完过;而只是继续在荒原上溜达,继续看榆树后面的月亮,当她坐在斯卡伯勒高处的草地上时,总觉得……是啊,是啊,当云雀展翅高翔之时,在羊儿轻移脚步吃草,脖铃儿随之叮当之时;当微风拂面,时起时停之时;当下面海上的船只似乎在一只无形的手牵引下,交错行驶,擦肩而过之时;当空中传来远处天空的震颤,幻影般的骑士策马疾驰、戛然而止之时;当天边浮蓝泛绿,令人春情荡漾之时——贾维斯夫人不禁发出一声喟叹,心想,"要是谁能给我……要是我能给谁……"但她并不知道她想给什么,也不知道何人能给她。

　　"佛兰德斯太太五分钟前刚出门,上尉。"丽贝卡说。巴富特上尉坐在扶手椅里等待。他把两肘支在扶手上,双手搭在一起,跛腿直撅撅地伸出去,橡皮头拐杖放在腿一边,坐在那里纹丝不动。他身上有些僵化的东西。他思想吗?也许是反反复复、千篇一律的一些思想吧。但那些思想是不是"高明",是不是有趣呢?他是个有脾气的男人;固执己见,忠诚可靠。女人们立刻有所体会。"这里有法律。这里有秩序。因此我们必须珍惜这样的男人。他在夜晚总是伫立桥头,"而且,给他递杯茶或者给他什么东西时,总会闪现出沉船或灾难的景象,所有的乘客都乱哄哄地从船舱中跑出来,惊惶失措,上尉却在那里,穿着扣得紧紧的双排扣粗呢短上装,和暴风雨搏斗;击败他的只能是暴风雨,而不是别的。"可我是个有情有义的人,"贾维斯夫人总这样想;此时巴富特上尉突然用大红花手帕擤起鼻涕;"事情之所以弄成这样,全是由于这个男人的傻气,那暴风雨不仅是他的,而且也是我的"……当上尉顺路进来看看他们,发现赫伯特不在家,便坐在扶手椅里,几乎默不作声地坐上两三个小时时,贾维斯夫人这样想道。但是贝蒂·佛兰德斯从来未想过那种事。

"噢,上尉,"佛兰德斯夫人说着,一阵风似的冲进客厅,"我刚才不得不去撵巴克的伙计……我希望丽贝卡……我希望雅各……"

她跑得上气不接下气,但没有一点烦乱的神态。她放下从油店主那里买到的壁炉刷,嘴里嚷着热死了,一把把窗户推得更开,把一块台布抹平,拿起一本书,仿佛十分自信,十分喜欢上尉,又好像比他年轻许多似的。的确,她围着蓝围裙,看上去至多不过三十五岁。他却五十出头了。

她的双手在桌子上来来回回地忙着;上尉的脑袋来来回回地摇着,不大吱声儿,而贝蒂却喋喋不休地聊着,他是绝对无拘无束——过了二十年了。

"啊,"他终于开口了,"我收到波尔盖特先生的信了。"

波尔盖特先生的信上说,他最好的建议就是把一个孩子送进一所大学念书。

"弗洛伊德先生在剑桥……不,是牛津……啊,反正不是这个就是那个。"佛兰德斯太太说。

她朝窗外望去。小小的窗户,赫然映入眼帘是满园的姹紫娇绿。

"阿彻干得很出色,"她说,"马克斯韦尔上尉寄来了一张喜报。"

"我把信留下,你让雅各看看。"上尉说着便笨手笨脚地把信塞回信封里。

"雅各还跟平时一样,老去捉蝴蝶,"佛兰德斯太太说起来就生气了,突然一转念又吃了一惊,"对了,这周又开始捉蟋蟀了。"

"爱德华·詹金森已经递交了辞呈。"巴富特上尉说。

"那么说你要参加市政会的竞选了?"佛兰德斯太太失声叫道,双眼直盯着上尉的脸。

"嗯,这件事嘛。"巴富特上尉开始说,把身子往椅子里坐得更深了些。

于是,雅各·佛兰德斯,于一九〇六年十月上了剑桥大学。

三

门忽地一下开了，跳进来一个身材魁梧的小伙子。"这里不是吸烟车厢。"诺曼夫人连忙抗议，语气紧张，却十分无力。他仿佛没有听见她的话。列车一直开到剑桥才停，在这儿，她却被单独关在一节车厢里，和一个青年男子做伴。

她摸了摸梳妆盒的弹扣，确定香水瓶和从穆迪图书馆借来的一本小说都在手边（小伙子正背对她站着，往行李架上放包）。她决定用右手扔香水瓶砸他，左手拉警报索要求刹车。她五十上下，有个儿子在上大学。然而，男人总有危险，这是事实。她读了半栏报纸，然后从报沿儿上窥视，借助灵验的相面，以确定安全问题……她想把自己的报纸借给他看。但年轻人读《晨邮报》吗？她偷眼看看他在读什么——《每日电讯报》。

扫视过他的袜子（松松垮垮），领带（破破烂烂）后，她的目光再次落到了他的脸上。她仔细端详着他的嘴巴。双唇紧闭。目光低垂，因为在读报。纵有一身的坚定，但仍流露出年轻稚嫩、大大咧咧、浑然不觉的神态——要说袭击别人！不会，不会，不会！她向窗外望去，不禁莞尔而笑，然后又转回头来，他并没有注意她。神情严肃，浑然不觉……此刻他抬起头来，目光从她身上掠过……他单独和一位年长的女士呆在一起，似乎格外别扭……然后他凝眸——蓝蓝的眸子——注视窗外的风景。他就没有意识到她的存在,她想。但这儿不是吸烟车厢,又不能怪她——如果他真想吸烟的话。

谁也没有见过他这样的人,更不必说一位与一个陌生小伙子面对面坐在车厢里的年过半百的女士。人们看到的是一个整体——人们看到的是形形色色的事物——人们看到的是他们自己……诺曼夫人把诺里斯的一本小说读了三页。她该不该对那小伙子(毕竟他和她自己的儿子年龄相仿)说,"如果你想抽烟,别管我"? 不,他似乎完全漠视她的存在……她不想打扰别人。

即便在她这个年纪,她也注意到他的漠然,但也许他在某些方面——至少她这么看——显得可爱,英俊,有趣,性格独特、体态端庄,就像她自己的儿子? 对于她的描述,人们必须尽力去发挥了。无论如何,这就是当时的雅各·佛兰德斯,十九岁。要把人概括一番是没有意义的。人们必须根据种种暗示,不可仅仅听其言,也不能完全观其行——比如,列车进站后,佛兰德斯先生猛然把门打开,帮助这位女士取出她的梳妆盒,说了声,或者不如说咕哝了一声:"让我来。"一脸的羞涩,办这种事他确实相当笨拙。

"那人……"女士见到儿子后说;但月台上人头攒动,雅各已不知去向,她便没有再往下讲。这就是剑桥,她是到这里过周末的。大街上,圆桌旁,她整天看到的尽是些小伙子,她这位旅伴的印象也就在她的脑海中完全消失了;就好像是一个孩子扔进许愿井里的曲别针,在水中打了个转儿就永远不见了。

人们说哪儿的天空都一样。出外旅行的、沉船遇难的、流亡海外的、奄奄待毙的,都从这种想法中汲取安慰,毫无疑问,如果你具有一种神秘主义倾向,慰藉,甚至解说,都会像骤雨一般,从那完好无痕的表面纷纷泻下。然而,在剑桥的上空——至少在皇家学院教堂的屋顶上空——却有所不同。在海上,一座伟大的城市会向黑夜投进一片光明。如果设想浸入皇家学院教堂各个缝隙中的天空比别处更明亮,更稀薄,更灿烂,是不是有点异想天开?剑桥是不是不仅烛照黑夜,而且也烛照白天?

瞧,当他们前去做礼拜时,长袍飘舞得多么轻盈,仿佛里面没有有骨有肉的躯体似的。何等刚劲的雕像般的脸庞,虽受虔诚的节制,但又是何等一言九鼎似的权威啊!纵使长袍下的大皮靴健步如飞。他们行进时队列多么整齐。粗大的蜡烛竖立着;身着白袍的小伙子们站起来;而那只驯顺的鹰①却驮起那本大白书供人查看。

一片斜光正好透进每扇窗户,即使尘埃弥漫的地方,也呈现出紫色和黄色,而当它散射在石头上时,那石头就像被粉笔轻轻地涂成了红、黄、紫三种颜色。无论白雪还是绿阴,无论寒冬还是酷暑,对那古老的彩色玻璃毫无影响。有了灯罩的保护,即使在风狂雨骤的夜晚,灯苗也能稳定地燃烧——稳定地燃烧着,幽幽地亮在树干上——同样,教堂里面,一切井然。人声肃穆庄严;风琴会心地应和着,好像天籁附和,来支持人类的信仰。两列穿着白袍的身影穿插交错;时而上台阶,时而下台阶,有条不紊。

……如果你在树下放一盏灯,树林里的昆虫都会爬过来——一种奇怪的聚会,尽管它们纷纷爬过来,摇摇摆摆,脑袋在玻璃灯罩上瞎撞,但似乎都没有什么目的——某种莫名其妙

---

① 指读经台上鹰的雕像。

的东西驱使着它们。它们绕着灯笼缓缓蠕动,瞎头瞎脑地敲打着,好像是要求进去,一只大蟾蜍显得尤为痴迷,它用肩膀挤开别的虫子为自己打开一条通道。你看着看着,就看腻味了。哟,那是什么?突然枪声大作,叫人胆战心惊——叭叭叭响得好脆;哗哗哗余音散开——寂静平平展展地把声响掩盖了。一棵树——一棵树倒了,一种林中死亡。之后,树林里风声悲凉。

但皇家学院教堂里的这一礼拜仪式——为什么允许妇女参加?当然,如果心不在焉(雅各一副神不守舍的样子,脑袋向后仰着,赞美诗翻错了地方),如果心不在焉,那是因为一把把灯芯草垫底的椅子上开起了一家家帽子店,摆放出一柜柜衣裙,五色斑斓,琳琅满目。虽然脑袋身体可以做到虔诚有余,但各人自有各人的口味——有的喜欢蓝色,有的喜欢棕色;有的喜欢羽毛,有的则喜欢三色堇和勿忘我。谁也不会想到带只狗上教堂。因为,尽管狗在石子路上一直表现很好,对花朵也不会无礼,但它在教堂走道里溜达,东张张,西望望,抬起一只爪子,靠近一根柱子,就是要把人吓得心惊血凉(假如你是会众里的一员——单独一人,不可能随便就受惊吓)——一条狗会把礼拜完全搅了。这些女人也一样——尽管她们个个虔诚、出众,还有丈夫们的神学、数学、拉丁文和希腊语撑腰。天知道这是为什么。首先,雅各想,她们奇丑无比。

这时,咯吱一响,接着是一阵咕哝。他碰上了蒂米·达兰特的目光;严厉地盯着他;然后又十分庄重地眨了眨。

去格顿学院的路上有座别墅名叫“韦佛利”,这并不是因为普卢默先生崇拜司各特,或者他想叫个什么名字,而是因为你非招待大学生不可的时候,名字总是有用的。星期天午餐时间,大家坐等第四个学生的当儿,便谈起了各个大门上的名字。

"真没意思,"普卢默夫人心血来潮,插嘴问道,"有人认识佛兰德斯先生吗?"

达兰特先生认识他;因而他的脸微微一红,不尴不尬地说了句当然之类的话——一边说,一边望了望普卢默先生,拽了拽自己右边的裤腿。普卢默先生起身站到了壁炉前。普卢默夫人像个坦率友好的汉子一样大笑起来。这种场景,这种环境,这种景象,甚至这种冷峭萧森的五月花园,以及选在这会儿遮住太阳的一朵云彩——总而言之,再想象不出比这更可怕的情景了。当然,这里是花园。每个人都不约而同地望着它。由于那朵云彩,树叶灰溜溜地瑟缩抖动着,还有麻雀——那里有两只麻雀。

"我想。"普卢默夫人趁小伙子们凝神注视花园的当儿,利用这片刻喘息时间瞅了一眼她丈夫,说。而他呢,尽管对这种行为并不承担全部责任,还是按了一下铃。

对人生中的一个小时这样糟蹋是没法开脱的,除了普卢默先生切羊肉时闪现在他脑海里的下述想法:如果导师从不举办午餐会,如果星期天一个接一个白白过去,如果学生毕业了,当了律师,医生,议员,商人——如果导师从不举办午餐会——

"你说,是羊肉烹制了薄荷酱呢,还是薄荷酱烹制了羊肉?"他问身边的小伙子,以打破持续了五分半钟的沉默。

"我不知道,先生。"小伙子说,显然脸红了。

就在这个当口,佛兰德斯先生走了进来。他把时间搞错了。

现在,尽管大家吃完了自己的一份肉,但普卢默夫人又吃起了一份卷心菜。当然雅各决心在她吃完菜时吃完自己那份儿肉,他看了她一两次,以便掌握好速度——只是,他饿坏了。看到这种情况,普卢默夫人说她相信佛兰德斯先生不会介意——

于是水果馅饼上桌了。她以一种特殊的方式点了点头,示意女仆再给佛兰德斯先生上一份羊肉。她瞟了一眼羊肉。午餐用的羊腿剩得不多了。

这不是她的错——因为她怎能阻止父亲四十年前在曼彻斯特郊区让母亲怀上了她?一旦生下来,长大以后,她怎么能不变得抠抠搜搜,野心勃勃,对社会阶梯的档次有种本能的精确概念呢?怎么能不像蚂蚁一样孜孜不倦,先把乔治·普卢默推到梯子的顶端?梯子顶端是什么呢?一种身居万人之上的感觉;自从乔治·普卢默当上了物理学教授,或者不管是什么教授之后,普卢默夫人就只能紧紧抱住她的老公,低头瞅着地面,又鞭策两个平常的女儿往梯级上爬。

"我昨天在赛马会上输了,"她说,"还带着两个宝贝女儿呢。"

这也不是她们的错。她们走进客厅,穿着白连衣裙,系着蓝腰带。她们给大家递香烟。罗达遗传了其父冷漠的灰眼睛。乔治·普卢默尽管长着一双冷漠的灰眼睛,但其中却闪着一种莫测高深的光。无论波斯和信风,选举法修正法案与收获周期,他都能侃侃而谈。书架上是威尔斯和萧伯纳的著作;桌子上是六便士一本的严肃性周刊,撰稿人都是穿着泥靴的苍白脸男子——每周把脑袋在冷水里涮过再拧干——挤出了忧伤的文章。

"拜读了他们两位的大作才觉得自己明白了真理!"普卢默夫人快乐地说,一边用她那只红红的光手指点着目录,手上的那枚戒指显得极不协调。

"天哪,天哪,天哪!"四个大学生离开这幢房子时,雅各大声疾呼,"我的天哪!"

"活受罪!"他嘴里说着,眼睛扫视着街道,想找一株紫丁香或者一辆自行车——任何能使他恢复自由感的东西。

"活受罪。"他对蒂米·达兰特说,概括了他对午餐时展示给他的这个世界的反感,一个有能力生存的世界——这一点毫无疑问——但绝对没有必要,竟然要相信这样的东西——萧伯纳和威尔斯,还有那些六便士一本的严肃周刊!这些上了年纪的人洗刷,拆除,到底他们要干什么?难道他们从来不读荷马,不读莎士比亚和伊丽莎白时代诸家的作品?他看到这种景象与他从青春和天性中汲取的感情形成了明显的反差。这些可怜虫们拼凑出了这么一个蹩脚的东西。但他还是动了恻隐之心。那两个可怜的小女孩儿——

他如此惴惴不安,证明他已经激愤起来。尽管他大有初生牛犊不怕虎的气势,但他确信老一辈人在地平线上建立起来的城市,在一片红黄色火焰的映衬下,就像是砖建的城郊房屋、兵营和管教所。他容易动情;但这种说法与他掬着手挡风划火柴时表现出的沉着镇定完全矛盾。他是一个殷实的年轻人。

无论是大学生还是店伙计,是男还是女,在二十来岁的时候都会感到震惊——这原来是一个老人世界——它那黑沉沉的轮廓拔地而起,下面压的是我们自己;压的是现实;荒野与拜伦;大海与灯塔;长着黄牙的羊腭骨;下面压的是使年轻人头上长角、身上长刺的顽强不屈、压制不住的信念——"我就是原原本本的我,一定要维护我的本色。"世界上不会有这样的模式,除非雅各为自己塑造一个。普卢默夫妇会竭力阻止他这样做的。威尔斯、萧伯纳和六便士一本的严肃周刊也会压制这种苗头的。每次他星期日出去吃午饭——不论是宴会还是茶会——总会有这样的震惊——憎恶——不适——然后又是快乐,因为在河边每走一步,他都在吸收那种坚定信念,从四面八方获取那种慰藉,树木在点头致意,蓝天衬柔了灰色的塔尖,人声沸扬起来,好像悬浮在空中似的,五月融融的春意,和风习习,扬起星星点点的粉尘——栗花、花粉,随便什么能在五月的空气中发挥作用的东西,催得树木日渐葱茏,逼得嫩芽悄悄渗胶,涂得绿地慢慢变浓。河水奔流,既没有浩浩荡荡的气势,也没有一泻千里的湍急,只不过烦透了不断浸入水中、又从桨叶上滴下晶莹水珠的船桨,河水绿绿地、深深地漫过弯腰弓背的灯芯草,仿佛在尽情地爱抚着它们。

他们泊船的地方树木翠蔓,枝叶披垂,树梢的叶子拖曳在微波中,水中的那块绿楔子,由于是由树叶形成的,在微微晃动,就像真正的叶子晃动一样。嗖地一阵风起——顿时露出了一角天空;达兰特吃着樱桃,顺手把没熟的黄樱桃扔过那簇楔形的绿叶,叶柄在水面上忽出忽进,闪闪发光,有时一颗咬了一半的樱桃掉进水里,成了这片翠色中的红点。雅各仰面躺着时,眼睛正好和那片草地平齐,尽管被金凤花镀了一层金,但这里的草地不像墓园里那片细细的绿水似的草地那样蔓衍得简直要漫过墓碑,而是直直地挺立着,多汁,粗壮。抬眼向后望去,他看见了孩子们深深淹没在草丛中的腿,还有牛腿。咕吱,咕吱,他听到牛在吃草;接着在草里迈了一下步;然后又是咕吱,咕吱,咕吱,它们把草齐根扯下。他面前,两只白蝴蝶绕着那棵榆树盘旋,越飞越高。

"雅各这人有点怪。"达兰特想,从他的小说上抬起眼来。他读上那么几页,就抬头看上一眼,规律性极强,每次抬头都从包里摸出几颗樱桃,心不在焉地吃掉。其他的小船从他们身旁经过,左拐右拐地划过回水,避免彼此碰撞,因为这阵儿许多船都停泊着。两棵树之间夹着一条立柱似的天幕,这时突现出翩翩白裙,还有一道裂纹,周围缭绕着一线蔚蓝——米勒小姐的野餐会。不断有船向这边划来,达兰特先生不用起身,就把船推向离岸更近的地方。

"噢—嗬—嗬—嗬。"雅各哼起来,这时船在摇,树在晃,那些白裙子和白法兰绒裤子拉长了,晃晃悠悠上了岸。

"噢—嗬—嗬—嗬!"他坐起来,仿佛有那种橡皮筋在脸上绷了一下的感觉。

"他们是我妈的朋友。"达兰特说,"所以老鲍给这条船有操不完的心。"

这条船沿着海岸一路从法尔茅思驶到了圣艾夫斯湾。一条更大的船,一条十吨的游艇,大约在六月二十号装配齐全,达兰特说……

"钱上有困难。"雅各说。

"我家人想办法解决。"达兰特(一个已故银行家的儿子)说。

"我想保持经济独立。"雅各生硬地说。(他有点儿激动了。)

"我母亲说过去哈洛加特的话。"他摸着那只装信的口袋,有点气恼地说。

"你舅舅改信伊斯兰教是真的吗?"蒂米·达兰特问。

头天晚上,雅各在达兰特的房间里讲过舅舅莫蒂的故事。

"如果这事儿传出去,我希望他去喂鲨鱼。"雅各说。"我说,达兰特,一颗都没有了!"他叫着,把装过樱桃的袋子揉成一团,扔进河里。扔袋子时他看到米勒小姐在岛上举行野餐会。

一种无奈、恼怒、沮丧闪现在他的眼睛里。

"咱们继续走吗……这群讨厌鬼……"他说。

于是他们逆流而上,绕过了那个小岛。

轻柔皎洁的月亮决不会让天空变暗;一整夜绿地上白灿灿的,一片栗花;草地上的峨参则显得朦朦胧胧。

在大院里,就能听到哗啦声,想必三一学院侍者洗瓷盘就像洗牌一般。雅各的房间却在内维尔院顶楼上;所以走到门前不免有点气喘吁吁;但他不在屋里。也许在食堂吃饭。不到半夜内维尔院早就漆黑一片,只有对面的柱子总泛着白光,还有喷泉。大门有种奇特的效果,好像浅绿色草地上的花边。即使隔着窗户也听得见碗碟声;还有用餐者们嗡嗡的说话声;食堂里灯火辉煌,旋转门砰的一声开开又关上。有人来晚了。

雅各的房间有一张圆桌和两把矮椅。壁炉台上有一个广口瓶,里面插着几支黄色的鸢尾花;有一张他母亲的照片;有一些社团的名片,上面有凸凹新月花纹、纹章和名称首字母;有一些笔记,几支烟斗;桌子上放着红边的稿纸——无疑是一篇论文——《难道历史就是伟人的传记?》。书籍不少;法文书寥寥;但一个有价值的人只读他喜欢的东西,乘兴而读,满怀热情。比如威灵顿公爵的传记;斯宾诺莎;狄更斯的著作;《仙后》;一本希腊语辞典,页间夹的罂粟花瓣压得像丝绸一般;所有伊丽莎白时代文人的作品。他的拖鞋破得不成样子,好像两只火烧到吃水边儿上的小船。还有些希腊人送的照片,一幅出自乔舒亚士爵之手的铜版画——件件富有英国特色。也有简·奥斯丁的作品,也许为了迎合别人的品味。卡莱尔的书是件奖品。还有一些关于文艺复兴时期意大利画家的著作、一本《马病手册》和所有的通用教材。空荡荡的房间里，空气也懒洋洋的，刚刚能把窗帘鼓起;广口瓶里的花儿常换常新。藤椅上的一根筋在嘎吱作响，尽管上面没有坐人。

一位老人在下楼梯，有点儿靠边，(雅各坐在窗边的座位上与达兰特聊天;他吸着烟，达兰特看着地图)他双手背在身后，黑袍飘悠，步履蹒跚，贴近墙壁;然后又上楼回自己的房间;另一位老人，举起一只手，对柱子、大门、天空赞不绝口;又有一位步履轻快，扬扬得意。他们各自上了楼;黑暗的窗户里亮起了三盏灯。

如果剑桥的楼上亮起了灯光，那一定是这三个房间里亮起的;希腊文在这里发光;科学在那里闪亮;哲学则在一楼大放光明。可怜的老赫克斯塔布尔，路都走不直;——索普威思这二十年来夜夜都要把天空赞美一番;科恩仍读着同样的一些故事而哑然失笑。学问这盏灯并不简单，也不纯粹，也不是完全光彩夺目的;因为如果你看见他们坐在学习的灯的光下(不管墙上挂的是罗赛蒂的真迹，还是凡·高的复制品;不管盆子里是紫丁香还是锈迹斑斑的烟斗)，他们看上去多像神职人员啊!多像一个你去既可饱览风景、又可品尝特色糕点的郊区呀!"只有我们能提供这样的糕点。"你又回到伦敦;因为款待结束了。

老教授赫克斯塔布尔按钟按点地更换过衣服，然后一屁股坐在椅子里;装上烟丝;选好文稿;双脚交叉;再把眼镜掏出来。他满脸的肉塌成了一堆褶子，仿佛支柱被撤走了似的。可要是把一节地铁车厢全部座位的顶端卸下来，老赫克斯塔布尔的脑袋也能装得下。现在，当他的目光逐字阅览时，脑子里思潮涌动,思想如同一列浩浩荡荡的队伍迈着坚实有力的步伐,穿过他大脑的各条走廊,队列整齐,脚步急促,前进中又不断有新鲜生力军补充,声势更强,直到最后,整个厅堂、大厦,不管你叫它什么都好,挤满了各种思想。这样的集结,别人的脑海里是不会出现的。然而,有的时候,他会一连枯坐好几个小时,紧紧抓着椅子扶手,像一个人因为身临险境,要么仅仅因为鸡眼一阵刺痛、抑或痛风发作而攥得死死的。天啊,听他谈钱多么可憎呀,他拿出皮夹子,连那枚最小的银币都舍不得给,鬼鬼祟祟,疑神疑鬼,像个满嘴谎话的老农妇。奇怪的麻木和抠门——绝妙的说明。饱满的天庭上一片宁帖,有时,在昏昏欲睡之际,或在夜静更深之时,你不妨想象他头枕石枕躺着,得意洋洋。

与此同时,索普威思迈着一种奇怪的轻快脚步从壁炉旁走上前来,把巧克力蛋糕切成小块。直到午夜或者更晚,在他房间里总有大学生,有时多达十二个,有时只有三四个;不过无论他们是去是来,都无人起身送迎,索普威思一个劲儿地讲。讲呀,讲呀,讲呀——似乎什么都能拿来讲——灵魂本身从那两片嘴唇滑进薄薄的银盘里,银盘则像银色、像月光一样在小伙子们的心中消失了。啊,远远离开以后,他们会把那灵魂回想起来的,迷茫中凝眸回顾一番后,又重新振作起自己的精神。

“哼,我决不。老查克来了。我的好小子,日子过得怎么样?”走进来的是可怜的小查克,那个一事无成的外地人,真名叫斯腾豪斯,当然索普威思又千方百计把千头万绪引了回来,“我绝对不会”——是的,尽管第二天,又买报纸,又搭早班火车,他觉得一切都十分幼稚、荒谬;巧克力蛋糕,小伙子们;索普威思把事情汇总起来;不,不是全部;他要把儿子送到那里去。

他要省下每一文钱把儿子送到那里去。索普威思滔滔不绝地讲着;把笨拙的言谈中的硬纤维——年轻人不假思索、脱口而出的东西搓起来——把它们辫在自己光洁的花环周围,把鲜亮的一面展现出来。翠绿、尖刺、阳刚之气。他爱这么做。其实索普威思看来,一个人可以无所不谈,可能直到他年老体衰、深沉世故了,那时候银盘的叮当声将变得空空洞洞,铭文读起来过于简单了点,古老的印记看上去过于单纯,印象却一成不变——一个希腊男孩的头像。但他会依然敬重。而一个女人如果探测一下这位牧师,就会不由自主地嗤之以鼻。

科恩,伊拉斯谟·科恩,要么独酌,要么与一个面色红润的小个子男人对饮他的红葡萄酒;因为此人的记忆保留的正好就是同一段时光;饮他的美酒,讲他的故事,背诵拉丁文、维吉尔和卡图卢斯,仿佛语言是他嘴唇上的美酒。只是——有时候一个人会遇到这种情况——如果这位诗人跨步进来如何是好? 他也许会指着这个胖墩墩的汉子问:"这是我的形象吗?"此人的头脑毕竟是我们中间维吉尔的代表,尽管身体十分贪吃,为了弄清武器,蜜蜂,甚至耕犁①,科恩口袋里揣一本法国小说,膝上盖一条毯子,去国外游历了一番,谢天谢地,他又回到自己的故土,自己的专业,他那小巧的镜子里镶有维吉尔的头像,周围有三一学院导师们的美妙故事和葡萄酒的红光相映生辉。然而语言是他唇上的美酒。维吉尔绝不会在别的地方听到这样的事情。尽管乌姆菲尔比老小姐沿后花园漫步时,将他的诗歌吟唱得悦耳动

---

① 古罗马诗人维吉尔的长篇史传《埃涅阿斯纪》有很多战争场面的描写;《农事诗》有耕种、养蜂的描写。

听,而且准确无误,可一走到克莱尔桥,她总是碰到这样一个问题:"不过要是我遇见他,该穿什么好呢?"——然后,一走上去纽纳姆学院的林阴道,她又想起书上从未写过的男女相会的别的细节来。她讲课时听讲的人数还不及科恩的一半,而她本来可以在阐释课文时要说的东西永远都被遗漏掉了。总而言之,如果把被教的作者的形象摆在一名教师面前,那镜子也会破碎的。而科恩呷着他的酒,他的得意过去了,不再是维吉尔的代言人了。不,他更像建筑工人,评估员,或检验员;在名称之间划上线,把名单挂在门上面。那就是光必须照透的织物,如果光能够照耀的话——所有这些语言之光,汉语和俄语、波斯语和阿拉伯语;符号和图像之光;历史之光,已知和将知的事物之光。所以,如果夜晚在外海翻滚的波涛上,人们看到水面上的一层薄雾,一座灯火闪亮的城市,甚至天空中的一片白光,就像此刻里面仍有人用餐或洗碗碟的三一学院食堂上空的白光,那也许就是那里燃着的灯光——剑桥之光。

"咱们到西米恩的房间去转转。"雅各说,他们讲定了以后便卷起了地图。

院子四周的灯都亮了,灯光洒在鹅卵石上,映衬出黑糊糊的一块块草地和一朵朵雏菊。小伙子们现在都回到了各自的房间。天知道他们在干什么。能这样掉下的东西会是什么呢?人们匆匆走过时都纷纷驻足,弯下腰看一只泛着泡沫的窗台花箱,他们上楼的上楼,下楼的下楼,直到院子里满满当当,成了挤满蜜蜂的蜂巢,回家的蜜蜂满身披金,昏昏欲睡,嗡嗡嘤嘤,突然扯起了嗓子;月光奏鸣曲响起来,华尔兹随之应和着。

月光奏鸣曲不停地丁冬;华尔兹噼啪轰鸣。虽然小伙子们仍进进出出,走路的样子仿佛是去赴约。时不时地砰的一声,仿佛什么笨重的家具冷不防自动倒了,却没有淹没在饭后常有的那种纷乱之中。想必家具倒地时,小伙子们看书的眼睛会抬起来。他们在看书吗?空气中肯定弥漫着一种专注的气息。灰墙背后坐着那么多小伙子,有的无疑在阅读,看杂志的,看廉价惊险小说的,毫无疑问;腿也许搭在椅子扶手上;吸着烟;趴在桌子上写东西,笔在动,脑袋随着转圈子——这些人哪,单纯的小伙子呀,他们会——不过没有必要想到他们变老的事;有的吃着糖果;这里有人在斗拳;呵,霍金斯先生准是气疯了,突然推起窗户大叫:"约——瑟夫! 约——瑟夫!"接着他拼命跑过院子,这时候,一个上了年纪的男子,穿件绿围裙,端着一大摞洋铁盖子,迟疑了一下,稳了稳步子,又向前走去。不过这只是个小插曲。有些小伙子躺在浅扶手椅里阅读,双手捧着书本,就好像捧着什么会叫他们渡过难关的法宝似的;因为他们都饱受煎熬,都来自内地城镇,又是牧师子弟。有的在读济慈。还有卷帙浩繁的史书——了解神圣罗马帝国必须从卷首读起,此刻一定有人开始这样做。这是那种专注的一部分,尽管在一个炎热的春夜,这样做将会是危险的——在雅各随时都可能推门出现的情况下,过于专注一本书正在读的一些篇章,也许是危险的;要不,理查德·博纳米不再读济慈,便开始撕下一张旧报纸,搓起长长的粉红色纸捻儿来,他弯着身子,脸上再没有急切、满足的表情,却几乎露出一副凶相。为什么? 可能仅仅是因为济慈英年早逝吧——随便一个人也想写诗,恋爱——哼,这群野兽! 难如登天啊。但如果在下一层楼的那个大房间里,有两三个,四五个小伙子,个个都坚信这一点——也就是,相信兽性,以及是非之间的明确界限,那就没有这么难了。这里有一张沙发,几把椅子,一张方桌,由于窗子开着,所以可以看到他们的坐姿——这儿伸出了两条腿,沙发一角那儿又蜷缩着一个人;也许有人站在壁炉围栏旁边说话吧,因为你看不见。反正雅各骑在一把椅子上,从一只长盒子里抓枣子吃,突然扑哧一声大笑起来。沙发角儿上传来了回应;因为他的烟斗是举在空中的,后来放下了。雅各打了个转身。对那个问题,他有话要说,可桌边那个强壮的红发小伙慢悠悠地摇头晃脑,似乎并不赞同;接着他掏出了铅笔刀,连连把刀尖扎进桌上的一个节疤里去,仿佛确认壁炉围栏那里传来的声音讲的就是真理——雅各对此也无法否认。说不定雅各收拾完枣核的时候,他可能会发现还有话要说——他的嘴的确张开了——只是后来爆发出一阵大笑来。

笑声在空中消逝了。教堂旁边站的人很难听到这声音,因为教堂铺展在院子的对面。笑声消逝了,只能看到房间里臂膀挥舞,身影移动,在搞什么名堂。难道发生了争执?难道在对船赛打赌?难道根本不是这类事情?那么在昏暗的房间里,挥臂动体地搞什么名堂呢?

窗外一两步之内一无所有,只有环抱着的建筑物——直直的烟囱,平平的屋顶;也许,对于一个五月的夜晚,砖头、建筑过多了点。接着,你眼前会浮现出光秃秃的土耳其山丘——嶙峋的轮廓,干燥的土壤,缤纷的花朵,和女人们肩头的色彩,她们光腿站在河里,在石头上捶打衣物。流水在她们的脚踝周围打旋儿。但是透过剑桥的夜幕,这一切都看不清了。连钟声都显得瓮声瓮气;仿佛从讲坛传来的某个虔敬的人的吟诵;仿佛历代学人听到最后的时刻滚过他们的队列,被他们打发走了,由于对他们的祝福,由于被活人的利用,已经磨得又光又秃了。

小伙子来到窗前,伫立在那里,放眼向院子那面望去,难道这是要接受过去的这份礼物?那是雅各。他站在那里,吸着烟斗,钟最后当的一响,在他的周围轻轻地回荡。也许发生过一场争执。他看上去志得意满;确实技艺超群;他站着站着,那种表情发生了些微变化,钟声带给他(也许是)一种古建筑和旧时光的感觉;而他自己就是继承人;接着是明天;还有朋友们;一想到他们,似乎有了绝对的信心和快乐,他打了个哈欠,伸了伸懒腰。

　　与此同时,他们在他身后搞的那种名堂,不管是不是争吵造成的,那是种精神方面的名堂,坚硬却又短暂,如同与教堂的黑石头比试的玻璃被撞成了碎片,因为小伙子们从椅子和沙发角儿上站起来,在房间里喊喊喳喳、推推搡搡,一个把另一个挤到卧室门上,门一撞开,两人一起跌了进去。后来,就剩下雅各一个坐在浅扶手椅上,一起还有马沙姆?安德森?西米恩?噢,是西米恩。其他人都走了。

　　"……背教者尤里安……"他们哪一个这么说了一声,别的话都含糊其词?但午夜前后那里有时会起大风,就像个突然醒来的蒙面人;现在这股风拍拍打打刮过了三一学院,把看不见的树叶卷到空中,刮得天昏地暗。"背教者尤里安"——接着就起风了。窜上榆树枝头,吹鼓了远处的船帆,古老的纵帆船剧烈地颠簸,炎热的印度洋上大浪排空,随后一切又恢复了平静。

　　所以,如果刚才那位戴面纱的女郎穿过三一学院的各个院落,此刻她就裹紧衣裙,头靠着柱子,又打盹儿了。

　　"不知怎么的,这似乎至关紧要。"

　　这低沉的声音是西米恩的。

　　回答他的声音更低。烟斗啪的一声尖响,磕在壁炉架上,把话打消了。也许雅各只"嗯"了一声，或者根本没有出声。真的，这些话是听不见的。这就是情投意合、心心相印时的一种灵犀交融。

"噢，你好像研究过这个问题。"雅各说着，就起身站到西米恩的椅子旁边。他稳了稳身子；稍稍晃了一下。他显出一副喜不自胜的样子，仿佛只要西米恩一说话，他的快乐就会齐边满沿，向四面八方溢出来。

西米恩一言不发。雅各一直站着。然而情投意合——它充满了整个房间，平静，深沉，犹如一池水。无须言语，无须行动，它轻轻地升起，漫过了一切，抚平心灵的创伤，点燃心灵的火焰，给心灵涂上珍珠的光泽，因此如果你谈及光，谈及光焰四射的剑桥时，它相关的不仅仅是语言。它相关的是背教者尤里安。

然而，雅各走动起来。他咕哝了一声晚安，出门走进了院子。他扣上夹克衫胸前的扣子，回自己的房间去，由于他是惟一在那个时候回屋的人，所以脚步格外响亮，身影尤显高大。教堂，食堂，图书馆，都回响着他的脚步声，仿佛那古老的石头回荡着庄严的权威："小伙子——小伙子——小伙子——回他的房间。"

四

何必苦读莎士比亚呢？尤其是这种又小又薄的平装本，书页不是由于被海水泡皱，就是被它粘到一起了。尽管莎士比亚的戏剧叫人赞不绝口，甚至屡屡被人引用，地位抬得比希腊戏剧还高，但是自从出海以来，雅各一本也没有读完。可这是多好的机会啊！

锡利群岛进入了蒂米·达兰特的视野；看上去，就像恰好浮出水面的山峰。他的计算毫发不爽。确实，他坐在那里，手握舵柄，面色红润，刚长出一抹茸茸的胡子，神情严肃地注视着星空，然后又看看罗盘，准确无误地琢磨着永恒的课本上他读的一页，看见他这番情景，准会让一个女人心动。当然，雅各不是女人。对他来说，蒂米·达兰特那副景象绝不是什么胜景，绝不是能与天空和崇拜抗衡的景致；远远不是。他们吵过一架。莎士比亚就在船上，面对这样壮丽的情景，为什么怎么打开一听牛肉罐头才算正确这等小事就把他们变成了气冲冲的小学生？谁也说不上。不过，罐装牛肉是凉菜；海水又使饼干变了味；波涛一个劲地翻滚跳跃，永无休止——在茫茫的海面上翻滚跳跃。时而漂过一缕海草——时而漂过一根木头。这儿沉过不少船。一两只船沿着自己的航线驶过。蒂米知道它们要驶向何方，船上装着什么货物,只用透过望远镜一望,就能说出航运公司的名称,甚至能猜出给股东们付多少股息。然而,雅各没有理由为这个生气。

锡利群岛看上去好像浮出水面的山峰……真倒霉,雅各把煤油炉的销子弄断了。

说不定,一片席卷而过的巨浪,就可以把锡利群岛永远勾销。

然而,你必须相信年轻人承认:在这种情况下吃的早餐虽然糟糕,但很地道。没有必要交谈。他们各自掏出了各自的烟斗。

蒂米记下了一些科学观测数据;可是——是什么问题打破了沉默呢——确切的时间是什么时候,或者是哪月哪日呢?总而言之,说起话来了,场面一点也不尴尬;用的是世界上最实际认真的口吻;然而雅各开始解扣子,脱得只剩下一件汗衫,裸坐着,显然是打算洗个澡。

锡利群岛水域开始泛蓝;突然间,蓝、紫、绿在海面上涌动;最后留下一片灰色;划出一道条纹,旋即消失了;但是当雅各把汗衫从头上搂下来以后,整个波面蓝白相间,微波荡漾,水纹分明,尽管时不时地出现一片宽阔的紫痕,犹如一块青肿的淤伤;要么浮现出整块点染着黄色的翡翠。雅各一头扎入水中。他把水吞进去,又吐出来,双臂轮番拍打。他被一条绳子拖着,喘息着,溅泼着,最后又被拽上了船。

船上的座位热乎乎的,太阳暖烘烘地晒着他的脊背,他手拿毛巾,光身坐着,注视着锡利群岛——该死!帆啪地一摆。莎士比亚碰进水里去了。你眼睁睁地看着它高高兴兴地漂走了。书页急速翻动了不知多少回;然后它就沉下去了。

说来奇怪,你竟然能闻到紫罗兰的芳香。如果说七月里不可能有紫罗兰,那准是有人在陆地上种了某种气味刺鼻的植物。陆地,并不十分遥远——你可以看见悬崖上的裂缝,白色的农舍,袅袅的炊烟——呈现出一片宁静,一派阳光明媚、人气祥和的奇特面貌,仿佛智慧和虔诚突然降临到了那里的居民身上似的。这时传来了一声叫喊,好像是一个男人在大街上叫卖沙丁鱼。那里呈现出一派虔诚、宁静的奇特景象,仿佛老人倚门而立,抽着烟斗;仿佛女孩子们站在井边,双手叉腰,马儿也站在那里;仿佛世界的末日已然来临;菜地、石墙、海岸警卫站,尤其是那些无人看见的海浪飞溅的白沙湾,都在一种心醉神迷的状态中升了天。

然而,不知不觉间农舍的炊烟低垂下来,呈现出一幅举哀的景象,一面旗在一座坟的上空飘扬,抚慰着亡灵。海鸥自由地翱翔着,而后又静静地悬浮在半空,仿佛要盯住那座坟墓似的。

毫无疑问,如果这是意大利、希腊,甚或西班牙海岸,陌生、兴奋和古典教育的激发将会让忧伤朝特定的方向转移。然而康沃尔的山冈上只耸立着一些光秃秃的烟囱;不知怎么的,楚楚可怜就叫人痛断肝肠。是啊,这一根根烟囱、这一个个海岸警卫站,这一片片无人看见的海浪飞溅的小海湾,让人回想起那椎心泣血的悲伤。而这种悲伤又能是什么呢?

它是大地本身酿造成的。它来自那些海岸上的房舍。我们出发时天空清澈,后来便云团堆积。全部的历史都在我们的这块玻璃后面。逃避纯属徒劳。

但是这能否正确地解释雅各裸坐在阳光下、凝视着大地尽头时的抑郁之情呢?很难说;因为他一言不发。有时蒂米心里纳闷(只是一刹那),是不是他家里人让他心烦呢……不要紧

53

的。有些事情是不能说的。咱们不去管它。咱们把身子擦干，先把凑手的东西拿起来……蒂米·达兰特的科学观测笔记。

"哎……"雅各说。

那是一场异常激烈的争论。

有些人能循着老路亦步亦趋地走下去，甚至还能在终点时独自迈出六英寸长的一小步；有些人却始终观察着外部的蛛丝马迹。

眼睛盯着拨火棍；右手把拨火棍拿上，举起来；慢慢地旋转着，然后，又分毫不差地放回了原地。左手搭在膝盖上，敲打着某首庄严而断断续续的进行曲。深吸一口气；但还没派上用场就把气吐完了。猫从炉前地毯上扬长走过。没有人注意它。

"我也只能走这么远了。"达兰特一锤定了音。

接下来的一分钟寂静得如同坟墓。

"随后……"雅各说。

随后只是半句话；但这些半句半句的话却像楼顶上插给下面的观光者看的旗帜。康沃尔的海岸带着紫罗兰的芳香、举哀的标志和宁静的虔诚，难道它只不过是他的思绪行进时碰巧悬垂在后面的一块屏幕？

"随后……"雅各说。

"是的，"蒂米沉吟了一会说，"就是这样。"

这时雅各撒起了欢儿，半是要舒展舒展筋骨，半是有点喜不自胜，无疑是因为他卷帆、擦脚时嘴里发出的那种奇怪透顶的声音——野腔无调——就算一种凯歌吧；因为已经抓住了论点，因为已经控制了局面，黑不溜秋，胡子拉碴，而且还能够乘坐一艘十吨的游艇周游世界，说不定哪一天他会这么做的，而不是坐到律师事务所里，还穿上一副鞋罩。

"我们的朋友马沙姆,"蒂米·达兰特说道,"可不愿意让人看见跟我们这副模样的人泡在一起。"他的扣子掉了。

"你认识马沙姆的姑姑吗?"雅各问道。

"我从来就不知道他还有个姑姑。"蒂米回答。

"马沙姆有成千上万的姑姑呢。"雅各说。

"《末日宣判书》中提到了马沙姆。"蒂米说。

"也提到了他的姑姑们。"雅各说。

"他的妹妹,"蒂米说,"可是个漂亮姑娘。"

"你会艳福不浅的,蒂米。"雅各说。

"艳福不浅的首先是你。"蒂米说。

"但我刚刚跟你谈到的这个女人——马沙姆的姑姑……"

"哎,说下去吧。"蒂米说,因为雅各笑得说不出话来了。

"马沙姆的姑姑……"

雅各笑得说不出话来。

"马沙姆的姑姑……"

"马沙姆究竟有什么好笑的?"蒂米问。

"见鬼——一个把自己的领带夹都吞下肚去的男人。"雅各说。

"不到五十岁就成了大法官。"蒂米说。

"他可是个绅士。"雅各说。

"威灵顿公爵才是个绅士。"蒂米说。

"济慈却不是。"

"索尔兹伯里勋爵是。"

"那么上帝是不是呢?"雅各问道。

这时候,仿佛从云端里伸出一根金手指,直指着锡利群岛;人人都知道这种景象是不祥之兆,这些敞亮的光芒,无论照耀着锡利群岛,还是大教堂里十字军战士的坟墓,总会动摇怀疑论的基础,让人们拿上帝开开玩笑。

　　"与我在一起:

　　黄昏来何急;

　　暮色愈见浓;

　　主啊,与我在一起。"

蒂米·达兰特唱道。

　　"我们那儿过去有一首圣歌,是这样开头的:

　　"上帝啊,我能看到听到什么呀?"

雅各说道。

　　离船很近的地方,海鸥三个一群两个一伙悬浮在空中,轻轻地晃动着;那只鸬鹚仿佛跟着它那紧张的长脖子做永恒的追求,几乎贴着水面掠过,飞向下一块岩石;岩洞里,海潮的嗡嗡声从水上传来,低沉、单调、仿佛有个人在自言自语。

　　"千年古岩,为我裂开,

　　让我藏进你的怀。"

雅各唱着。

　　犹如某个怪兽的钝牙,一块岩石破水而出,棕色的;海水漫卷,形成一股股永不停息的瀑布。

　　"千年古岩。"

　　雅各唱着,仰面朝天躺着,凝视着正午的天空,朵朵云彩全被撤走了,就像什么东西,揭走了盖子,展览到永远。

到了六点，从冰原上吹来一股微风；七点，海水由蓝变紫；七点半，锡利群岛四周呈现出一片粗肠膜的颜色，达兰特坐着掌舵行船，脸色就像祖祖辈辈擦拭过的红漆盒子。九点，天空的红霞、乱云全都退尽，留下一块块楔形的苹果绿和圆盘形的淡黄；十点，船灯在海浪上涂抹着曲曲弯弯的色彩，时而细长，时而粗短，随着海浪的舒展或隆起产生变化。灯塔的巨光迅速跨过海面。亿万里之外，粉尘似的星星闪闪烁烁；海浪拍打着小船，带着规律而可怕的庄严轰击着岩石。

尽管有可能敲开农舍的门，讨杯牛奶，但惟有口渴难耐才会让人迫不得已去侵扰人。不过说不定帕斯科太太倒会欢迎有人这么做。夏季的白天也许消磨起来沉甸甸的。她在小洗涤室里洗洗涮涮，可以听到壁炉架上那只便宜钟嘀答，嘀答、嘀答……嘀答，嘀答，嘀答。就她一个人在家。丈夫出外给法默·霍斯金帮忙去了，女儿结婚后去了美国。大儿子也成了家，但她和儿媳合不来。那位美以美会教派的牧师过来把小儿子带走了。只剩下她一个人在家里守着。一艘轮船，也许是开往加的夫的，这会儿正从天际驶过，近处，一朵毛地黄挂钟儿摇来摆去，一只野蜂在采钟蕊的蜜。

康沃尔的这些白色农舍统统建在悬崖边上；菜园里的荆豆比白菜长得更欢；某个原始人把大块大块的花岗石堆起来，权当树篱。其中有一块，据一位史学家推断，是用来盛牺牲的血的，所以上面挖了个盆儿，如今，它更加服帖地让那些想饱览"鲂鲱头"风光的游客安坐其上。并非什么人反对农舍花园里出现印花布蓝裙子和白围裙。

"瞧——她必须从花园的井里打水。"

"冬天,狂风横扫山丘,海浪猛打岩石,这里一定非常冷清。"

即便在夏日,你也能听见海浪在絮语。

帕斯科太太打上水,进了屋。游客后悔没有带望远镜,要不然他们就可以一睹那艘浪迹天涯的轮船的名字了。确实,这样晴空万里的日子,哪里还有望远镜看不到的东西。两条渔船也许是从圣艾夫斯湾驶来的,正扬帆与那艘轮船反向而行,海面时而澄澈,时而浑浊。至于那只蜜蜂,吸足了蜜以后,便去造访那棵起绒草,然后就径直飞向帕斯科太太的菜园,又把游客的目光吸引到了老太太的印花布裙和白围裙上,因为她已经来到农舍的门前,正在那里站着呢。

她站在那儿,手搭凉篷,眺望着大海。

这也许是她一百万次眺望大海了。一只孔雀蛱蝶双翼舒展落在起绒草上,这是一只新近出现的蝴蝶,从翅膀上的蓝褐色绒毛便可一望而知。帕斯科太太进屋去了,拿了一只奶锅,又出来,站在那里擦拭。她的脸确实不温柔,不性感,也不淫邪,而是显得刚毅、睿智,更确切地说,健康,在一个挤满圆滑世故的人的屋子里显示出有血有肉的生机。她爱说谎,不过也爱讲真话。她背后的那面墙上挂着一只大干鳐。关在起居室里以后,她珍视的是那些小地毯、瓷缸子和照片,尽管这间有股霉味的小屋只用一砖厚的墙阻挡海风的侵袭。透过花边窗帘的缝隙可以看见塘鹅像块石头一样飞落下去。风狂雨骤的日子里,海鸥从空中飞来,瑟瑟发抖,轮船上的灯光忽高忽低。冬夜的声音一片凄凉。

画报准时在星期天送到,她把辛西娅小姐在西敏寺举行婚礼的报道琢磨了很久很久。她也喜欢坐一辆有弹簧的四轮马车。那种温柔、轻快、有教养的言谈往往把她的几句粗话搞得自惭形秽。然后,她整夜听到的是大西洋碾磨岩石的声音,而不是双轮双座马车和男仆吹着口哨叫汽车的声音……因此,她一面擦拭奶锅,也许一面还做着白日梦。然而那些嘴巴麻利、头脑机灵的人都进城了。她像个守财奴似的,把感情藏在心里。这些年来,她一丝一毫也没改变,瞧着她叫人心怀妒意,仿佛她身上全是纯金。

这个聪慧的老妇人,目光凝视过大海后,又一次撤离了。游客们决定向"鲂鲱头"进发。

三秒钟后,达兰特夫人轻轻地叩起门来。

"帕斯科太太吗?"她问道。

达兰特夫人傲慢地看着游客们从田间小路上走过。苏格兰高地有一个种族因它的酋长而闻名于世,她就是那个种族的后裔。

帕斯科太太出现了。

"帕斯科太太,我真羡慕你那簇灌木。"达兰特夫人一边说,一边用刚叩过门的遮阳伞指着旁边长的那簇漂亮的金丝桃。帕斯科太太不以为然地把那簇灌木看了一眼。

"我希望儿子一两天就到,"达兰特夫人说,"他和一个朋友从法尔茅思驾一条小船过来。有莉齐的消息吗,帕斯科太太?"

她的几匹长尾巴小马在二十码开外的路上抽动着耳朵。男仆克诺不时地挥赶着马身上的苍蝇。他看见主人进了小屋,又走了出来;绕着小屋前的菜园转了一圈,从她的手势可以看出她谈得十分起劲。帕斯科太太是他的姑妈。两个女人察看着一簇灌木。达兰特夫人弯腰从上面折了一根小枝。然后她指着(她的动作盛气凌人;腰杆儿挺得笔直)那片土豆。土豆得了枯萎病。那一年,所有的土豆都得了这种病。达兰特夫人向帕斯科太太指出她的土豆的枯萎病多么严重。达兰特夫人劲头十足地说着;帕斯科太太低眉顺眼地倾听着。男仆克诺知道达兰特夫人在说什么,这极其简单:你给药粉加一加仑的水搅匀就行了;"我家花园里的枯萎病就是我亲手治的。"达兰特夫人在说。

"你的土豆一个也剩不下了——你的土豆一个也剩不下了。"当她们走到大门口时,达兰特夫人用斩钉截铁的口气说着。男仆克诺纹丝不动,像块石头似的。

达兰特夫人抓起缰绳,坐到了车夫的座位上。

"当心那条腿,实在不行的话,我给你请个医生来。"她扭头喊道;轻轻抽了抽小马,马车就启动了。克诺差点儿给落下了,他靴尖一点,纵身一跃,才算是上了车。男仆克诺坐在后座中间,望着姑妈。

帕斯科太太站在大门口,目送着他们;在大门口一直站到马车拐过弯;仍旧站在大门口左顾右盼了一阵子;才回屋去了。

不久马儿们便奋起前腿向隆起的荒野路发起了冲击。达兰特夫人松了缰绳,身子向后靠着。她那股轻松愉快的劲头已荡然无存了。她那个鹰钩鼻子薄得好像一片几乎能透光的白骨。她的双手搭在放在腿上的缰绳上,即便在歇息,仍然显得有力。她的上唇很短,从门牙上翘起来,几乎透着一丝冷笑。帕斯科太太的心系在那块孤零零的菜地上,她的心思却飞到了千里之外。马儿爬着坡,她的心飞到了千里之外。她的心飞来飞去,仿佛那一座座无顶的农舍、一堆堆的煤渣以及一片片毛地黄和刺藤丛生的菜园,都在她的心上投下了阴影。到了山顶,她停下马车。四周苍山起伏,每一座山上古岩错落;下面就是大海,就像南方的海洋一样变幻无常;她坐在那里倚山望海,身子挺得笔直,鼻子像鹰钩嘴,心绪喜忧参半。突然,她抽了抽马,男仆克诺只好靴尖一点,纵身一跃上车。

乌鸦落下去;乌鸦飞起来。它们起落无常,树林仿佛容不下那么多住户安家似的。微风吹来,树梢随风歌唱;虽是盛夏季节,树枝的嘎吱声仍依稀可闻,不时地掉下一些树皮、细枝来。乌鸦飞起又落下,聪明点的鸟儿准备落窝,因此每次飞起来的数目越来越少。暮色已浓,林子里面几乎全黑了。青苔软绵绵的;一根根树干如同一个个幽灵。远处是一片银色的草地。蒲苇从草地尽头的绿岗上竖起羽毛似的嫩芽。一汪水闪闪发光。旋花蛾在花儿上盘旋。橘黄与绛紫,旱金莲和缬草,沉浸在暮色里,但烟草和西番莲白花花的,像瓷器一般,大飞蛾在上面飞旋。树顶上,乌鸦一起扇动翅膀,发出扑扑腾腾的声音,正准备安眠,这时候,远处有种熟悉的声音在震颤——愈来愈响——在它们的耳旁鼓噪——把神圣困倦的翅膀又惊飞起来——原来是屋里开饭的铃声。

在海上经过了六天的风吹、雨淋、日晒,雅各·佛兰德斯穿上了小礼服。这件朴素的黑玩意儿在船上曾时不时地出现在罐头、泡菜和腌肉中间,随着航程的进展,变得越来越不得体,简直令人难以置信。而现在,这世界平稳下来,烛光灿烂,只有这件小礼服保护着他。他真是感激不尽。即便如此,他的脖子、手腕和面孔依然露在外面,没有遮掩,他浑身上下,无论是露在外面的,还是裹在里面的,都热辣辣的,红通通的,搞得那块黑布也只能成为一块漏洞百出的屏幕。他把放在桌布上的那只又大又红的手缩回来。他偷偷摸摸地时而抓住细细的长脚杯,时而攥住弯弯的银叉子。排骨装饰着粉红的纸卷饰,昨天他啃过肉骨头呢!他的对面是一些朦朦胧胧、半透明的黄蓝两色的形体。再后面是灰绿色的花园,在鼠刺梨形的叶子中间,渔船似乎卡住了,止步不前。一艘大帆船从女人们的背后缓缓驶过。暮色中两三个人影急匆匆地穿过露台。门开了,又关上。没有什么固定完整的东西。如同船桨时而划向这边,时而划向那边,桌子两边的闲言碎语忽而传到这里,忽而传到那里。

"哎,克拉拉,克拉拉!"达兰特夫人大喊,蒂莫西·达兰特也随声附和:"克拉拉,克拉拉。"雅各认定裹着黄色薄纱的那个形体就是蒂莫西的妹妹克拉拉。那姑娘坐在那儿笑眯眯的,脸色绯红。她长的也是哥哥那样的黑眼睛,模样儿比他模糊、柔和一些。笑声止住时,她说:"可是妈妈,那是真的。他就是这么说的,是吧?艾略特小姐也同意我们的看法……"

然而,艾略特小姐,高高的个子,满头的灰发,正在挪地方,让那位从露台上进来的老人坐在她身旁。晚宴永远不会结束,雅各想,而他倒不希望它结束,尽管那船已从窗框的一角驶到了另一角,一盏灯标志着码头的尽头。他看见达兰特夫人注视着灯光。她转身面对着他。

"你指挥还是蒂莫西指挥?"她问道,"请原谅我管你叫雅各。你的情况我可听说过不止三次五次了。"然后,她的目光又回到海上。望着海景,她的双眼呆滞无神。

"从前是个小村庄,"她说,"可现在变成了……"她站起身,拿着餐巾,站到了窗口。

"你是不是和蒂莫西吵架了?"克拉拉怯生生地问,"我倒是应该吵一架。"

达兰特夫人从窗边走回来。

"天越来越晚了。"她坐得笔直,低头看着桌子说道,"你们也不害羞——你们大家。克拉特巴克先生,你也不害羞。"她提高了嗓门,因为克拉特巴克先生是个聋子。

"我们害羞呢。"一个女孩说道。但那位长胡子的老头儿一个劲儿地吃着李子馅饼。达兰特夫人大声笑着靠到了椅背上,仿佛在纵容他似的。

"这事儿就看您了,达兰特夫人,"一个戴着厚厚的眼镜、长着一撇火红的小胡子的小伙子说,"我说,条件全兑现了。她现在欠我一个金镑。"

"不是提前吃——是就着鱼一起吃,达兰特夫人。"夏洛特·威尔丁说。

"就是那样打的赌;就着鱼一起吃,"克拉拉一本正经地说,"妈妈,大家说的是秋海棠,就着鱼吃秋海棠。"

"哦,天哪!"达兰特夫人说。

"夏洛特不会给你钱的。"蒂莫西说。

"你怎敢……"夏洛特说。

"那特权就归我了。"温文尔雅的沃特利先生说着就拿出了一只装金镑的银匣,把一枚金币悄悄放到桌子上。接着,达兰特夫人站起身,走过了屋子,身体挺得笔直,穿着黄、蓝、银灰各色的薄纱裙的女孩子们紧随其后,还有穿天鹅绒衣裙、上了年纪的艾略特小姐;一位身材矮小、面色红润的女人在门口迟疑不决,一脸的清纯、谨慎,也许是个家庭教师。大家都走出了敞开的门。

"夏洛特,等你到了我这岁数。"达兰特夫人说,她正挽着那老姑娘的胳膊在露台上来回踱步。

"您干吗这么难过呢?"夏洛特冲动地问。

"我显得很难过吗? 但愿不是。"达兰特夫人说。

"刚才有点儿。你其实并不老。"

"还不老,儿子蒂莫西都这么大了。"她们停下了脚步。

艾略特小姐正在露台边上,用克拉特巴克先生的望远镜观望。那聋老头就站在旁边,捋着胡子,朗诵着星座的名称:"仙女座,牧夫座,西顿座,仙后座……"

"仙女座。"艾略特小姐一边嘟囔,一边把望远镜的方位稍稍改变了一下。

达兰特夫人和夏洛特顺着指向星空的望远镜筒望去。

"星星多得数不清。"夏洛特毫不含糊地说。艾略特小姐转过了身。突然餐厅里的年轻人爆发出一阵笑声。

"我去看看。"夏洛特急切地说。

"星星使我心烦,"达兰特夫人一边说一边和朱丽娅·艾略特从露台上往下走,"我曾读过一本关于星星的书……他们在说什么?"她在餐厅的窗前站住了。"蒂莫西。"她强调说。

"还有那个沉默的年轻人。"艾略特小姐说。

"对,雅各·佛兰德斯。"达兰特夫人说。

"哟,妈妈! 我没认出是您!"克拉拉和艾尔斯贝思从对面走来,喊道。"多香啊。"她揉着一片马鞭草叶子,细声细气地说。

达兰特夫人转身独自走开了。

"克拉拉。"她喊了一声。克拉拉向她走过去。

"这母女俩多么不同啊!"艾略特小姐说。

沃特利先生吸着一支雪茄,从她们身边走过。

"我每活一天就发现自己赞同……"他说着从她们身旁走过。

"猜起来真有意思……"朱丽娅·艾略特喃喃地说。

"我们头一回出来时,能看到那个花坛里花儿朵朵。"艾尔斯贝思说。

"现在几乎看不见了。"艾略特小姐说。

"当年,她一定很美,当然了,谁见谁爱,"夏洛特说,"我想沃特利先生……"她打住了。

"爱德华的死是个悲剧。"艾略特小姐断然说。

说到这里,厄斯金先生插了进来。

"就没有沉默那档子事,"他斩钉截铁地说,"这样的夜晚,我还能听到二十种不同的声音。还不算你们说话的声音。"

"愿意打个赌吗?"夏洛特问道。

"行,"厄斯金先生说。"一,海;二,风;三,狗;四……"

其他人接了下去。

"可怜的蒂莫西。"艾尔斯贝思说。

"一个非常美好的夜晚。"艾略特小姐冲着克拉特巴克先生的耳朵喊道。

"想看星星吗?"老头儿说着便把望远镜转向艾尔斯贝思。

"难道这样你不觉得伤感吗——看星星?"艾略特小姐喊道。

"怎么会呢,怎么会呢,"克拉特巴克先生明白过来后,咯咯地笑起来,"这怎么会叫我伤感呢?没有的事——怎么会呢。"

"蒂莫西,谢谢你,不过我就要进去了,"艾略特小姐说,"艾尔斯贝思,给你披肩。"

"我要进去了,"艾尔斯贝思眼睛对着望远镜边看边嘟囔,

"仙后座，"她又嘟囔道，"你们都在哪里呢？"她一边问，一边把眼睛从望远镜上移开，"天好黑啊！"

客厅里，达兰特夫人坐在一盏灯旁缠着一团毛线。克拉特巴克先生在看《泰晤士报》。远处还有一盏灯，年轻小姐们围坐在那儿，在银光闪烁的布料上闪动着剪刀，为一些家庭演出准备行头。沃特利先生在看书。

"是的，他完全正确。"达兰特夫人说着就直起了身子，不绕毛线了。当克拉特巴克先生阅读兰斯道恩勋爵演说的剩余部分时，她坐得笔直，再没有碰她的毛线团。

"啊，佛兰德斯先生。"她说，语气十分自豪，仿佛在跟兰斯道恩勋爵本人说话。然后她叹了口气，又绕起了毛线。

"坐那儿吧。"她说。

雅各本来在窗边的阴暗处盘桓，这时走了过来。灯光泻在他身上，把每一个毛孔都照得通亮；但当他坐着凝视窗外的花园时，脸上的肌肉纹丝不动。

"我想听听你们的航行情况。"达兰特夫人说。

"那好。"他说。

"二十年前，我们干过同样的事情。"

"噢。"他说。她目光犀利地盯着他。

"他真是笨到家了，"她想，注意着他怎样摸弄着脚上的袜子，"但相貌不凡。"

"那个时候……"她接着说，向他描述当年他们是怎样航行的……"我丈夫对航海相当在行，我们结婚前他就有一只游艇……那时候他们不知道天高地厚，根本不把那些渔民放在眼里，差点儿把命都赔进去了，不过倒也十分自豪！"她把抓着毛线团的那只手猛地伸了出去。

"我替您拿着毛线,好吗?"雅各生硬地问。

"你就是这么帮你妈的吧,"达兰特夫人说,递毛线的时候,又用锐利的目光盯着他,"是的,这样好绕多了。"

他笑了笑;但没有吱声。

艾尔斯贝思·西顿斯在他们身后盘桓着,胳膊上有个银光闪闪的东西。

"我们想……"她说,"我是来……"她又打住了。

"可怜的雅各,"达兰特夫人平静地说,仿佛她对他的一生已了如指掌似的,"她们想让你在剧中演个角色。"

"我多爱您啊!"艾尔斯贝思说着就跪在了达兰特夫人的椅子旁。

"把毛线给我。"达兰特夫人说。

"他来了——他来了!"夏洛特·威尔丁喊道,"我的赌打赢了!"

"上面还有一串。"克拉拉·达兰特喃喃地说着,又上了一级梯子。雅各扶着梯子,克拉拉伸出手去够高处的葡萄。

"好啦!"她说着就把藤枝儿剪断了。掩映在葡萄叶和一串串或黄或紫的葡萄中,她的脸色显得半透明,苍白而格外美丽,阳光在她身上游移,斑斑驳驳,仿佛一座座色彩斑斓的小岛。木板上摆着一盆盆天竺葵和秋海棠;番茄秧爬到了墙上。

"确实需要把叶子打稀一点。"她心想,一片绿叶像只手掌一样摊开,盘旋着从雅各头上飘下来。

"现有的我已经吃不了了。"他仰起头说。

"确实荒唐,"克拉拉开口了,"要回伦敦……"

"笑话。"雅各坚定地说。

"那么说……"克拉拉说,"你明年必来无疑了。"她说着,又乱剪了一片葡萄叶。

"如果……如果……"

一个小孩喊叫着从温室旁跑过。克拉拉挎着一篮葡萄慢慢地从梯子上下来。

"一串白的,两串紫的。"她说着,往暖洋洋地蜷在篮子里的葡萄上盖了两片大叶子。

"我过得很开心。"雅各低头望着温室说。

"是的,令人愉快。"她含糊其词地说。

"哦,达兰特小姐。"他说着,接过了篮子,但她却从他身边经过,朝温室门走去。

"你真是太好了——太好了。"她想,想到雅各,想到他绝不会说他爱她。不会,不会,不会的。

孩子们像旋风似的从门口跑过去,向高空扔着东西。

"小鬼!"她喊道。"他们手里拿的是什么?"她问雅各。

"我想是洋葱吧。"雅各说。他一动不动地看着孩子们。

"雅各,记着噢,明年八月。"达兰特夫人在露台上一边说,一边和他握手,樱花挂在她的脑后,像只红色的耳环。沃特利先生脚穿一双黄色拖鞋,从落地窗里走出来,拿着《泰晤士报》,热情地伸出手来。

"再见。"雅各说。"再见。"他重复着。"再见。"他又说了一遍。夏洛特·威尔丁猛地打开卧室的窗户叫着:"再见,雅各先生!"

"佛兰德斯先生!"克拉特巴克喊道,竭力从那把蜂房状的椅子上解脱出来。"雅各·佛兰德斯!"

"太晚了，约瑟夫。"达兰特夫人说。

"坐着，让我照张相还不晚。"艾略特小姐说着，把三脚架支到了草地上。

五

　　"我倒是认为，"雅各把烟斗从嘴上拿下来说，"它出自维吉尔。"说完，便把椅子往后一推，朝窗子走去。

　　世界上最疯狂的司机，肯定要数那些开邮车的了。那辆红邮车冲过兰姆水道街，在邮筒旁边突然来了个急转弯，不但蹭了道边石，而且惊得那个踮着脚尖往邮筒里投信的小女孩抬起头来，又害怕，又好奇。她手探在信箱口愣了一下；然后把信一丢，跑了。我们看见一个踮着脚尖的孩子时很少动过恻隐之心——更常见的则是心里有一种隐隐约约的不快，鞋里的一粒沙子，几乎犯不着取出来——这便是我们的感觉，于是——雅各转向了书橱。

　　从前，这里住的是大人物，午夜已过，他们才从宫廷回来，把缎子衣服下摆绺成一团，站在精雕细刻的门柱下，这时睡在地垫上的仆人挣扎着醒过来，赶紧扣住马甲下面的几个扣子，把他们迎进门来。十八世纪的苦雨泄进水沟。然而，如今的南安普顿街之所以引人注目，主要是因为在那儿，你总能发现一个极力向裁缝兜售乌龟的商贩。"展销花呢，先生；上等人衣服，讲究的就是靓丽夺目，先生——还有干净，先生！"于是他们便把乌龟亮出来。

在牛津大街的穆迪图书馆的拐角上,红色的、蓝色的珠子统统串在线上。公共汽车纠结在一起。正在进城的施波尔丁先生盯着前往牧羊人丛林的查尔斯·巴奇恩先生。公共汽车靠得很近,这就给靠外的乘客一个相互注视的机会。然而很少有人利用这样的机会。人人都有自己的事情好想。个个都把往事锁在心里,好像那是背得烂熟的一本书里的片片书页;他的朋友只能念出书名;詹姆斯·施波尔丁,或者查尔斯·巴奇恩,而迎面过来的乘客却什么也念不出来——除了"一个红胡子男人,""一个身穿灰装、嘴叼烟斗的青年。"十月的阳光照耀着这些一动不动坐在车上的男男女女;小约翰·斯特金乘机纵身一跃跳下车梯,提着那个神秘的大包,在车水马龙间,左躲右闪上了人行道,吹起了口哨,很快便湮没于人海中——永远杳无踪迹了。公共汽车一路颠簸,想到离自己旅程的终点又近了一点,人人都由衷地松了一口气,尽管有的人用往后享受的指望——在城里一家市区酒店烟雾腾腾的角落里,吃吃牛排和腰子布丁,喝喝酒,或者玩一局多米诺骨牌,哄骗自己,从而忘掉眼前的麻烦。是啊,当警察举臂把车拦住,太阳晒着你的后背,坐在霍尔本的一辆公共汽车的顶层,人生还是蛮过得去的嘛,如果有一种人分泌出来、容纳自己的壳那样的东西,我们在这里便发现了,大街汇集的泰晤士河两岸,圣保罗大教堂宛如蜗牛壳顶上的涡螺一般,是最后的点睛之作。雅各下了车,吊儿郎当,拾级而上,看了看表,最后决定还是进去……难道这还需要动脑筋?是啊。这些情绪的变化多么耗人哪。

这儿光线昏暗,有白色大理石的鬼魂附身,风琴永远向它们吟唱。要是一只靴子嘎吱一响,那可够怕人的;还有仪式;教规。司仪用他的权杖把下面的生命摆平。天使般的合唱队员甜美、圣洁。尖细的歌声,琴声永远在大理石肩膀周围缭绕,在交叉的指缝里进出。永不停息的安魂曲——安息。年复一年,里杰特太太一直在擦洗咨询会办公室的台阶,擦累了,便在那位伟大的公爵墓下面坐下,两手交叉,双目半眯。对于一个老妇人来说,这可是个豪华的休息场所,身边安放着那位伟大的公爵的遗骨,他的丰功伟绩对她来说,毫无意义,他的名字她也一无所知,尽管她从来不会忘记向对面的小天使们打个招呼。出来时,希望自己的坟墓上也有同样的景象,因为厚重的心扉已经敞开了,安息的思绪、甜美的旋律便蹑手蹑脚地溜了出来……不过,黄麻商人斯派塞老头,可没有这种遐想。说来奇怪,这五十年来,他从未进过圣保罗大教堂的门,尽管他办公室的窗户就对着教堂墓地。"就这么回事?唉,一个悲凉、古老的地方……纳尔逊的墓在哪儿?这回来不及了——下回吧——要给募捐箱里投一枚硬币……是雨天还是晴天?唉,天要是能下定决心该有多好!"孩子们吊儿郎当地往里溜——教堂司事挡住了。——一个又一个……男男女女!老老少少……抬起眼睛,噘着嘴唇,同样的阴影掠过同样的面庞;厚重的心扉敞开了。

从圣保罗大教堂的台阶上看,再没有比这一点更确定无疑了:那就是每个妇女都奇迹般地穿着上衣,裙子和靴子;有收入;有目标。只有雅各,手里拿着在拉德门山买的芬莱的《拜占庭帝国》,显得有点与众不同;因为他手里有一本书,他会准时在九点三十分坐在自己的壁炉边,把这本书翻开研究一番,而在这批芸芸众生中,再没有一个人会这样做的。他们无家可归。属于他们的是街道;商店;教堂;不计其数的书桌;连片的办公室灯光;那些货车是他们的,还有高悬在街道上方的铁路。要是你再仔细瞅瞅,你会看到三个上了年纪的人,彼此隔着一段距离,在人行道上玩"跑蜘蛛"，仿佛街道就是他们的客厅似的，这儿，有一个女人靠着墙，目光茫然，鞋带摊开，并不冲着你叫卖。海报也是他们的；新闻报导的就是他们。一座城市毁了；一场比赛赢了。一帮无家可归的人在天底下盘桓，蓝天白云被一片化为尘埃的钢屑和马粪结成的天棚挡住了。

那边，绿荫下，西布利先生埋头盯着白纸，把形象转移到对开纸上，你注意到每张书桌上都像食品一样摆放着一摞纸张，当天的营养，被那勤奋的笔慢慢吃光。数不清的高级外套，各有其主，整日空挂在一条条走廊里，但钟一敲六点，每一件都塞得满满当当，于是那些小小的身影儿，或者破开，形成两条裤筒，或者铸成粗粗的一块，保持一种角度，做出向前的动作，在人行道上突飞猛进；然后掉进了茫茫的黑暗。人行道的下面，深陷在地里的是一条条空空洞洞的排水沟，旁边一溜儿黄灯，永远指引着它们的去向，搪瓷牌上的大字，标明地上的公园、广场、和山上的圆形剧场。"大理石拱门——牧羊人丛林"——对大多数人来说，拱门和丛林永远是蓝底白字。只在一个地方——那也许是阿克顿、霍洛威、或者肯索山岗，加里东路——这种名字才指你购物的商店，也指一些住宅，其中一座的右边，截头树从铺路石的缝隙中长出来，屋内有一扇挂着窗帘的方窗，还有一间卧室。

日落已经很久了，一位瞎眼老妇人坐在一把轻便折凳上，背对着伦敦联合济贫院和史密斯银行的石墙，怀里紧紧地搂着一个棕色混血女孩，在放声歌唱，不是为了讨得几块铜板，不，而是发自她欣喜狂乱的内心深处的心声——她那颗充满罪孽的、鞣制过的心——因为那个紧贴在她怀里的孩子就是她的罪孽的果实，这会儿她本该躺在床上，拉开床帷，进入梦乡，而不是在灯光下听她母亲的狂放的歌声，她靠着银行坐着，怀里紧搂着那个小野种,放声歌唱,不是为了讨得几块铜板。

她们回家了。接受她们的是教堂灰色的尖塔;这座苍老的城,古老破旧,罪孽深重,而威严犹存。尖塔和办公楼,码头和工厂,云集河岸,一座接一座,有圆顶的,有尖顶的,或高插云霄,或挤成一团,宛若一艘艘帆船,又如花岗石巉崖;慕名而来的游客们永远步履维艰地跋涉;重载的驳船停在中流;正如有人认为的那样,这座城市热爱自己的娼妓。

但是,公认达到那种程度的似乎寥寥无几。马车纷纷驶出了歌剧院的拱门,没有一辆向东拐的,而且把小偷在空荡荡的市场上抓住时,没有一个身穿黑白相间或玫瑰色晚礼服的人肯停下打开车门,挡住去路帮一下,或责备几声——尽管,平心而论,查尔斯夫人上楼时不住地唉声叹气,顺手拿下坎普腾的托马斯①来,直到她的思绪淹没在纷繁的杂事中,方能入睡。"为什么呀? 为什么呀? 为什么呀?"她连连叹息。总的看来,最好还是从歌剧院走回来。疲劳是最保险的安眠药。

眼下,秋季歌剧演出正如火如荼。特里斯坦②每周把毯子在腋下夹两次;伊索尔达按照指挥棒带着莫名的同情挥舞头巾。剧场里到处都能看到红扑扑的脸蛋和亮闪闪的胸脯。当附着在一个看不见的身体上的一只王族的手悄然伸出来,撤走安放在红色壁架上的红白花束时,"英国女王"似乎倒是一个值得为之献身的名衔。美色在它各种各样的暖房里(这里绝对不是最糟的)一厢接一厢地开了花;尽管说的话谈不上深刻重要,尽管人

---

① 坎普腾的托马斯(1379? —1471),德意志天主教修士,终身从事抄写书稿、辅导新修士的工作,可能是灵修著作《效法基督》的作者。
② 特里斯坦与伊索尔达是瓦格纳同名歌剧中的男女主人公。

们普遍认为大概在沃尔浦尔①去世的那个时代,靓唇里吐不出什么趣谈——可不管怎么说,当维多利亚穿着睡袍屈尊接见大臣时,那两片嘴唇(通过观剧镜看)依然红嫣嫣的,令人倾慕。那群身份显赫的秃顶男子挂着金头手杖,信步走过正厅前座之间的红色通道,只有在灯光熄灭时,才停止与包厢观众的往来,而指挥,首先向女王鞠了一躬,接着转向这群秃顶男子,然后双脚一转,举起了手中的指挥棒。

于是,两千颗心在半明半暗中回味着,期盼着,在黑暗的迷宫里穿行;克拉拉·达兰特向雅各·佛兰德斯道别,品尝着模拟死亡的甜蜜;达兰特夫人坐在克拉拉身后包厢的昏暗里,发出她那尖厉的叹息;沃特利先生原本坐在意大利大使夫人的背后,他换了一下座位,心想布朗盖纳的嗓音有点儿嘶哑;爱德华·惠特克悬在他们头顶好几英尺高的顶层楼座里,偷偷地拿手电照着他的微型曲谱;还有……还有……

总而言之,观察的人被观察到的各种景象噎住了。只是为了防止我们在混乱中迷失,自然和社会才在它们之间安排了一套简单明了的等级划分;正厅前座,包厢,阶梯座位,顶层楼座。这些场所夜夜都座无虚席。没有必要区分细节。但是难就难在——人们得做出选择。因为即便我不想做英国女王——哪怕只当一会儿——但我倒情愿坐在她的身边;我想听听首相的扯淡;伯爵夫人的窃窃私语,分享她对大厅和花园的追忆;这些体面人饱满的前庭毕竟隐藏着自己的密码;要不怎么会如此密不透风?多奇怪,脱下自己的帽子,再戴上别人的——随便哪个人

---

① 罗伯特·沃尔浦尔(1676—1745),英国政治家,1721年至1742年任英国首相;其子霍勒斯·沃尔浦尔(1717—1797)系著名作家。

的——就一会儿，当一个统治帝国的勇士；听的是布朗盖纳的歌声，想的却是索福克勒斯的戏剧片断，听的是牧羊人悠扬的笛声，一瞬间看见的却是桥梁和渡槽。但是，不行——我们必须选择。再没有比这更令人无奈的需要了！也没有哪种需要能带来比这更大的痛苦和更确定无疑的灾难；因为不论我坐在何处，我都会在流亡中死去：惠特克会死在他的寓所里；查尔斯夫人会死在庄园上。

一个长着威灵顿鼻子的年轻人，占着一个便宜座位，歌剧结束后，他从石阶上走下来，仿佛音乐的影响使他依然与同伴保持着一定的距离。

午夜，雅各·佛兰德斯听到有人叩门。

"唉呀，是你！"他惊叫起来，"我正要找你呢！"没费多大周折，他们便找到了他找了整整一天的诗句；只不过出处不是维吉尔，而是卢克莱修①。

"是啊；这下他该睡不着觉了。"雅各停止朗读后博纳米说。雅各情绪激动。这是他生平第一次朗读自己的文章。

"该死的蠢猪！"他说，出言未免不逊了点；但他已经被赞扬冲昏了头。利兹大学的布尔蒂尔教授，出了一版《威切利集》②，好几个猥亵的字眼和一些粗俗的短语被擅自省略、删除，或用星号代替，却未做任何声明。一种阉割，雅各说；大逆不道；十足的假正经；思想下流的标志，天性可憎的表现。引用阿里斯托芬和

---

① 卢克莱修（约公元前 94—前 55），古罗马诗人、哲学家。
② 威切利（1640—1716），英国剧作家，王政复辟时期喜剧代表作家之一。

莎士比亚。批判现代生活。给伟大的戏剧戴上专业头衔,冷嘲热讽。作为一个学术中心的利兹大学。不可思议的是这些年轻人竟然完全正确——不可思议,是因为即使雅各在抄写他的那几页文章时,他也知道不会有人给他刊印的;果真《双周刊》,《当代》和《十九世纪》先后把它退了回来——于是雅各把它扔进那口黑木箱,里边保存着母亲写给他的信,他的旧法兰绒裤子,还有一两封盖有康沃尔邮戳的票据。箱盖便把真相封锁住了。

这只黑木箱立在起居室的长窗之间,白漆写的名字依然清晰可见。窗下是街道。不用说卧室在后边。家具——三把藤椅和一张门腿桌——是从剑桥带来的。这些房子(加菲特太太的女儿,怀特霍思太太是这一座的房东)大概是在一百五十年前修建的。房间造型美观,天花板很高;门口上方有一个木雕,不是一朵玫瑰,就是一只公羊的颅骨。十八世纪自有它的不同凡响之处。就连窗格也漆成了绛紫色,不同凡响……

"不同凡响"——达兰特夫人说雅各·佛兰德斯"相貌不凡"。"笨到家了,"她说,"但相貌不凡。"第一次看见他,这无疑是形容他的最贴切的字眼。他靠后往椅子上一躺,拿掉嘴上的烟斗,对博纳米说:"还是说这场歌剧吧。"(因为他们谈完了粗俗下流的东西。)"瓦格纳这家伙"……"不同凡响"是一个自然而然要用到的字眼,尽管只看他一眼,你很难说他该坐歌剧院的哪种座位,正厅前座,顶层楼座,还是楼厅。是个作家?他缺乏自我意识。是个画家?他的手形倒有点能说明品味的东西(按他母亲的出身,他是一个最古老而又最没名气的家族的后裔)。还有他的嘴巴——当然了,在所有无用的行当中,这种罗列特征的工作是最糟糕不过的。一个字眼足矣。但倘若你找不到它,那将如何是好？

"我喜欢雅各·佛兰德斯，"克拉拉·达兰特在日记中写道，"他超凡脱俗。他不摆架子，你对他可以倾诉衷情，尽管他令人望而生畏，因为……"但莱茨先生在他的廉价日记本上每页印的行数很少。克拉拉不是要侵占星期三的那种人。一个最谦卑、最坦诚的女子！"不，不，不，"她站在温室的门口喟叹，"不要破坏——不要糟蹋"——什么呀？某种奇妙绝伦的东西。

然而，这只不过是一个年轻女子的语言，一个爱着，或者克制着爱情的年轻女子。她希望这一时刻永驻，完全是因为这是那个七月的早晨。然而，时不我待。譬如说，这会儿，雅各正在讲述一个他徒步旅行的故事，那家旅店名叫"飞沫坛"，这名堂，考虑到老板娘的名字……他们大喊大笑起来。这个玩笑不像话。

然后朱丽娅·艾略特说"那个沉默的小伙子"，当她和首相们进餐时，不用说她的意思是："假如他想飞黄腾达，他可得学会说话。"

蒂莫西·达兰特不置一词。

女仆发现自己得到了丰厚的奖赏。

索普威思先生的想法与克拉拉一样感情用事，尽管他的措词更加委婉。

贝蒂·佛兰德斯对阿彻心存幻想，对约翰满怀柔情。但对雅各在屋里的笨样莫明其妙地感到怒火中烧。

巴富特上尉在这几个孩子里最喜欢雅各；说到为什么……

看来，男人和女人同样都靠不住。看来对我们同类的一种深刻透彻、不偏不倚、绝对公正的见解完全鲜为人知。无论我们是男是女。无论我们客观冷静，还是感情用事。无论我们风华正茂,还是老之将至。不管怎样,生活不过是一长串的影子而已,天知道为什么我们会如此热切地抱住这些影子不放,看到它们离去时还痛苦万分,因为我们就是影子。为什么,如果这和许许多多的现象都是真的话,为什么当我们站在窗角,突然觉得椅子上坐的那个小伙子是世界万事万物中最真、实在,也是我们最熟悉的时,我们还感到惊讶不已呢——究竟是为什么?此刻过后,我们竟然对他一无所知。

这便是我们看待事物的方式。这就是我们的爱的处境。

("我二十二了。十月眼看就要完了。生活极其令人愉快、尽管十分不幸,到处都有很多蠢材。一个人必须专心致志地做点什么——天知道到底是什么。事事都确实让人开心——只有早上起床,穿燕尾服除外。")

"我说,博纳米,贝多芬怎么样?"

("博纳米这家伙真让人惊叹不已。他简直无所不知——英国文学不见得比我知道的多——但是那些法国人的书他全读过。")

"我倒是觉得你在瞎扯,博纳米,不管你说什么,可怜的老丁尼生……"

("其实一个人应该学学法语。这会儿,我想老巴富特正在跟我母亲说话呢。真是件怪事儿。但在那儿我见不到博纳米。该死的伦敦!")因为市场的运货车正隆隆地滚过街道。

"星期六出去走走如何?"

("星期六会有什么事吗?")

于是,他掏出记事本,确定了达兰特家的晚会是在下个星期。

然而,尽管这一切很可能是真的——雅各心里这么想,嘴里也这么说——他跷起二郎腿——装满了烟斗——抿了一口威士忌,还翻看了一下记事本,同时把头发刨得乱糟糟的,尽管如此,还有一些东西,除了雅各本人,是永远不会告给第二个人的。况且,这中间的一部分还不属于雅各,而是属于理查德·博纳米——房间;运货车;时间;历史的这一瞬间。那么再考虑一下性的影响——它如何在男女之间波动起伏,颤动簸荡,以至于时而现出低谷,时而耸起高峰,其实,也许这一切都像我的这张巴掌一样平坦。语言贴切,语气却不对。但有种东西总是逼着人像天蛾一样在神秘洞的洞口嗡嗡地发着颤声,赋予雅各·佛兰德斯各种他根本不具备的品质——因为尽管他确实坐在那儿对博纳米讲话,但他的话有一半无聊之极,不可重复;还叫人莫名其妙(说的都是素昧平生的人和议会的事);剩下的大多靠瞎猜了。然而我们还是对他产生了共鸣。

　　"是的,"巴富特上尉说着,在贝蒂·佛兰德斯的炉架上磕了磕烟斗,扣上外衣的扣子,"这又添了麻烦,不过我并不介意。"

　　他现在是镇议员了。他们望着夜空,它和伦敦的夜晚没有什么两样,只不过清澈明亮了许多。镇里教堂的钟声敲了十一点。风刮过了大海。卧室的窗户全黑了——佩奇一家睡了;加菲特一家睡了;克兰奇一家睡了——而在伦敦,这个时候,他们正在议会山上焚烧盖伊·福克斯①呢。

---

　　①　英国每年 11 月 5 日,焚烧 1605 年制造火药阴谋炸毁国会大厦、炸死国王的主谋之一盖伊·福克斯的模拟像,以庆祝他的被捕。

六

火光熊熊。

"那是圣保罗大教堂!"有人喊道。

木柴一燃,伦敦城转眼之间被照得四处通亮;火那边有一些树。火光中闪现出一张张面孔,鲜灵生动,仿佛是用红黄两种颜色画成的,其中最显眼的是一个女孩的脸。由于火光作怪,她似乎没有长身子。那张鹅蛋脸和头发悬在火堆旁,背景是一片空荡荡的黑暗。仿佛被强光照花了似的,她那双绿蓝色的眼睛逼视着火苗。脸上每一块肌肉都绷得紧紧的。在她那种逼视的目光中流露出些许悲伤——她年纪在二十至二十五岁之间。

在忽浓忽淡的黑暗中伸下来一只手,把男丑角戴的那种白色尖顶帽扣到她的脑袋上。她摇了摇头,仍然呆视着。一张长有胡子的脸出现在她上方。人们把两条桌子腿扔到火里,又乱撒了一些细枝、树叶。这一下使火势更猛,照亮了后面远处的一张张脸庞,圆盘脸,苍白脸,净光脸,胡子脸,还有一些戴圆形礼帽的脸;个个都神情专注;火光还照亮了浮现在起伏不定的白雾上的圣保罗大教堂,和两三座窄窄的、色如白纸、形状酷似灭烛器的尖塔。

火苗从木柴中钻出来,呼呼作响,扶摇直上。这时候,不知道什么地方,一桶桶的水向火堆倒去;呈空心状,异常美丽,像磨光了的龟壳一样;一桶接一桶,直到嘶嘶的声音如一群嗡嗡的蜜蜂;所有的面孔都消失了。

"哦,雅各,"当他们摸着黑费力地爬山时,女孩说道,"我难过得要命!"

一阵阵笑声从人群中传来——或高,或低;忽前,忽后。

宾馆的餐厅灯火辉煌。桌子的一端摆着一个石膏牡鹿头;另一端是一尊罗马式半身人像,染得黑黢黢的,红赤赤的,代表盖伊·福克斯,今晚专门给他过节。一长串一长串纸玫瑰把聚餐的人们连在一起,所以,当他们手挽手唱起《友谊地久天长》时,一条粉红色和黄色的纸带子沿着整张餐桌一起一落。飞觞举觯,热闹非凡。一个年轻人站起来,桌子上摆着许多紫球,弗洛琳达顺手抓起一个,照直向他的脑袋砸去。球撞得粉碎。

"我难过得要命!"她转过身子冲着坐在旁边的雅各说。

桌子仿佛长着无形的腿,跑到了屋子边上,一架盖着红布、摆着两盆纸花的手摇风琴,旋转出了华尔兹舞曲。

雅各不会跳舞。他靠墙站着,抽着烟斗。

"我们认为,"两个跳舞的突然停下,从人群中走出来,在他面前深深鞠了个躬说,"你是我们见过的最英俊的男子。"

于是他们给他的头上戴上一圈纸花。接着有人搬出一把镀了金的白椅子,让他坐上去。人们走过时,把玻璃葡萄挂到他肩上,最后他看上去活像一艘遇难船的船头雕像。然后弗洛琳达坐到他的膝上,把脸埋到他的马甲里。他一只手抓着她;一只手拿着烟斗。

十一月六日清晨四五点钟,雅各和蒂米·达兰特手挽手走下哈佛斯托克山时,雅各说:"现在咱们谈点实际的东西。"

希腊人——对,他们谈的就是这个——当话说尽事做完,当一个人用包括中国和俄国(但这些斯拉夫人还未开化)在内的世界上的每一种文学漱过口以后,怎么惟独希腊风味犹存呢?达兰特引用的是埃斯库罗斯——雅各则引用索福克勒斯。真的,希腊人弄不明白,教授又不肯指点迷津——没关系;希腊语不就是可以让人破晓时分在哈佛斯托克山上喊几句吗?再说,达兰特从不听索福克勒斯,雅各也决不听埃斯库罗斯。他们俩都夸夸其谈,洋洋自得;似乎世界上的书他们全烂熟于心,每一种罪孽,每一种激情,每一种欢乐,都了如指掌似的。各种文明犹如立等采摘的花朵,围绕着他们。千秋万代宛若利于航行的波浪,拍打着他们的脚。回顾着这一切,从迷雾、灯光和伦敦的阴影里隐现出来,两个年轻人选定了希腊。

"也许,"雅各说,"世界上惟有我们俩知道希腊人意义何在。"

有一家亭子,壶擦得锃亮,柜台上一字儿亮着一排小灯,他们就在那里喝咖啡。

老板以为雅各是个军人,便向他谈起了自己在直布罗陀的儿子。雅各把英国陆军骂了个狗血喷头,却把威灵顿公爵夸赞了一番。然后他们继续下山,一边走一边谈论着希腊人。

怪事一桩——你要是想起来的话——这种对希腊文的热爱,朦朦胧胧地勃然而兴、遭到扭曲、受过打击,却突然迸发出来,尤其是在离开拥挤喧闹的房间之时,或书看得昏头昏脑之后;或月亮浮现在绵延的群山之间,或在伦敦空洞、灰黄、毫无收获的日子里,就像一剂特效药;一片光洁的叶片,总是一个奇迹。

雅各的希腊文不外乎能让他磕磕绊绊地念完一出戏而已。对古代史,他一无所知。然而,他一踏入伦敦城,就似乎觉得他们把通往雅典卫城的石板路踩得咚咚作响,似乎觉得如果苏格拉底看到他们来了,定会心情激动,连忙说:"我的好伙伴,"因为雅典的全部情感都符合他的心意;自由,大胆,情绪高昂……她未曾请求许可,就管他叫"雅各"。她坐到了他的膝上。希腊人的鼎盛时代所有上流女子都是这样做的。

这时候,空中飘来一阵颤颤悠悠、悲悲切切的协哭声,它似乎没有力量放开,只是气若游丝,拖了下去。听见这哭声,后街上的门突然闷闷地打开了;工人们脚步沉重地走出来。

弗洛琳达病了。

达兰特夫人像通常一样,毫无睡意,在《地狱篇》某几行的边上划了一个记号。

克拉拉把头埋在枕头里睡着了;她的梳妆台上乱扔着几朵玫瑰花和一双白色的长手套。

弗洛琳达病了,还戴着男丑角戴的那种白尖尖帽。

卧室似乎跟这些灾难性的结局十分般配——价格低廉,颜色暗黄,半是阁楼,半是画室,装点着一些银纸做的星星,几顶威尔士妇女戴的帽子,煤气灯管上吊下一些念珠,显得怪里怪气。至于弗洛琳达的身世,她的名字是一个画家给起的,画家希望这个名字表示她这朵处女之花尚未被人采摘。纵然如此,她没有姓,关于父母,她只有一张墓碑的照片,她说,墓碑下面安葬着她的父亲。有时候,她对那墓碑的大小耿耿于怀,传言说弗洛琳达的父亲死于那种不可救药的骨质增生;正像她母亲赢得了一名皇室画师的宠信那样,弗洛琳达自己也时不时地成了一位公主,不过主要是喝醉酒的时候。这样子孤身一人,人又长得漂亮,有一双忧郁的眼睛和两片孩子的嘴唇,谈起贞洁来,比别的大多数女人话都多;根据和她说话的男人的情况,她对这个说,前一天夜里刚刚失去了贞洁,对那个又说,她把贞洁看得比自己胸膛里的那颗心还珍贵。但她是不是老跟男人们说话?不,她有自己的知己:斯图尔特大妈。斯图尔特,正如这位女士愿意指出的那样,是一处王宫的名字;但这意味着什么,她到底干些什么,无人知晓;人们只知道斯图尔特太太每个周一早晨总会收到邮政汇票,她养着一只鹦鹉,她相信灵魂的转世,她能在茶叶里看出未来。她就是弗洛琳达的贞洁背后的脏兮兮的寓所壁纸。

现在弗洛琳达哭着,整天在街上转悠;站在切尔西,看着河水缓缓流过;在商业街上慢慢溜达;在公共汽车上打开手包给脸上擦粉;把情书靠在 A.B.C. 商店的奶罐上阅读;在糖碗里找玻璃;指控女招待想毒害她;声称小伙子老盯着她,向晚时分,不知不觉就走到雅各住的那条街上,才突然觉得她喜欢这个叫雅各的男人胜过喜欢那些脏兮兮的犹太人,她坐在他的桌旁(他正在誊抄他的论文《不文雅的道德准则》),脱下手套,给他讲斯图尔特大妈怎样用茶壶的保暖套打了她的头。

她说她是白璧无瑕,雅各便信以为真。她坐在炉火旁,扯到一些著名的画家。她还提到了她父亲的坟墓。她看上去又野,又弱,又漂亮,希腊女人正是这般模样,雅各想;这就是生活;他自己是个男人,弗洛琳达,白璧无瑕。

她胳膊底下夹了一本雪莱诗集走了。她说,斯图尔特太太常说起他。

纯真的人真是不可思议。相信这姑娘本人绝对不会撒谎(因为雅各不是那种见风就是雨的傻子),惊羡漂泊不定的生活——相比之下,他自己过的可是娇生惯养,甚至与世隔绝的生活——手边放着《阿多尼》①和莎士比亚的剧本作为根治一切精神错乱的灵丹妙药;设想出一种友情,让她能生龙活虎,让他有保护作用,然而双方作用相等,因为雅各想,女人和男人完全一样——像这样的纯真就够不可思议的了,或许毕竟不是那么愚蠢。

因为那天夜里弗洛琳达回家以后,她先洗头;然后吃巧克力奶糖;接着打开雪莱诗集。真的,她觉得无聊透了。这到底写的是什么?她心里发誓:不把这一页翻过去,再不吃奶油巧克力。实际上她睡着了。不过她这一天真长,斯图尔特大妈扔了茶壶套——街上的景象真够呛,尽管弗洛琳达愚昧至极,不肯学习,甚至连她的情书也看不明白,她还是有自己的情感,有些男人她喜欢,有些她不喜欢,她完全听任生活摆布。她到底是不是处女似乎无关紧要。除非这是惟一的紧要的事情。

她走后,雅各坐卧不安。

男男女女随着那些熟知的节拍闹腾了整整一夜。即便在最体面的郊区,深夜回家的人还能看到窗帘上人影绰绰。不管下雪还是起雾,没有一个广场缺少谈情说爱的恋人。所有的戏都转向同一个主题。正因为如此,宾馆卧室里几乎夜夜都有子弹射穿脑袋的事。即便身体幸免伤残,进坟墓时心灵大多都受过创伤。戏剧和流行小说很少谈及别的内容。我们却说这是一件无关紧要的事。

由于莎士比亚和阿多尼、莫扎特和贝克莱主教——挑个你

---

① 雪莱为济慈写的长篇挽诗。阿多尼本是希腊神话中的美少年,为爱与美的女神阿弗洛狄特所爱,不幸被野猪咬伤身亡。雪莱用他来比拟济慈。

喜欢的——事实被隐瞒起来,我们大多数人体面地度过一个个夜晚,或者只带着蛇滑过草丛的那种颤栗。然而隐瞒本身就使思想不去专注文字和声响。要是弗洛琳达有思想,她读书时或许会比我们更加心明眼亮。她和她那种人已经解决了这个问题,办法就是把它化作每晚睡觉之前洗手这样的一桩小事,惟一的难处就是你喜欢的是热水还是凉水。这个问题一解决,思想就会不受困扰地干自己的事情了。

但是,饭吃到半中间,雅各突然纳闷,她究竟有没有思想。

他们坐在餐馆的一张小桌旁。

弗洛琳达把肘尖支在桌上,双手托着下巴。她的披风滑到了身后。由于身上佩戴着不少明珠,她显得金灿灿、白晃晃的,她的脸像是身上绽放出的花朵,纯真,浅淡,眼光坦然地左顾右盼,或者慢慢地落在雅各身上,停在那里。她说:

“你知道那个澳大利亚人老早留在我屋里的大黑箱子吗? ……我总觉得女人穿毛皮大衣显老……那是贝希斯泰因进来了……我刚才还在纳闷儿你小时候是什么模样,雅各。”她啃了一口面包卷,眼睛盯着他。

“雅各。你就像那里头的一尊雕像……我想大英博物馆里有不少可爱的东西,你说呢? 很多很多可爱的东西……”她说,恍若进入了梦境。屋子里快要人满为患了;温度越来越高。饭馆里说的话就等于昏昏沉沉的梦游者的呓语,有那么多东西要看——吵得一塌糊涂——别人在说话。你随便能听见吗? 哦,他们可千万不要听见我们的话。

“那位像埃伦·内格尔——那个女孩……”云云。

“自打认识你以来,我开心死了,雅各。你真是个大好人。”

屋子里人越来越挤;谈话声音越来越大,刀叉丁丁当当响得更厉害了。

"哎,你知道她说这种话是因为⋯⋯"

她停住了。大家都不吱声了。

"明天⋯⋯星期天⋯⋯一个可恶的⋯⋯你告诉我⋯⋯走开!"哗啦!她冲了出去。

原来他们的邻桌声音不断攀升,突然间那女的把盘子全掀到地上。那男的被晾在那儿。大家都傻了眼。然后——"哎,可怜人哪,我们总不能坐着傻看。不像话!你听见她说什么了?天啊,看他一副傻相!该没有抖阵子吧。满桌布的芥末,招待员倒哈哈大笑。"

雅各注视着弗洛琳达。当她坐着傻看时,他觉得她脸上有种可怕的没脑子的表情。

那黑女人冲了出去,她帽子上的羽毛舞动着。

不过她总得去个地方。夜晚并不是一个波涛汹涌的黑色海洋,你可以沉入其中,或者可以像颗星儿似的在里面航行。事实上,这只不过是一个阴雨绵绵的十一月的夜晚。索霍区的街灯在人行道上投下许多油糊糊的大亮点。小街很暗,完全可以庇护靠在门口的男女。雅各和弗洛琳达过来时,一个女的急忙走开了。

"她把手套掉了。"弗洛琳达说。

雅各跑上前去,把手套递给她。

她千恩万谢了一番;然后举步向前走去;又把手套丢了。但这是为什么呀?为了谁呀?

这会儿,另外那个女的到哪儿去了?还有那个男的?

街灯照不远,所以我们无从知晓。各种声音,愤怒的、淫荡的、绝望的、热烈的,和夜间笼中困兽的声音相差无几。只不过他们没有被困在笼中,也不是野兽罢了。叫住一个人;向他问问路;他会告诉你的;但是人们怕向他问路。怕什么?——人的眼睛。突然之间,人行道变窄了,鸿沟加深了。哟!他们掉进去不见了——男女双双。再远些,一家公寓,在大张旗鼓宣传它值得称道的丰厚的同时,还从没挂窗帘的窗户后面展示出伦敦殷实的证据。他们坐在那里的竹椅上,被灯光照得明晃晃的,穿着活像淑女绅士。商人的遗孀们费尽心机证明她们跟法官有关系。煤商的妻子马上反驳说她们的父辈雇过车夫。一个仆人端来咖啡,钩针编织的篮子只好挪开。看到诸如此类的景象后,雅各把弗洛琳达挽在臂上又走进了一片黑暗,这里经过一个卖身女郎,那里经过一个只有火柴可卖的老大娘,经过地铁车站里涌出的人流,经过纱巾遮住头发的妇女,最后经过的只是紧紧关闭的门户,精雕细刻的门柱和一个孤零零的警察,总算来到他的房间,点上灯,他一言不发。

"我不喜欢你这副样子。"弗洛琳达说。

这个问题没法解决。身体拴在大脑上。美貌和愚蠢携手并行。她坐在那儿傻盯着火,就像她先前傻盯着那个破芥末罐子一样。尽管在为粗俗辩护,雅各还是怀疑自己是否喜欢赤裸裸的粗俗。他对男性社会、对没有回廊的房间、对经典著作,深恶痛绝;谁把生活塑造成这个样子,他就怒火万丈,进行声讨。

弗洛琳达的手搭在他的膝头。

毕竟,这不是她的错。但是这个想法令他伤心。让我们衰老、丧命的不是灾难,不是凶杀,不是死亡,不是疾病;而是人们顾盼、哄笑、和跑上公共汽车台阶的样子。

不过随便一个借口就能应付一个傻女人。他跟她说他头疼。

　　但是,当她哑然地看着他,半猜测,半明白,或许还在道歉,反正说着他先前说过的话,"这不是我的错",体态挺拔秀丽,面庞如同贝帽里面的贝壳,于是雅各明白:回廊,经典著作,毫无用处。这个问题没法解决。

七

　　近些日子,有家跟东方做生意的商行向市场推出了一些在水面上开放的小纸花。因为还有在餐后使用洗指碗的习俗,所以这项新发现便显得功德无量。五色缤纷的小花在这些遮护住的湖上漂游;时而浮漾在滑腻的水波上;时而沉没在水下,像搁在玻璃地板上的卵石。一双双专注、秀媚的眼睛凝视着它们的命运。这确实是导致心灵契合和家庭稳固的一大发现。纸花可谓功不可没!

　　但切不可以为它们就能取代真花。尤其是玫瑰、百合和康乃馨,它们从花瓶边沿上望过去,审视着它们那些人为的亲戚们辉煌的一生和快速的夭折。斯图亚特·奥门德先生提出了这种看法;人们认为十分迷人;基蒂·克拉斯特之所以六个月后跟他结婚,也正是因为这一看法。但没有真花绝对不行。要是能行,人生就会截然不同。花会凋零;菊花尤甚;今宵花正红,明晨便枯黄——惨不忍睹。总而言之,虽然花价不菲,康乃馨又最贵;——然而,把它们扎起来是否明智还是个问题。有的店家建议这样做。当然,要在舞会上拿着,只有这么办了;但除非房间闷热,这样做在宴会上是否必要,仍然众说纷纭。坦普尔老太太曾经建议在碗里放片常春藤叶——就一片。她说这样可以让水长久保持纯净。但有理由认为坦普尔老太太是错了。

　　然而,刻有名字的小卡片比花的问题还要严重。累垮的马腿,耗费的车夫的生命,白白浪费的下午的美好时光,比我们打赢滑铁卢战役用的还要多,并且还要给它掏钱。这些小恶魔像战争一样是万恶之源,给人们带来的是死缓、灾祸和焦虑。有时候邦汉姆太太出去蹓蹓;其余的时间则呆在家里。但,万一什么取代了名片——这看上去不太可能——还有桀骜不驯的力量将生活卷进狂风暴雨,搅乱持之以恒的晨光,根除午后的安定——裁缝,就是说,还有甜食店。六码丝绸才能遮住一体;但若要你设计出六百种样式,两倍的花色呢?——忙到半中间还有个紧急问题,就是那绿奶油如簇、杏仁糊似垛的布丁。还没到呢。

　　火烈鸟时时地轻轻地振翼,飞越长空。但它们常常把翅膀浸入漆黑之中;譬如说,诺丁山或是克勒肯韦尔郊区。难怪意大利语仍然是一门隐蔽艺术,钢琴总是弹奏着同一首奏鸣曲。佩奇太太是个寡妇,六十三岁,领五先令的院外救济,她的独生儿子在马基先生染房里打工,一到冬天就胸疼,她还从儿子那里得到些孝敬——为了给她买双弹力长统袜——非写信不可,也得填写栏目,用的都是莱茨先生日记本上的那种简洁圆体字,说天气如何之好,小孩何等淘气,雅各·佛兰德斯又是怎样的不谙世故。克拉拉·达兰特弄到了长统袜,弹过了奏鸣曲,往花瓶里加了水,拿到了布丁,留下了名片,当漂游在洗指碗中的纸花这一伟大发明公之于世时,她是那些对纸花短命最为惊奇的人士之一。

　　讴歌这一主题的诗人也不乏其人。譬如说,埃德温·马莱特就是这样写下他的诗歌结尾的:

　　　在克洛伊的眼睛里看到它们的下场。

这让克拉拉初读时脸红,再读时狂笑,说那就像她的名字本来是克拉拉,而他却管她叫克洛伊一样。可笑的小伙子!但在一个下雨的清晨,十点到十一点之间,埃德温·马莱特向她求婚,她却跑出房间,躲在卧室里,哭了一早上,搅得楼下的蒂莫西没法工作。

"你怎么样才满意。"达兰特夫人严厉地说,同时审视着同样一些首字母缩写的舞会单,或者不如说,这次的字母有所不同——是 R.B. 而不是 E.M.;现在成了理查德·博纳米,那个长着威灵顿鼻子的小伙子。

"可我决不会嫁给一个长着那样鼻子的男人。"克拉拉说。

"胡说。"达兰特夫人说。

"我也太严格了。"她自忖道。克拉拉,兴致全无,把舞会单一撕,扔进火炉围栏里。

这就是在碗里漂游的纸花这一发明造成的极度严重的后果。

"请,"朱丽娅·艾略特说着就在几乎与门相对的窗帘旁边就座,"请别介绍我。我喜欢旁观。有意思,"她接着对萨尔文先生说,此人由于是个瘸子,安坐在一把椅子里,"聚会有意思的地方就是看人——看他们不停地来来往往。"

"上次我们见面,"萨尔文先生说,"是在法夸尔家的聚会上。可怜的女人!有多少事儿她都得忍着。"

"难道她看上去不迷人?"克拉拉·达兰特走过时,艾略特小姐大声说道。

"哪个呀……?"萨尔文先生压低声音说,口气有点揶揄。

"有这么多……"艾略特小姐答道。三个小伙子站在门口东张西望,在寻找他们的女主人。

"你记不得伊丽莎白在班乔里狂跳苏格兰里尔舞的情景了,我还记得,"萨尔文先生说,"克拉拉缺少她妈的劲头。克拉拉有点儿苍白。"

"在这儿见到的人总是千差万别!"艾略特小姐说。

"幸好我们没有被晚报左右。"萨尔文先生说。

"我从不看晚报,"艾略特小姐说,"我对政治一窍不通。"她补充道。

"钢琴弹的很合调,"克拉拉说着从他们身旁走过去,"但兴许得请谁帮我们把钢琴挪一下。"

"他们要跳舞吗?"萨尔文先生问道。

"没人会打搅你的。"达兰特夫人匆匆丢下一句话走过。

"朱丽娅·艾略特。是你朱丽娅·艾略特!"老希伯特夫人伸出双手叫道,"还有萨尔文先生。有什么新闻吗,萨尔文先生?就我个人对英国政局的看法——噢,对了,昨晚我还想到令尊呢——我的老朋友,萨尔文先生。千万别说十岁的女孩就不会恋爱!我还没到十岁,就已经把莎士比亚烂熟于心了,萨尔文先生!"

"不至于吧。"萨尔文先生说。

"真的。"希伯特夫人说。

"噢,萨尔文先生,抱歉得很……"

"要是你能好心搭把手,我就挪挪窝。"萨尔文先生说。

"你坐在我妈妈旁边吧,"克拉拉说,"大家好像都来了……卡尔索普先生,我来介绍一下,这位是爱德华兹小姐。"

"你要到外地过圣诞节?"卡尔索普先生问。

"如果我哥哥退役的话。"爱德华兹小姐答道。

"他在哪个团?"卡尔索普接着说。

"轻骑兵二十团。"爱德华兹小姐说。

"说不定他认识我兄弟?"卡尔索普先生说。

"对不起,我没听清您的名字。"爱德华兹小姐说。

"卡尔索普。"卡尔索普先生说。

"但有什么证据表明确实举行过婚礼了。"克罗斯比先生说。

"怀疑查尔斯·詹姆斯·福克斯毫无道理……"伯莱先生开始说;但刚说到这里,斯特雷顿太太就跟他讲她和他姐姐很熟;离开她还不到六个星期;她认为那房子固然漂亮,但在冬天显得十分冷清。

"就像当今的女孩子那样到处乱跑——"福斯特太太说。

博莱先生举目四顾,发现罗丝·肖向她走来,于是双手一挥,喊了一声:"好啊!"

"没有什么!"她回答道,"没有任何情况——尽管我特意让他们单独呆了整整一个下午。"

"哎呀,哎呀,"博莱先生说,"我要叫吉米吃早饭了。"

"但谁又能抗拒她呢?"罗丝·肖嚷道,"最最亲爱的克拉拉——我知道我们绝不能阻拦你……"

"你和博莱先生在嚼舌头,我知道。"克拉拉说。

"邪恶的人生——可憎的人生!"罗丝·肖叫道。

"这种事儿没有什么好说的,对吧?"蒂莫西·达兰特对雅各说。

"女人好的是这个。"

"好什么?"夏洛特·威尔丁说着就走到他们面前。

"你从哪儿来?"蒂莫西说,"找个地方吃顿饭吧。"

"可以呀。"夏洛特说。

"大家都下楼去吧,"克拉拉说着走了过去,"蒂莫西,带着夏洛特。你好,佛兰德斯先生。"

"你好,佛兰德斯先生,"朱丽娅·艾略特伸出双手说,"最近怎么样?"

"西尔维亚是谁?她是什么人?

怎么我们小伙子个个都夸她?"

艾尔斯贝思·西顿斯唱道。

大家都原地站住了,或者顺手捡把空椅子坐下。

"啊。"克拉拉叹息一声,她正走到半道里,便站在雅各身边。

"让我们向西尔维亚歌唱,

西尔维亚至高无上;

西尔维亚举世无双,

超越凡间的俗物榔槺。

让我们为她把花环献上。"

艾尔斯贝思·西顿斯接着唱。

"啊!"克拉拉大声叫好,戴着手套鼓掌;雅各则光着双手鼓掌;接着她走向前去把人们从门道里引进来。

"你住在伦敦?"朱丽娅·艾略特小姐问。

"是的。"雅各答。

"住公寓?"

"对。"

"那是克拉特巴克先生。在这儿你总能碰见克拉特巴克先生。我想他在家里不太顺心。他们说克拉特巴克太太……"她压低了声音,"所以他老呆在达兰特家。他们演沃特利先生的戏的时候你在吗?哦,不,当然不在啦——就在那最后的一刻,你是不是听到——我想起来了,你去哈罗盖特看你母亲了——我刚才还说呢,就在那最后的一刻,一切都准备就绪了,衣服都做好了,一切——现在艾尔斯贝思又要唱歌了。克拉拉准备伴奏或者接替卡特先生,我想。不,卡特先生要自己弹——这是巴赫的曲子。"她悄声说,卡特先生正在弹前几个小节。

"你喜欢音乐?"达兰特夫人问。

"是的,只是喜欢听,"雅各说,"不过一窍不通。"

"通的人寥寥无几,"达兰特夫人说,"我敢说从没人教过你。为什么会这样,贾斯帕爵士?——贾斯帕·比格哈姆爵士——佛兰德斯先生。为什么没有人教大家应该知道的东西呢,贾斯帕爵士?"她走了,剩下他们俩靠墙站着。

两位男士有三分钟一言不发,尽管雅各兴许向左移动了五英寸,又往右移动了同样的距离。接着雅各咕哝了一声,突然穿过了房间。

"你想不想来吃点什么?"他对克拉拉·达兰特说。

"也好,一客冰淇淋吧。快。这就走。"她说。

他们下楼了。

但刚下了一半时,他们就碰上了格雷斯哈姆夫妇,赫伯特·特纳,西尔维亚·拉什莱,还有一位他们壮着胆子从美国带来的朋友,"知道达兰特夫人——想引见引见皮尔彻先生。——从纽约来的皮尔彻先生——这位是达兰特小姐。"

"久仰,久仰。"皮尔彻先生深鞠一躬,说道。

于是克拉拉撇下了他。

八

　　九点半左右,雅各出门,他的门砰的一声关上,其他的门砰砰地相继关上,买份报纸,登上公共汽车,或者,如果天气好,会像别人那样一路步行。低着头,一张书桌,一部电话,绿皮封面精装图书、电灯……"要加煤吗,先生?"……"您的茶,先生。"……议论议论足球,热刺队,丑角队;勤杂工送来六点半印出的《星报》;格雷律师协会的秃鼻乌鸦从头顶飞去;雾中的树枝又细又脆;车流的轰鸣中,不时有一个声音高喊:"判了——判了——赢了——赢了。"篓子里的信件堆积如山,雅各一一签发,每天晚上,当他脱下外衣的时候,总感到脑子里有根筋重新舒展开来。

　　有时,下上一盘棋;或者在邦德大街看看电影,或者大老远走回家,胳膊挽着博纳米溜达溜达,迈着步,仰着头,沉思默想,世界多么壮观,月亮从教堂尖顶上早早升起,想博得一片赞叹,海鸥展翅高飞,纳尔逊在纪念柱上向天边眺望,世界就是我们的船。

　　就在此刻,可怜的贝蒂·佛兰德斯的信,由于赶上了第二班投递,搁在门厅的桌子上——像一般母亲一样,可怜的贝蒂·佛兰德斯把她儿子的名字写为"雅各·阿兰·佛兰德斯先生",墨水浅淡,饱满,反映出斯卡伯勒镇的母亲们茶撤走以后,脚搭在围栏上,如何在壁炉边瞎涂乱抹,永远说不准写了些什么——也许就是——不要跟坏女人鬼混,一定要做个好孩子;衣服要多穿点;回来吧,回来吧,回到妈妈身边来。

但她不说这种事情。"你还记得老沃格雷夫小姐吗? 就是你得百日咳那会儿对你特别照顾的那个,"她写道,"她最终还是死了,可怜人呀。你如能来封信,他们准会高兴的。艾伦来了,我和她一起上街买东西,这天过得挺快活。老耗子腿脚很不灵便,就连最小的山都要我们搀扶才能上去。丽贝卡终于到亚当逊先生家去了,也不知道这是过了多久才决定的。他说有三颗牙要长出来了。一年才这个时节,天气就这么暖和,梨树都发芽了。还有,贾维斯夫人告诉我——"佛兰德斯太太喜欢贾维斯夫人,总是说这么一个僻静地方放不下她这个大好人,尽管她从来不听贾维斯夫人发泄不满,而且在等她发到最后(抬起眼,咬断线或者摘下眼镜时)告诉她,在鸢尾根周围壅上一点泥炭,可以防止霜冻,鹦鹉家床上用品削价大处理定在下周二,"可别忘了。"——佛兰德斯太太对贾维斯夫人的感受了如指掌;她信里对贾维斯夫人的描写真有意思,你可以年年阅读,百看不厌——女人们未曾出版的著作。是在火炉边用浅淡饱满的墨水写下的,字迹是被火焰烤干的,因为吸墨纸已经磨得千疮百孔,笔尖开了叉,墨水凝成了块。接下去是巴富特上尉。她只管他叫"上尉",话说得很爽快,但绝不是毫无保留。上尉在为她打探加菲特家的地;建议养些鸡;很有希望赚钱;或者得了坐骨神经痛;或者巴富特夫人一连几个星期没出过门;或者上尉说局势不妙,也就是说政局,雅各知道,上尉有时谈爱尔兰,谈印度,一直谈到夜深人静;随后,佛兰德斯太太会想起她的莫蒂兄弟,陷入沉思,他这些年来杳无音讯——是落在土著手里了,还是沉船了——海军部会通知她吗?——上尉磕净烟斗,雅各知道,起身要走了,他僵硬地伸手捡起佛兰德斯太太滚在椅子下面的毛线。一而再再而三地谈起办养鸡场的事,这个女人呀,即便年已半百,还容易心血来潮,谋划着云里雾里的未来,展现出一群又一群的来航鸡、交趾鸡和奥尔平顿鸡;她只是大模样儿有点像雅各;但像他一样健壮;精神好,劲头足,在屋里不停地跑来跑去,呵斥着丽贝卡。

信就放在门厅的桌子上;弗洛琳达那天晚上进来时,顺手捡起,亲吻雅各的时候就随手放在桌上,雅各看见了笔迹,便把它搁在灯底下,饼干盒和烟草盒中间。他们进了卧室,随后把门一关。

客厅既不知道,也不关心。门关上了;想想看,木头吱呀作响时除了传达老鼠打架、干木头有孩子气这种信息外,还能传达些什么。这些老房子都是砖木结构,浸透了人汗,沾满了人垢。但要是搁在饼干盒旁的那个淡蓝色信封具有一位母亲的感受,那么那轻微的吱呀和突然的骚动就会撕心裂肺的。门后面发生的是下流事情,骇人的表现,就像面临死亡或生孩子一样,恐惧会向她袭来。闯进房里直面它,或许比坐在前厅里听这轻微的吱呀和突然的骚动要好,因为她的心已伤透,痛如刀绞。我的儿呀,我的儿呀——她会这样呼喊,喊出来无非是要遮掩她脑海里出现的他和弗洛琳达躺在一起的幻象,对一个住在斯卡伯勒、有三个孩子的女人来说,这样想是不可原谅的,没有理性的。这全是弗洛琳达的错。的确,当门打开,这一双男女走出来的时候,佛兰德斯太太会向她扑过去的——只不过先出来的是雅各,他穿着晨衣,亲切,威严,健康,帅气,就像一个刚在户外呼吸过新鲜空气的婴儿,眼睛水汪汪的。弗洛琳达跟在他后面,伸着懒腰;轻轻地打着呵欠;到梳妆镜前摆弄摆弄头发——这时,雅各在看妈妈的信。

　　咱们考虑一下书信吧——它们不是早饭时来,就是晚间才到,贴着黄邮票、绿邮票,怎么一盖上邮戳,就获得了永生——因为在别人的桌上看见自己写的信封就等于意识到行为多快就会变得格格不入。最后,心灵抛弃肉体的力量是显而易见的,也许我们害怕、憎恨或者希望我们自己的这种幻影被消灭,放在桌上。可是,有些信无非说七点钟怎么吃饭;有些信只是讲怎么订煤;怎么约会。这些信中,连谁的手迹几乎觉察不出,更别说音容怨怒了。啊,可是当邮差敲门,信件来到时,奇迹似乎总在重复——话似乎总想说出。信叫人肃然起敬,它们极其勇敢、孤单、迷惘。

　　如果没有信,生命就变得支离破碎。"来喝茶,来吃饭,真情实况如何?你可曾听到这条新闻?首都的生活乐不可支;俄国舞蹈家。……"这些都是我们的后盾。这些把我们的岁月串连在一起,把生活团成一个圆满的球。然而,然而……当我们去赴宴,当我们轻轻握手,希望不久在哪儿再见时,一种疑虑便悄然而生;难道我们就这样打发日子?无趣的日子,有限的岁月,这么快地分配给我们——喝茶?出去吃饭?信件日积月累,越来越多。电话响个不停。不管走到哪儿,没等我们办完事情,活够岁数,线路管道总把我们团团围住,传送来力图穿透的声音。"力图穿透",因为当我们举杯、握手、祝愿时,有什么东西在悄声细语:这就完了?难道我永远无法明白,无法分享,无法确定?我是不是命中注定一辈子得天天写信、传声,约人见面、吃饭?

随着生命的衰萎,信在茶桌上落下,声在半道里消失。然而,信令人肃然起敬;电话多不可当,因为旅途寂寞,有了信件和电话的联络,兴许我们就能结伴而行——谁知道呢?——一路上,我们可以谈天说地。

反正,人们已经试过了。拜伦写过很多信。考珀也是。多少世纪以来,写字台里总放有完全适合朋友通信的纸张。语言大师们,流芳百世的诗人们,从经久耐用的纸转向容易破损的纸,推开茶盘,靠近火炉(因为信都是在黑暗压迫在一个明亮的红洞周围时写成的),一心要完成贴近、打动、洞穿个人心灵的任务。这可能吗!但词语已经用得太滥;经过反复琢磨,然后就被丢弃在街上的尘土里。我们梦寐以求的话语就紧贴着树悬挂着。我们黎明时来到这里,发现它们在树叶下,十分甜蜜。

佛兰德斯太太写信;贾维斯夫人写信;达兰特夫人也写信;斯图尔特大妈还在她的信纸上洒香水,从而增添了一种英语语言所没有的韵味;雅各在春风得意的日子里曾给年轻的大学生们写过不少长信,议论艺术,道德和政治。克拉拉·达兰特的信则像是个小孩子写的。弗洛琳达——弗洛琳达和她的笔之间的障碍则是某种无法逾越的东西。想象一下一只蝴蝶、一只蚊子,或其他长翅膀的昆虫,附着在一根沾满泥巴的细枝上,从纸上滚过的情景。她错字连篇。她的思想感情极其幼稚。还有,出于某种原因,她提笔写字时,总是声明信仰上帝。接下来就是连连地划着十字——滴上斑斑泪痕;信手乱写一通,进行补救的只有这样一种情况——它总是补救弗洛琳达——这一情况就是她尽了心了。是的,不管是对巧克力冰淇淋,对热水澡,还是对梳妆镜中她的脸形,弗洛琳达跟痛饮威士忌一样装不出一种感情来。她的嫌弃之情是控制不了的。大伟人都是真诚的,而这些小妓女盯着炉火,拿出粉扑,对着一英寸大小的镜子描眉画唇时,有一种(雅各这样想)神圣不可侵犯的忠实。

接着,他看见她挽着另一个男人的胳膊,拐进希腊大街。

弧光灯把他从头到脚照了个透亮。他在灯下,一动不动地站了一分钟。街上光影斑驳。别的身影儿,形单影只的,成群结伙的,涌出来,飘摇而过,把弗洛琳达和那个男子抹掉了。

灯光把雅各从头到脚照了个透亮。他裤子上的图案;他手杖上的老刺;他的鞋带;一双没戴手套的手;还有脸庞,都清晰可见。

那犹如一块石头磨成了粉末;那好似青磨石——这是他的脊梁——上迸出了白火花,仿佛迂回的铁路坡道,由于向深处突降,所以只有一落千丈。这就是他脸上的情景。

我们是否知道他心里在想什么,则是另外一个问题。假如年长十岁,换个性别,对他的恐惧就首先出现;这种心理却被一种乐于助人的愿望吞没——势不可挡的感觉,理性,以及晚间;气愤将紧随其后——气愤弗洛琳达,气愤命运;然后会冒出一种不负责任的乐观。"当然,这个时候街上灯火辉煌,足以把我们的一切忧愁淹没在万道金光之中!"啊,何须说这种话呢?甚至就在你说话,回眸莎夫茨伯里大道的当儿,命运就在他身上凿下一道槽。他转身走了。至于跟着他回他的住处去,不——我们不会干这种事。

然而,这正好就是人们所干的事。他放自己进去,关上门,尽管这时市里的一座钟才刚敲十点。没有人会在十点钟上床睡觉。甚至没有人想到上床睡觉。时值一月,天气阴沉,但瓦格太太站在她家门前的台阶上,仿佛在等着什么事情发生似的。一只手摇风琴奏着,如同湿漉漉的树叶下的一只淫秽的夜莺。孩子们跑过马路。随处都能看到厅门里面棕色的镶板……一心想着在别人的窗户下面行走,这样行走真是古怪得很。分心的时而是棕色的镶板;时而是盆里的蕨草;有时兴起,给手摇风琴奏出的舞曲填几句词;接着又捉弄一个醉汉,从中夺取一点冷冷的乐趣;然后,又全神贯注于那些可怜虫隔街对喊的话(一针见血,淫浪不堪)——然而在此期间,有一个小伙子单独关在屋里,找中心,寻磁体。

“邪恶的人生——可憎的人生。”罗丝·肖喊道。

说来奇怪,千百年来,尽管人生的性质人人都一目了然,但谁也没有留下恰如其分的描述。伦敦的街道都有地图;但我们的情感却无图表示。转过这个拐角,你会碰见什么呢?

“霍尔本街就在你的正前方。”警察说。啊,如果你不是在那个佩带银勋章、拉着廉价小提琴的白胡子老头身边擦过,你打算去哪儿呢?让他往下讲自己的故事,讲到最后邀请你去个什么地方,也许去女王广场旁边他的房间,在那里,他给你看收藏的一些鸟蛋,还有威尔士王子秘书写的一封信,这(跳过中间阶段)在一个冬日把你带到埃塞克斯海岸,小艇匆忙离岸,驶向大船,大船扬帆起航,你看见亚速尔群岛远在天边;火烈鸟飞起来;你坐在沼泽的边上,喝着郎姆潘趣酒,一个文明世界的弃儿,因为你犯了罪,很可能染上了黄热病——你随心所欲地往素描里填几笔吧。

我们一路前行,这些中断就像霍尔本的街角,比比皆是。但我们仍勇往直前。

几天前,在达兰特夫人家的晚会上,罗丝·肖向鲍利先生动情地说,人生太邪恶,因为一个叫吉米的男人不愿娶一个叫海伦·爱特肯的女人(如果没记错的话)。

两个人都很美。两个人都萎靡不振。椭圆形茶桌一如既往地把他们俩隔开,那盘饼干就是他给她的一切。他鞠了个躬;她低下了头。他们跳舞。他们的舞跳得出神入化。他们坐在凹室里;不发一言。她的泪水浸湿了枕头。善良的鲍利先生和亲爱的罗丝·肖感到又惊奇、又悲哀。鲍利在奥尔巴尼有寓所。每晚钟敲响八点,罗丝就完全获得了新生。四个人都是文明的业绩,如果你坚持认为掌握英语是我们继承的一部分,那么人们只能回答,美几乎总是哑口无言。俊男与靓女结伴同行,使人望而生畏。我常常看见他们——海伦和吉米——把他们比做随波逐流的两艘轮船,并为我自己的小船感到恐惧。或者,你可曾注视过相隔二十码蹲伏着的两只漂亮的柯利牧羊犬?她把茶杯给他递过去时,她的两肋直打颤。鲍利看见出什么事了——便叫吉米去吃早餐。海伦一定对罗丝推心置腹。就我而言,我发现解释无词歌曲实在太难。现在吉米在佛兰德斯喂乌鸦,海伦跑医院。啊,该死的人生,邪恶的人生,罗丝·肖说得多好。

伦敦的灯把黑暗挑起,犹如挑在燃烧的刺刀尖上。黄色的华盖慢慢地沉下来,罩在那巨大的四柱床上。十八世纪,旅客乘着邮车闯进伦敦,透过光秃秃的树枝,看见伦敦在下面闪耀。黄窗帘、粉红窗帘后面,气窗上面,地下室窗户下面,灯光辉煌。索霍区的街市光彩炫目。生肉、瓷缸、丝袜在灯光中熠熠闪亮。粗嘎的声音裹在耀眼的煤气火焰周围。人们双手叉腰,站在人行道上吆喝——凯特尔先生和威尔金森先生;他们的妻子坐在店里,脖子上围着皮围脖、抱着双臂,露出不屑一顾的眼神。人们看见的就是这样的面孔。那个用手指拨弄肉的矮个子准在不计其数的公寓炉火前蹲过,消息灵通、见多识广,所以情况似乎自行从他黑黑的眼睛、松懈的嘴巴里滔滔不绝地说了出来。当他默默地拨弄肉的时候,他的脸悲伤得像一张诗人的脸,一支歌也没唱出来过。裹着披巾的妇女抱着眼皮发紫的婴儿;男孩子们站在街道拐角上;女孩子们向马路对面张望——一本书里粗劣的插图和绘画,我们把这本书翻了一遍又一遍,仿佛我们最终会发现自己寻找的东西似的。每一张脸,每一片店,卧室的窗户,酒馆,黑暗的广场,都是我们狂热地翻过的一张图画——找什么?书都是一样的。我们翻遍千千万万张书页,寻找什么?还在满怀希望地翻着这些书页——噢,这里是雅各的房间。

他坐在桌旁看《环球报》。浅粉色的报纸平摊在他面前。他一只手托着脸,所以脸颊上的皮挤出了一层层深深的皱褶。他看上去严肃得可怕,顽固,傲慢。(半个小时里人们能干些什么呢?但什么也挽救不了他。这些事件就是我们的风景的特色。来伦敦的外国人很少不去参观圣保罗大教堂的。)他评判生活。这些浅粉色、嫩绿色的报纸是每个夜晚都压在世界的心与脑上的胶质薄纸。它们把整个世界拓印下来。雅各扫了一眼。罢工,谋杀,足球,尸体认领;英国上下齐呼吁。好悲惨,《环球报》给雅各·佛兰德斯提供不了好消息!当一个孩子开始念历史时,听到他稚嫩的声音读出古老的词语,人们惊奇中夹杂着悲哀。

首相的讲话用五栏多篇幅报道。雅各摸了摸口袋,掏出一只烟斗,开始装烟。五分钟,十分钟,十五分钟过去了。雅各把报纸拿过来往火里一扔。首相提出一项给爱尔兰自治的措施。

雅各把烟斗磕净。他当然在想着爱尔兰的自治——一个棘手的问题。一个严寒的夜晚。

雪下了整整一夜,下午三点,满山遍野,白茫茫一片。山头上一簇簇的枯草格外显眼;荆豆花丛黑压压的,风卷起一阵阵冻粒,雪地上时不时地掠过一股黑森森的寒颤。声音活像扫帚在刷刷地扫地——刷刷地扫地。

小溪沿着一条谁也看不见的路蠕动。树枝和落叶缠在冻草里。天灰沉沉的;树铁黑铁黑的。毫不妥协的是乡间的严酷。四点钟,雪又下起来。白天已经离去。

只有一扇两英尺宽、涂成黄色的窗户独自与白野黑树抗争……六点钟,一个男人的身影儿提着一盏灯穿过田野……一片细枝编的筏子滞留在一块石头上,突然脱开了,向涵洞桥漂去……一块雪从一根冷杉树枝上滑下来……后来传来一阵悲伤的哭声……一辆汽车沿路驶来,把黑暗推向前去……黑暗又在后面拢来……

全然静止的空间把这些活动一一分离开。大地好像死了,躺在那里……然后,老牧羊人僵硬地穿过田野回来了。冻僵了的大地被僵硬地、痛苦地、踩在下面,如同踏车一样,它在下面又产生压力。时钟疲惫的声音整夜重复着时辰这一事实。

雅各也听到了钟声,然后把炉火封上。他站起来,伸了个懒腰,上床睡觉。

九

　　罗克斯比尔伯爵夫人和雅各单独坐在桌子上首。露西伯爵夫人至少两个世纪以来（如果算上女系，有四个世纪了），靠香槟香料滋养，所以看上去气色很好。她长着一个善于辨别香味的鼻子，总是伸得老长老长，仿佛在追寻它们似的；她的下唇突现出一条窄窄的红唇条；她的眼睛小小的，上面有两簇沙棱，权当眉毛，她的双下巴十分肥厚。在她后面（窗户对着格罗斯夫纳广场）莫尔·普拉特正站在人行道上兜售紫罗兰；希尔达·托马斯夫人，提起裙边，准备过马路。一个来自沃尔沃思；一个来自普特尼。两人都穿着黑色长统丝袜，但托马斯夫人围着毛皮围脖。这种比较对罗克斯比尔夫人十分有利。莫尔有更多的幽默感，但言行激烈；而且也很愚蠢。希尔达·托马斯油嘴滑舌，她的银框眼镜斜架着；客厅里的托蛋架；遮起来的窗户。罗克斯比尔夫人，不论她多么其貌不扬，至少还是一个骑马纵狗的狩猎好手。她用刀不折，游刃有余，一边撕鸡骨头，一边用双手请求雅各原谅。

　　"是谁驾车过去了？"她问男管家博克瑟尔。

　　"菲特米尔夫人的马车，夫人。"这使她想到要寄张卡片向爵爷请个安。一个粗鲁的老夫人，雅各想。酒好极了。她自称是"老太婆"——"肯赏光跟老太婆共进午餐,抬举呀。"——这话他听了很高兴。她谈起约瑟夫·张伯伦,此公她早就认识。她说雅各一定要来见见——我们的名流之一。艾丽斯小姐一条皮带牵着三条狗走了进来,还带着杰基,他赶忙跑过去亲她的祖母,这时博克瑟尔送来一份电报,有人给了雅各一支高级雪茄。

马在腾跳之前,先减减速,侧侧身,鼓足劲,然后,像巨浪似的跃起,冲向远处。树篱和天空划出一个半圆。然后,仿佛你的身体冲进了马的身体,跳跃的是和马的前肢长在一起的你的前肢,你从空中冲过,地面富有弹性,两个身体合成一块肌肉,然而你也在控制局面,挺直腰杆,保持不动,眼睛在准确地判断。然后弧线终止,变成了十足的捶打,声音刺耳;然后你颠了一下,就停住了;你向后坐一点儿,神采飞扬,心潮澎湃,怦怦跳动的动脉上蒙上一层冰釉,喘着粗气:"啊!嗬!哈!"马儿在没有路标的十字路口挤作一团,个个身上雾气蒸腾,那个系围裙的女人站在门口瞪视着。那个男人从白菜地里站起来,也瞪视着。

雅各跃马驰过埃塞克斯原野,扑通一声掉进泥里,脱离了猎队,一个人骑在马上吃三明治,从树篱上方望过去,注意到那些旗号仿佛是新拼凑起来的,诅咒着自己的晦气。

他在店里喝了茶;大伙儿都在那儿,有的拍手,有的跺脚,说着"你先请",干脆,利落,幽默,风趣,一张张脸红得像火鸡的肉垂,大家无所不谈,一直谈到霍斯菲尔德太太和她的朋友杜丁小姐在门口出现,她们把裙子卷了起来,头发盘成髻。汤姆·杜丁用鞭子敲打窗户。一辆汽车突突地驶进院子。先生们一面摸火柴,一面往出走,雅各和布兰迪·琼斯走进酒吧和乡下佬们一起抽烟。独眼龙老杰文斯也在那儿,衣服一片泥色,背上背着包,思想却踩进土里,在紫罗兰和荨麻中间扎根;玛丽·桑德斯拿着她的木盒子;教堂司事的弱智儿子汤姆,打发人去要啤酒——凡此种种,都发生在伦敦方圆不到三十英里的地区。

科文特广场恩德尔街的帕普沃思太太为新广场林肯律师学院的博纳米先生干活,当她在洗涤室里洗正餐用具时,她听到那位青年绅士在隔壁说话。桑德斯先生又来了;她指的是佛兰德斯;一个包打听老太婆在哪儿把名字搞错的呢,她怎么可能会如实地传播一场争论呢?她拿着盘子在水下冲,又把盘子擦起来放在嘶嘶作响的煤气下面时,都在听:听到桑德斯盛气凌人地大声说道:"好,"他说,"绝对的","公正","惩罚"及"大多数人的意愿"。然后,她的主人扯着嗓子说起来;她支持他的主人批驳桑德斯。然而,桑德斯是个帅小伙(所有的残渣都在洗涤槽里打旋儿,随后就被她那紫不溜丢的、几乎没有指甲的手清除了)。"女人们呀"——她想道,不知道桑德斯和他的主人那个样子干什么,她沉思的时候,一只眼皮明显地耷拉下来,因为她生过九个孩子——有三个死产,一个生下来就是聋哑儿。在把盘子往架上搁时,她又听到桑德斯在说话("他也不给博纳米一个说话的机会",她想)。"客观事物",博纳米说;以及"共同基础"之类——全是大长词儿,她注意到。"书念多了就是这样。"她自忖道,一边把胳膊插进夹克衫里时又听到了什么——或许是火炉旁的小桌子——翻了;然后是咚咚咚地踩脚声——好像他们在互相厮打——在房间里兜圈子,搞得盘子跳起舞来。

"明天的早饭,先生。"她推开门说道;在那儿,桑德斯和博纳米像两头巴香公牛一样推来搡去,大吵大闹,椅子横七竖八。他们压根儿就没有注意到她。她却动了慈母之心。"你的早餐,先生。"当他们靠近一点时,她说。博纳米头发蓬乱,领带飞舞,突然住手,把桑德斯一把推到扶手椅里,说桑德斯先生砸破了咖啡壶,他在教训桑德斯先生——

此话不假,咖啡壶确实扔在炉前地毯上,破了。

"这星期除周四以外哪天都行。"佩里小姐写道,这绝不是第一封邀请信。难道佩里小姐一个星期除了周四每天都空闲无事?难道她惟一的愿望就是见见她老朋友的儿子?身系白色长丝带、富有阔绰的老小姐们有的是时间。她们把这些丝带绕来绕去,绕来绕去,五个女仆,一个男管家,一只漂亮的墨西哥鹦鹉,一日三餐,穆迪图书馆,还有时不时来访的朋友,都助了她们一臂之力。雅各没有来访,她已经有点儿伤心了。

"你母亲,"她说,"是我最老的朋友之一。"

罗塞特小姐坐在炉火旁,手拿《旁观者》周刊,脸朝着火浏览,她拒绝使用挡火隔板,但最终还是用了。大家当时在议论天气,因为考虑到帕克斯正往开摆小桌子,要事就推后了。罗塞特小姐把雅各的注意力引向漂亮的橱柜。

"把东西收拾起来,可算聪明到家了。"她说。那是佩里小姐在约克郡发现的。大家又议论起英格兰北部地区。雅各说话的时候,她们两个都在听。佩里小姐正想找点适合男人口味的话说,这时门开了,通报本森先生到了。这样,房间里坐了四个人。六十六岁的佩里小姐;四十二岁的罗塞特小姐;三十八岁的本森先生;还有二十五岁的雅各。

"我的老朋友看上去还是那么精神。"本森先生边说边敲着鹦鹉笼子上的栏条;与此同时,罗塞特小姐对茶赞不绝口;雅各递错了盘子;佩里小姐示意想坐近一些。"你的兄弟。"她开始含糊地说。

"阿彻和约翰。"雅各接上她的话茬。后来,令她高兴的是,她回忆起了丽贝卡的名字;以及有一天"当你们都是小不点儿,在客厅里玩耍的时候——"

"可是佩里小姐还拿着衬锅布呢。"罗塞特小姐说,果然佩里小姐把它按在胸口上。(当时她可曾爱上了雅各的父亲?)

"妙极了"——"不像通常那么好"——"我认为这极不公平。"本森先生和罗塞特小姐说道;他们在议论周六的《威斯敏斯特报》。他们没有像平常那样争奖? 本森先生不是有三次赢了一个几尼,罗塞特小姐一次赢过十先令六便士吗? 当然,埃弗拉德·本森仍然有一点疲软的心劲来赢奖,来念记鹦鹉,来奉承佩里小姐,来鄙薄罗塞特小姐,来在他的住处举办茶会(房间都是按惠斯勒的风格布局的,桌上摆着漂亮的图书),凡此种种,使他成了一头可鄙的蠢驴,雅各有这种感觉,却并不了解他。至于罗塞特小姐,她一直在调养癌症,现在还画水彩画。

"这么快就走?"佩里小姐含糊地说,"我每天下午都在家,如果你没要紧事儿——当然,周四除外。"

"据我所知,你一次也没抛弃过你那老小姐。"罗塞特小姐说着话,本森先生弓着身子看笼里的鹦鹉,佩里小姐朝铃走过去……

在两根淡绿的大理石柱子间,火燃得分外明艳,炉台上有一座绿钟,由倚戟而立的布列颠尼娅①守护着。至于图画——头戴一顶大帽子的少女从花园门上方把玫瑰递给一位十八世纪装

---

① 英帝国的拟人化称呼,以头戴钢盔、手持盾牌及三叉戟的女人为象征。

束的绅士。一只大驯犬靠着一扇破门展开身子卧着。窗户下面的几块玻璃是磨砂的,窗帘是长毛绒的,一圈一圈,卷得十分规正,也是绿的。

劳蕾特和雅各并排坐在套着绿长毛绒套的大椅子里,脚趾伸进火炉围栏里。劳蕾特的裙子很短,双腿修长,袜子是透明的。她用手指搓着脚踝。

"说我不懂,并不准确,"她若有所思地说,"我必须再去试试。"

"你什么时候去那儿?"雅各问。

她耸了耸肩。

"明天?"

不,不是明天。

"这里的天气使我向往农村。"她边说边扭过头,透过窗户望着一幢幢高楼的背后景色。

"我希望你周六和我在一起。"雅各说。

"我以前常去骑马。"她说。她优雅、沉静地站了起来。雅各也站了起来。她冲他笑了笑。她关门时,雅各把好多先令放到炉台上。

总而言之,是一场极其通情达理的谈话;一个十分得体的房间;一个聪明伶俐的女孩。只有亲自把雅各送出门的夫人身上有那种妖媚乜斜的眼神,那种淫荡的做派,那种表面的震动(主要在眼睛里清晰可见),它大有把费了九牛二虎之力收拢到一起的整包粪便洒到人行道上的危险。总而言之,出事儿了。

不久前工匠们给麦考利勋爵的名字的最后一笔涂上了金,一个个名字不间断地排成一列,环绕着大英博物馆的圆屋顶延伸开来。在下面相当深的地方,座位排列恰如一个车轮的辐条,成百上千的人坐在那里抄抄写写,把印刷本上的内容,誊抄到手写本上;他们不时地站起来查查目录;又蹑手蹑脚地回到自己的座位上,在此期间,时不时地会有一个默不作声的人填补他们隔间的空缺。

突然发生了一起小小的祸患。马奇门特小姐的一摞书倒了,掉进了雅各的隔间。马奇门特小姐竟然遇到了这种事情。她身着旧长毛绒套装,头戴着紫红假发,戴着珠宝,长着冻疮,她翻遍成千上万页书要寻找什么呢? 有时是一件事,有时又是另一件事,来证实她的哲学:颜色就是声音——或许它与音乐有关。她无法把话说死,尽管并不是由于缺少尝试。她不会请你回她的房间,因为房间"我担心不十分干净",因此她必须在走廊里叫住你,或者在海德公园坐在一把椅子上解释她的哲学。灵魂的节奏取决于这种哲学——("那些男孩是多么粗野啊!"她会说),还有阿斯奎思先生的爱尔兰政策,莎士比亚走进来,"亚历山德拉女王有次极其亲切地确认收到了我的一本小册子。"她会一边说一边把那些男孩子赶得远远的。但她需要资金出书,因为"出版商是资本家——出版商是胆小鬼"。这样,她那摞书冷不防叫她的胳膊肘儿一碰,就倒了。

雅各纹丝不动地坐着。

但在另一边,无神论者弗雷泽,由于讨厌长毛绒,不止一次地跟传单套套近乎、愤愤地换了个位置。他对含糊深恶痛绝——譬如说,基督教以及老帕克院长的看法。帕克院长著书立说,弗雷泽便用逻辑的力量把它们彻底摧毁,而且不让自己的孩子受洗——他的妻子偷偷地在洗衣盆里给孩子们施洗——但弗雷泽对她置之不理,继续支持渎神分子,散发传单,在大英博物馆里收集事实,他总是穿着同一件格子西装,打着火红的领带,但他面色苍白,声名狼藉,脾气暴躁。确实,这算哪档子事呀——消灭宗教!

雅各把马洛的戏文抄了整整一段。

女权主义者朱莉娅·黑吉小姐,等着她的书。书还没有来。她给钢笔吸墨水。她环顾四周。她的目光注意到了麦考利爵士名字的最后几个字母。她把圆屋顶上的名字看了一圈——提醒我们的伟人的名字——"噢,不像话,"朱莉娅·黑吉小姐说,"他们为什么不给爱略特或勃朗特留一席之地呢?"

不幸的朱莉娅!心情苦涩地给钢笔吸着墨水,鞋带松开了也不系。书到了以后,她就投入到繁重的劳动中去,但通过她那恼怒的感觉的一根神经觉察出男读者们是多么镇静、超脱,而又关切地投入到他们的劳动中去。就拿那个小伙子为例。除了抄诗,他还要做什么呢?而她必须研究统计数字。女人比男人多。是的,但要是你让女人像男人那样工作,她们会死得快得多。她们就会灭绝。那是她的论点。死亡、苦水和凡尘凝聚在她的笔端;下午的时光慢慢消逝,她的颧骨泛起了红潮,眼睛里闪现出一种光彩。

但是什么风把雅各·佛兰德斯吹到大英博物馆里读马洛呢?

青春,青春——些许野性——些许迂腐。譬如说,有梅斯菲尔德先生,有本涅特先生。把他们扔进马洛的火焰里,把他们烧为灰烬。别留下一丝痕迹。不要随便应付二流作家。憎恨你自己的时代。建立一个更好的。为了付诸实施,给你的朋友读一读论马洛的乏味透顶的文章。为了这一目的,你必须在大英博物馆里,校读各种版本。你必须亲自动手。维多利亚时代的文人偷天换日,当代文人则摇唇鼓舌,相信他们,一无所用。未来的血肉全靠六个年轻人了。由于雅各就是其中之一,毫无疑问,他在翻书时有点儿威风八面的样子,朱莉娅·黑吉看不惯他,就在情理之中了。

但后来一个胖脸男子将一张纸条推给雅各,雅各靠在椅背上,两人便开始叽叽咕咕,搞得人心烦意乱,过会儿便一起走了(朱莉娅·黑吉盯着他们),一走进大厅就放声大笑起来(她想)。

没有人在阅览室里大笑。有的只是换位声,低语声,深感愧疚的喷嚏声,以及突如其来、肆无忌惮、震耳欲聋的咳嗽声。阅览时间快完了。服务员们正在交接工作。懒惰的学生想伸伸懒腰,好学的学生争分夺秒,奋笔疾书——啊,一天又过去了,收效甚微!不时地从人群中传出一声沉重的叹息,紧随其后的是那个屈辱的老头无所顾忌的咳嗽,可马奇门特却变得马儿一样亲切。

雅各回来时,刚好赶上还书。

现在书被放回原处。围绕着圆屋顶星星点点地分布着几个字母。在圆屋顶的一圈中紧挨在一起的是柏拉图、亚里士多德、索福克勒斯和莎士比亚;罗马、希腊、中国、印度和波斯等国的文学,一页页诗叠在一起,一个个锃亮的字母紧挨着,含义深厚,精彩纷呈。

"人确实想喝茶。"马奇门特小姐说,要领回她那把破伞。

马奇门特小姐想喝茶,但又忍不住把埃尔金大理石雕像看上最后一眼。她斜眼注视着这些石雕,又是挥手,又是问候,搞得雅各和另一个人转过身来。她冲着他们亲切地笑了笑。这统统进入了她的哲学——颜色就是声音,也许它和音乐有关。做了祈祷以后,她便一瘸一拐地去喝茶了。该下班了。大家都集中在大厅里取伞。

大多数学生都在耐心地等待。有人检查白圆牌时,站着等待倒可以缓解焦急情绪。伞是肯定会找到的。但事实成天通过麦考利、霍布斯、吉本,通过八开本、四开本、对开本图书,牵着你走;通过高级白板纸书页和摩洛哥皮封面越来越深地积淀成这种深厚的思想,这种广博的知识。

雅各的手杖和别人的一样;它们可能把文件架打乱了。

大英博物馆里有一种博大的思想。想想看,在那里,柏拉图和亚里士多德脸贴脸;莎士比亚与马洛肩并肩。这种伟大的思想储存在一起,是任何单一的思想无力占有的。然而(由于他们花很长时间才能找到自己的手杖)人们不禁思量:人们怎么可以带个笔记本来,坐在书桌旁,把它读通呢。学识渊博的人是最值得尊重的——像三一学院的赫克斯塔布尔那样的人,人们说他的信统统都是用希腊文写的,本来可以和本特利①并驾齐驱。还有科学,绘画,建筑——一种博大的思想。

他们把手杖放到柜台上。雅各站在大英博物馆的门廊下面。下雨了。拉塞尔大街油亮油亮的——这儿黄灿灿的;这儿,药店外面,又是红通通、蓝莹莹的。人们急匆匆地紧贴着墙根;马车在大街上乱哄哄地奔跑。但小雨无大碍。雅各走得很远很远,仿佛置身于乡间;那天夜里很晚很晚,他还坐在桌前抽烟,看书。

---

① 理查德·本特利(1662—1742),英国古典学术研究史上的重要学者和校勘家,曾任剑桥大学三一学院院长和钦定神学讲座教授。

大雨如注。大英博物馆矗立在雨中，宛如一座坚实巨大的山丘，灰溜溜、光油油的，离他不过四分之一英里远。广博的思想裹在石头里；大英博物馆深处的每个隔间干干的，平安无事。巡夜人用手电筒照着柏拉图和莎士比亚的背，确保二月二十二日没有火情，没有老鼠和窃贼来侵犯这些瑰宝——可怜而又非常可敬的人们，妻小都在肯特镇，二十年如一日尽心尽力守护着柏拉图和莎士比亚，死后就葬在海格特墓地。

　　石头坚固地笼盖着大英博物馆，如同骨头冷冷地笼盖着大脑的想象和热情一样。只有在这里，头脑才是柏拉图的头脑，才是莎士比亚的头脑。这样的头脑制造出了罐子和雕像，高大雄壮的公牛和小巧玲珑的珠宝，从这面、从那面，不停地跨越死亡之河，力图上岸，时而把尸体裹好让它长眠；时而在眼睛上放一枚小钱；时而一丝不苟地把脚趾转向东方。与此同时，柏拉图在继续他的对话；尽管天在下雨；尽管出租汽车在鸣笛；尽管在奥门德大街后面的鸡毛店里住的那个女人喝得醉醺醺地回家，彻夜喊叫着："让我进去！让我进去！"

　　雅各的房间下面的街道上，人声鼎沸。

　　但他继续读书。因为毕竟柏拉图在泰然自若地继续着他的对话。哈姆雷特在念他的独白。埃尔金大理石整夜在那儿躺着，老琼斯的手电筒有时召回尤利西斯，或者一个马头；有时亮出一闪金光，或者一个木乃伊凹陷的黄脸。柏拉图和莎士比亚继续往下讲；雅各在读《费德罗篇》，听到人们在灯柱周围大声喧哗，那个女人一边砰砰地砸门，一边大声地叫嚷，"让我进去！"仿佛有一块煤从火里滚下来，又好像一只苍蝇从天花板上掉下来，摔得十分狼狈，再无翻身之力了。

　　《费德罗篇》很难读。一个人总算能一往无前，昂首阔步地向前读下去,一时成了(看上去如此)这种滚滚向前、从容不迫的力量的一部分,自从柏拉图在雅典卫城上漫步以来,这种力量已经驱走了前面的黑暗,在这种情况下是不可能关照炉火的。

对话结束了。柏拉图的辩论也终止了。柏拉图的辩论储存在雅各的脑海里,有五分钟光景,雅各的思绪继续单独勇往直前,向黑暗挺进。然后他起身拉开窗帘,对面的斯普林盖茨一家怎么已经睡觉了;雨是怎么下的;那几个犹太人和那几个外国女人站在街头的邮筒边怎么争论,他看得惊人的清楚。

每次开门有新人进来的时候,已经在屋里的人便稍稍挪动挪动;站着的人扭过头来看看;坐着的人一句话没说完就打住了。由于灯,由于酒,由于不断拨弄的吉他声,每次开门都有激动人心的事儿发生。谁进来了?

"是吉布森。"

"那个做画的吗?"

"你接着往下说。"

他们谈的事情过于隐秘,因此不便直说。人声嘈杂,在威瑟夫人小小的脑海里仿佛掀起了轩然大波,把一群群小鸟惊起飞向天空,然后它们会落下来,然后她会感到害怕,一只手摸摸头发,两只手抱抱膝盖,紧张地抬眼望着奥利弗·斯克尔顿,说:

"答应我,答应我,你对谁也不会讲。"他如此体贴,如此温柔。她在议论她丈夫的性格。他冷冰冰的,她说。

走到他们跟前的是仪态万方的玛格德琳,棕色的皮肤,热烈的性情,丰硕的身体,很少用穿着凉鞋的脚刷擦草地。她头发飘逸;发卡似乎与飞舞的发丝不大搭界。当然,身为一名演员,她脚下总是有一线光彩。她只说了一句"我亲爱的",但她的声音却在阿尔卑斯山口中间回荡不绝。尔后她摔倒在地上,唱着圆润洪亮的"啊""噢",因为无话可说,诗人曼津向她走来,抽着烟斗,低头打量着她。舞会开始了。

花白头发的凯默夫人问迪克·格雷夫斯曼津是谁,她说这种事她在巴黎屡见不鲜(玛格德琳坐在他的膝上;这会儿他的烟斗叼在她嘴里),所以就见怪不怪了。"那是谁?"当他们向雅各走去时,她扶住眼镜问道,因为雅各确实看上去文静而不冷漠,但却像一个在海滩上观景的人。

"哦,亲爱的,让我靠在你身上。"海伦·阿斯丘单脚跳着,气喘吁吁地说,因为她脚踝上的银链松了。凯默夫人转过头来看着墙上的画。

"瞧雅各。"海伦说(他们正蒙着她的眼睛做游戏)。

迪克·格雷夫斯,略带醉意,为人忠实,头脑简单,告诉她说他认为雅各是他认识的最了不起的人。于是他们盘起腿在垫子上坐下,议论雅各,海伦的声音发颤,因为他们俩在她眼里都是英雄豪杰,他们之间的友谊要比女人之间的友谊高雅得多。安东尼·波莱特请她跳舞,她一边跳舞一边回过头来望着他们,他们站在桌旁,一起喝酒。

神奇的世界——活跃、健全、生机勃勃的世界……这些字眼指的是一月凌晨两三点钟哈默斯密斯和霍尔本之间的那段木质人行道。也就是雅各脚下的那片土地。这地方之所以健全,神奇是因为一家鸡毛店上面的一个房间,这家鸡毛店离河不远,里面住着五十个兴奋、健谈、友好的房客。大步跨过人行道(很难看到出租车和警察)本身就令人欢喜雀跃。皮卡迪利大街的长环镶嵌着宝石,在空空荡荡的时候,最显它的本色。年轻人是无所畏惧的。相反,尽管他可能语不惊人,但心里感到非常自信:他能站稳立场。他很高兴遇到了曼津;他钦佩地上的那个年轻女人;他喜欢他们大家;他喜欢这一类事情。总而言之,鼓号齐鸣,无一例外。此时此刻街上只有清道夫。说雅各对他们多么喜欢,几乎是多此一举;用自己的钥匙打开自家的门,走进屋里多么令他高兴;他怎么把十来个人带回那间空屋子,这些人他出门时还素昧平生;他是怎样地东张西望,想找点东西读读,可找到后又从来不读,就睡着了。

其实,鼓号并非乐句。其实,皮卡迪利大街和霍尔本街,空无一人的起居室和有五十个人的起居室随时都会传出音乐的。女人也许比男人容易兴奋。难得有人谈及这件事,看到人流涌过滑铁卢桥去赶开往瑟比顿的直达火车,你以为什么原因驱使着他们。不对,不对。是鼓号声。只要你拐进滑铁卢桥上的一个小侧栏,把这事思量一番,你也许会觉得全是一团乱麻——全是一个谜。

人们川流不息走过桥去。有时,在马车和公共汽车之间,会出现一辆上面绑着森林大树的大卡车。然后,也许是一名石匠的运货车,车上装着新刻好的墓碑,碑上写着某人如何热爱葬在普特尼的某人。然后,前面的汽车猛地向前一颠,墓碑过去得太快,你来不及看更多的碑文了。在此期间,人流一直滚滚不息,从萨里街一侧向滨河路那边涌去;从滨河路向萨里街这边涌来。仿佛穷人已经洗劫过这个城市,现在吊儿郎当返回自己的住处,就像甲虫急匆匆地赶回自己的洞去一样,因为那个老婆婆一瘸一拐地向滑铁卢桥走来,拎着一个亮晃晃的包,仿佛她出来见过阳光后,现在拿了一些刮干净的鸡骨头赶回她的地下窝棚里去。

另一方面,虽然狂风猛吹着她们的脸,但那几个女孩子仍然手牵着手,大步流星地走着,声嘶力竭地唱着,似乎既不感到冷,也不觉得羞。她们没戴帽子。她们洋洋得意。

风掀起了大浪。河水在我们脚下奔腾,站在驳船上的人只好把全身的重量靠在舵柄上。一块黑柏油帆布被系住,蒙在一船鼓鼓的金子上。铺天盖地的煤炭闪着乌黑的光。像往常一样,缆绳甩到河边大旅馆的大木板上,旅馆的窗户上早已有星星点点的灯光。另一边,这个城市显现出白发皓首的苍老。圣保罗大教堂在它旁边用回纹装饰的、尖尖的、或长方形的建筑物上凸出来,白光耀眼。只有十字架闪着金红的光芒。但我们到了那个世纪?这支从萨里街一侧到滨河路去的浩浩荡荡的队伍会永远川流不息吗?那位老人这六百年来一直在过这座桥,后边跟着一群群吵吵嚷嚷的小男孩,因为他醉了,或者不幸瞎了眼,身上裹着朝圣者穿的那种破衣烂衫。他拖着脚慢慢磨蹭。没有站着不动的。仿佛我们向着乐声迈进;也许向着风和河;也许向着这些鼓号声——灵魂的狂喜和骚动。哎,甚至苦笑,那个警察,非但没有指责那个醉汉,反而幽默地打量着他。小男孩们又蹦蹦跳跳地回来了,萨默塞特宫里来的高级职员对他无可奈何,只有容忍。那个在书摊前才读了半页《洛泰尔》的人怀着善心沉思默想,目光离开了书本,那个女孩在十字路口犹豫了一下,向他投来年轻人灿烂而又茫然的一瞥。

灿烂而又茫然。她也许有二十二岁,衣衫褴褛。她穿过马路看着花店橱窗里的黄水仙和红郁金香。她迟疑稍许,向着坦普尔门的方向走去。她走得很快,可什么都让她分心。时而像在观察,时而又像什么都没注意。

十

　　穿过圣潘克拉斯教区的一片荒冢,范妮·埃尔默在歪在墙
上的白色墓碑中间溜达,穿过草丛要看一个名字,守墓人过来
时,她又急匆匆往前走去,三步并作两步上了街,时而在一扇摆
着蓝色瓷器的橱窗前驻足,时而要尽快追回浪费掉的时间,冷不
防进了一家面包店,买了几个面包圈,又添了几块蛋糕,然后又
继续赶路,谁想跟上,必须一溜小跑才行。不过她的衣着并不寒
碜。她穿着长筒丝袜,登着银扣皮鞋,只是帽子上的红色羽毛已
经耷拉下来,手袋上的搭扣也松了,因为她走路时,一份蒂索夫
人的节目单从包里掉了出来。她有牡鹿那样的腿脚。她把脸捂
着。当然,在这样的暮色中,迅疾的动作,急促的顾盼,凌云的希
望,都来得极其自然。她正好从雅各的窗下经过。

　　房子低平,黑暗而又寂静。雅各在家里潜心研究一个棋局,
棋盘搁在他膝间的凳子上。他一只手拨弄着脑勺上的头发。他
慢慢地把这只手伸向前去,把白后从它所在的棋格中拿起来;随
后又将它放回原处。他装上烟;沉思片刻;又把两个兵动了一
下;把白马向前推了一步;之后,他把一根手指压在象上,再度陷
入沉思。此刻,范妮·埃尔默从窗下走过。

她是去给画家尼克·布拉姆汉当模特儿呢。

她坐着，身上裹着一条西班牙花披肩，手里拿着一本黄皮小说。

"低一点，放松一点，这样——就好多了，这就对了。"布拉姆汉喃喃地说道。他一边给她画像，一边抽烟，自然也就少言寡语了。他的头仿佛出自一位雕刻家之手，此人把额头削得方方正正，把嘴巴拉得平平展展，而且留下了不少拇指的泥印和别的指头的泥纹。但眼睛总是圆睁着，十分突出，布满血丝，仿佛由于总是虎视眈眈造成的。他说话时，眼神露出片刻的迷乱，但接着又瞪视起来。她头上悬着一盏无影灯。

女人的美貌就像海上的灯光，绝对不会专照一个波浪。所有的海浪都沾它的光；所有的海浪又都保不住它。她时而像一块腊肉那样死板粗厚，时而又像一块悬挂着的玻璃那么透明。固定的面孔就是死板的面孔。这里是威尼斯夫人，表现得如同一座供人瞻仰的纪念碑，但却是用雪花石膏雕刻成的，准备摆到壁炉台上，一尘不染。一个浑身上下呈黑色的时髦女郎只当作一个实例，摆在客厅桌子上。街头女郎一个个都是扑克牌那样的脸面；轮廓里面毫不含糊地涂满了粉红或金黄，周围的线条画得很紧凑。从顶楼的窗户探出身子往下看，你便把美貌本身尽收眼底；或者在一辆公共汽车的角落里，或者蹲在排水沟里——美光彩照人，突然咄咄逼人，转瞬之间又退避三舍。谁也别想指望它，抓住它，或是把它包在纸里。在商店里将会一无所获，天知道：在家中枯坐胜过在玻璃橱窗前流连，指望把绿娇红姹活脱脱的从橱窗里夺走。茶盘里的海玻璃失去光泽不会比丝绸更快。因此如果你谈论一个美女，那你就是在谈论某种转瞬即逝的东西,可以说在它利用范妮·埃尔默的眼睛、嘴唇或面颊,闪现出瞬间的光辉。

她并不美,因为她僵直地坐在那里;她的下唇太突出;她的鼻子太肥大;她的眼睛凑得太近。她身材单薄,双颊明丽,头发乌黑,此刻显得闷闷不乐,或者由于久坐而显得有些僵硬。当布拉姆汉折断炭笔的时候,她惊了一下。布拉姆汉突然来了脾气。他蹲在煤气取暖器前面暖手。这时,她却在注视着他的画作。他嘴里咕哝着。范妮披上一件晨衣,烧了一壶水。

"老天作证,这画太次了。"布拉姆汉说道。

范妮一屁股坐在地上,双手抱膝,瞅着他,她美丽的眼睛——是的,美,飞过房间在那里闪耀了片刻。范妮的目光似乎在询问,在怜悯,转瞬间变得含情脉脉。但是她太夸张了。布拉姆汉毫无觉察。水烧开时,她爬起来,活像一匹马驹或一只小狗,而不像一个脉脉含情的女人。

这时雅各走到窗前,双手插在口袋里站着。斯普林盖特先生从对面出来,瞅了瞅他的橱窗,又进去了。孩子们从旁溜达过去,眼巴巴地望着粉红色的棒棒糖。皮克福德的货车在街上摇摇晃晃地驶过。一个小男孩从一根绳子上翻身而下。雅各转过身来。两分钟后他打开了门前,朝霍尔本走去。

范妮·埃尔默从钩子上取下斗篷。尼克·布拉姆汉拔掉钉画的图钉,把画卷起来夹在腋下。他们熄了灯,上街去,穿过人海,绕过车水马龙,总算到了莱斯特广场。比雅各早到五分钟,因为他的路稍微远一点,在霍尔本又被等着看国王御驾经过的人群挡住了去路,结果,当雅各推开弹簧门来到尼克和范妮身边时,他俩早已靠在帝国剧场走廊的栏杆上了。

"嗨,是你啊,压根儿就没看见。"五分钟后尼克说。

"真他妈的倒霉。"雅各说。

"埃尔默小姐。"尼克说。

雅各把烟斗从嘴里拿出来,显得很尴尬。

他十分尴尬。他们坐在一张长毛绒沙发上,让烟雾在他们和舞台之间袅袅升起,听见远处的尖声高调和管弦乐欢快适时地演奏,他依然很尴尬,只是范妮在想:"多么美妙的声音!"她觉得他少言寡语,却字字千钧。她想着年轻人是多么卓尔不群,多么漫不经心,一个人可以多么安静地坐在雅各旁边注视着他。他又会显得怎么地孩子气十足,带着对晚会的厌倦而来,她想,多么威严;也许还带着几分傲慢。"但我是不会被震慑住的。"她想。他站起身来斜倚着栏杆。烟雾萦绕着他。

烟雾似乎永远在衬托年轻男子的美,他们无论在绿茵场上驰骋,还是在打板球、跳舞、奔跑或沿街散步,都是那么的生龙活虎。也许他们很快就会失去这种美。也许他们心驰神往的是古代的英雄豪杰,所以有点不屑与我们为伍,她想(就像正要演奏却突然绷断的琴弦那样颤抖着)。然而,他们好静,谈吐优雅,一言出口,声成金石,不像女孩用的小硬币那样丁零当郎;他们行动果断,仿佛停留多久,何时离开,都胸有成竹似的——哦,不过佛兰德斯先生只是去取了一份节目单。

"跳舞的最后出场。"他说着,回到了他们身边。

有意思,范妮还在想,怎么小伙子总是把银币从裤兜里大把大把地掏出来看看,而不装在钱包里呢?

然后,那里只有她独自一人,穿着一条白色荷叶边的裙子在舞台上旋转飞舞,音乐就是她的灵魂的盘旋跌宕,整个世界这台机器完完全全、顺顺溜溜地卷进了这些迅疾的漩涡和飞瀑中,她觉得,此时此刻她倚在栏杆上僵直地站着,离雅各·佛兰德斯有两英尺远。

她的一只揉成一团的黑手套掉在了地上,当雅各把手套递给她时,她吃惊而又生气。从来没有这么毫无道理地恼羞成怒。雅各一时心生畏惧——如此暴跳如雷,如此危险可怕,正当年轻女人僵立着;抓住栏杆;坠入爱河的时候。

时值二月中旬,汉普斯特德郊外花园的上空笼罩着一层飘悠的烟霭。天气太热,不宜出行。一只狗在洼地上汪汪地叫个不停。流动的影子掠过平原。

久病之后的身体显得疲软、消极,嘴馋想吃美味佳肴,但胃弱却又无福消受。狗在洼地上狂吠,人泪如泉涌,孩童在滚铁环,乡野忽明忽暗。仿佛隔着一层面纱。啊,把面纱画厚一点,以免我被韶光美景冲昏了头。范妮·埃尔默坐在法官路的长凳上望着汉普斯特德郊外花园喟叹不已。狗还在狂吠不止。汽车在路上呼啸而过。她听到远处一阵飒飒声、嗡嗡声。她心潮涌动。她起来走一走。绿草茵茵;烈日炎炎。孩子们围着池塘弯着身子放小船;保姆来拽他们时,他们就大叫大喊。

正午,年轻女子出来到户外走走。男人们都在城里忙活。女人们站在碧波荡漾的池塘边。清风把孩子们的声音扩散开来。我的孩子们,范妮·埃尔默想道。女人们站在池塘周围把那些蹦蹦跳跳的粗毛大狗赶开。宝宝躺在婴儿车里轻轻地摇。一个个保姆、母亲和闲逛的女人的眼睛都有点儿呆滞、出神。孩子们拉着她们的裙子求她们往前走时,她们轻轻颔首,却不作答。

范妮往前走着,听见一声呼叫——也许是工人的哨声——

响彻云霄。树林里，画眉鸟冲着暖风发出一阵婉转的欢唱，但似乎被惊了一下，范妮想；仿佛它也抑制不住心头的喜悦——仿佛有人在欣赏它的歌唱，仿佛它心潮澎湃，只有一唱为快似的。瞧！它急不可待，又飞到另一棵树上。她听见它的歌声更加幽微。此外就是车轮的嘤嘤，清风的飒飒。

她花十便士吃了顿午餐。

"天啊，那位小姐把伞忘了。"那个面色斑驳的女人咕哝道，她坐在乳品专卖公司商店门口的玻璃亭里。

"也许我能追上她。"梳着浅色发辫的女招待米莉·爱德华兹话音未落，就冲出了店门。

"白跑了一趟。"她说，很快便拿着范妮的那把不值钱的伞跑了回来。她一只手整整辫子。

"该死的门！"出纳员抱怨道。

她手上戴着连指手套，收点纸片儿的指尖臃肿得如同香肠。

"馅饼青菜一份。一大杯咖啡带烧饼。土司鸡蛋。两块水果蛋糕。"

女招待的尖嗓门戛然而止。午餐客听到自己点的饭菜被重复了一遍，表示认可；眼巴巴地望着邻桌的饭菜端了上来。他们的土司鸡蛋终于来了。他们便不再东张西望。

一块块潮润的到口酥掉进了张得像三角口袋似的嘴巴里。

打字员内莉·詹金森心不在焉，把蛋糕弄碎了。每次门一开，她总要抬头看一眼。她等着看什么呢？

煤商目不转睛地看着《电讯周刊》，没碰到茶盘，走了神儿，乱摸一通，把茶杯直接放到了桌布上。

"听说过那种离谱的事吗？"帕森斯夫人打起了退堂鼓，掸掉裘皮大衣上的饭渣。

“热牛奶烧饼一份。一壶茶。黄油面包圈。”女招待喊道。

门开门关。

这就是上了年纪的人的生活。

躺在小船上观浪奇趣无穷。三层浪一层接一层匀匀地涌过来，大小差不多。第四层接踵而至，大得让人胆战心惊；它把船抬起；又向前涌去；不知怎么的，却一事无成，逐渐消逝；最后把自己抹平，跟大家贴到一起。

什么能比狂风中树枝的摇晃更加猛烈呢？树从树干到树梢完全屈服了，顺着风势飘摇、颤抖，决不狂飞乱舞。

庄稼扭动，压低身子，仿佛要将自己连根拔起，但还是被牵制住了。

哎，就从这些窗户里，即便在黄昏时节，你也可以看见一个趾高气扬的家伙在街上肆虐，仿佛在伸展双臂，望眼欲穿，张着嘴巴。然后，我们只能平静地坐下。因为如果这种张扬继续下去，我们就会像泡沫一样被吹向天空。星星就会透过我们闪光。我们应当用盐滴杀杀狂风——有时候情况就是这样。因为暴烈的精神不会得到这种摇篮的抚育。对于它们永远没有任何摇摆，任何漫无目的的依靠。永远不会假装或者心安理得地撒谎，或者亲切真诚的设想：彼此大同小异，火暖，酒香，越轨就是罪。

“大家都是好人，一旦你了解了他们，便会这样想。”

“我不能对她有不好的看法。人们必须记住——”但是也许尼克或者范妮·埃尔默由于对一时的真情深信不疑，便飞奔出门，脸颊生疼，像尖厉的欢呼声一样不见了。

“啊，”范妮说着，冲进画室，晚到了三刻钟，因为她一直在育婴堂附近盘桓，一心要找机会看到雅各一路走来，掏出钥匙开门,"恐怕我是来迟了。"尼克听了一言不发,范妮便产生了对抗情绪。

"再也不来了!"她终于喊了起来。

"不来就不来。"尼克答道,她连晚安也没说,就夺门而出。

真是巧夺天工——沙夫茨伯里大道附近埃瓦里娜时装店里的那件女装!四月初的一个晴天,四点钟,难道只有范妮一人在屋里度过四点的大好时光?在那条街上,别的姑娘不是坐着低头看账本,就是没精打采地在丝绸和薄纱间抽出一根根长丝,或者用丝带绾成斯旺和埃德加字样的花彩,赶快把零头在账单背后加起来、把那一又四分之三码的料子用棉纸一裹,问下一个人:"您想要什么?"

在沙夫茨伯里大道附近的埃瓦里娜时装店里,女人各个部位的衣饰分开陈列着。左手是裙子。中间柱子上绕着一条羽毛围巾。帽子摆放得就像坦普尔门上的犯人的脑袋——有翠绿的,有白的,有轻轻地点缀着花环的,有在地道的羽毛下耷拉下来的。踩在地毯上的是她的脚——金色尖头的,或者红条漆皮的。

女人大饱眼福后,四点钟的衣服就像面包店橱窗里的糖饼,沾满了蝇屎。范妮也目不转睛地看着。

但从杰拉德大街走过来一个穿着破外套的男子。一个影子落到埃瓦里娜时装店的橱窗上——雅各的影子,尽管它不是雅各。范妮转过身沿着杰拉德大街走去,想着自己要是读过这些书该多好。尼克从不看书,从不谈论爱尔兰,也不谈论上议院;至于他的手指甲!她想学拉丁文,想读维吉尔。她曾经博览群书。她读过司各特;她读过大仲马。在斯雷德没人看书。没有人知道范妮在斯雷德呆过,也没人想过在她眼中那里是多么的空虚;热衷于耳环、热衷于跳舞、热衷于汤克斯和斯蒂尔——那时候只有法国人才深谙绘画之道,雅各说。因为现代派画家无所作为;绘画是艺术中名声最差的;为什么偏偏不看马洛和莎士比亚?雅各说,要看小说,为什么偏偏不看菲尔丁?

"菲尔丁。"当查林十字路的那个人问范妮要什么书时,她这样答道。

她买了本《汤姆·琼斯》。

早上十点,在与一位教师合住的房间里,范妮·埃尔默在看《汤姆·琼斯》——那本神秘的书。因为这本枯燥的东西(范妮想)写了一些名字古怪的人,它正是雅各所喜欢的。好人喜欢它。不讲究坐姿的邋遢女人看《汤姆·琼斯》——一本神秘的书;因为书里有些东西,范妮想,如果我受过教育,我是会喜欢的——胜过喜欢耳环和鲜花,她叹息着,想起了斯雷德的走廊和下周的化装舞会。她没有什么行头。

他们是真诚的,范妮·埃尔默心想,把脚搭在壁炉台上。有的人如此。尼克可能也是这样,只是他有些傻气。女人从不这样——除了萨金特小姐,但是她在午餐时走了,装腔作势。他们静静地坐在那里,埋头夜读,她想。不去音乐厅;不去看橱窗;不跟别人换衣服穿,罗伯逊曾围过她的围巾,她穿过他的背心,若是换了雅各,他会极不自在;因为他喜欢《汤姆·琼斯》。

书摆在她的膝头,双栏排印,定价三先令六便士,这本神秘的书文笔极美,雅各说,在书里亨利·菲尔丁多少年前就斥责范妮·埃尔默见了红色就眼馋。因为他从不看现代小说。他喜欢《汤姆·琼斯》。

"我的确喜欢《汤姆·琼斯》。"范妮说,时间是四月初的那一天的五点半,当时雅各正坐在她对面的扶手椅上,掏出了烟斗。

哎呀,女人尽说谎!但是克拉拉·达兰特却不。无瑕的思想;率真的天性;一个被链在石头上(朗兹广场附近的某个地方)的童贞女,永远为穿白背心的老人斟茶,蓝眼睛,直勾勾地盯着你的脸,演奏着巴赫的乐曲。她是雅各最尊敬的女人。但与身穿天鹅绒的贵妇坐在一起共用黄油面包,在老佩里小姐倒茶时,对克拉拉·达兰特说的话决不比本森对鹦鹉说的多,这是对人性的自由和尊严——或类似的说法——的一种令人无法忍受的践踏。因为雅各一言不发。他只是怒目瞪视着火炉。范妮放下了《汤姆·琼斯》。

她在飞针走线。

"忙什么呢?"雅各问。

"准备参加斯雷德的舞会。"

她拿来头饰;长裤和有红流苏的鞋。该穿什么呢?

"我要去巴黎了。"雅各说。

那化装舞会有什么意思? 范妮想。你见到的还是老面孔;你穿的还是老一套;曼津喝得醉醺醺的;弗洛琳达坐在他的膝盖上。她肆无忌惮地调情——这会儿是跟尼克·布拉姆汉。

"去巴黎?"范妮问道。

"去希腊顺道经过。"他答道。

因为,他说,再没有什么比五月的伦敦更让人厌恶的了。

他会把她忘了。

一只麻雀从窗前飞过,衔着一根稻草——一根从农场谷仓旁边的草垛上来的稻草。那只棕色的老长毛垂耳狗在墙脚嗅来嗅去找老鼠。榆树枝头已经布满了鸟巢。栗子撩拨得嘴馋的人垂涎三尺。蝴蝶招摇着飞过林中马道,也许正如莫里斯所说,紫蛱蝶正在橡树下的一堆臭肉上开洋荤呢。

范妮认为这都是因《汤姆·琼斯》而起。他会怀里揣上一本书独自一人去看獾。他会坐八点半的火车走上一整夜。他会看到萤火虫,把它们装在盒药子里带回来。他会纵狗打猎。《汤姆·琼斯》中就是这样写的。他会揣着一本书去希腊,将她遗忘。

她拿起小镜子。她的脸就在那儿。假如有人用头巾裹住雅各呢?他的脸在那儿。她点着灯。但阳光透过窗户时,只有半间屋子被灯照亮。虽然他看上去又可怕、又威严,他说,会放弃森林,来到斯雷德,做一个土耳其骑士或罗马皇帝(而且他让她涂黑他的双唇,在镜子里咬牙,蹙额),但是——《汤姆·琼斯》还放在那里。

十一

"阿彻,"佛兰德斯太太说,语气中透出母亲对长子常有的那种柔情,"他明天就到直布罗陀了。"

佛兰德斯太太正等的那趟邮班(她信步走上道兹山,悠悠的教堂钟声在她的头顶荡漾着一曲圣歌,透过回荡的余音,时钟直截了当地敲了四下;乌云笼罩,下面的草丛显得紫微微的;那二十几座村舍,在一片阴影的掩映下瑟缩着,卑陋无世),邮班,带来了各种信息,信封上的字迹有的粗大醒目,有的歪歪扭扭,时而贴着英国邮票,时而贴着殖民地邮票,有时匆匆涂上一道黄杠子,邮班行将把无数的信息传遍世界。我们是否通过这一内容丰富的交流习惯而获得了什么,那不是我们能说清的。不过,现如今写信已经成了一种徒有其表的日常习惯,尤其是那些游历海外的年轻人,似乎很可能做这种事情。

比如说,这一幕。

这里是出国旅行的雅各·佛兰德斯,他正在巴黎逗留,稍作休整。(他母亲的堂姐伯克贝克老小姐,去年六月去世,给他留下了一百英镑。)

"克拉坦顿,你用不着把整个混账事再絮叨一遍。"马林森

135

说道,这个小个子的秃顶画家正坐在一张大理石桌旁,桌子上溅满了咖啡点子,画满了葡萄酒圈圈。他口若悬河,无疑已有三分醉意了。

"哎,佛兰德斯,给家里的信写好了?"克拉坦顿问道。这时雅各走过来坐在了他俩旁边,手里拿着寄往英格兰的斯卡伯勒近郊佛兰德斯太太的一封信。

"你欣赏贝拉斯克斯①吗?"克拉坦顿问道。

"老天作证,他准喜欢。"马林森说。

"可他总是这个样子。"克拉坦顿愤愤地说。

雅各却不动声色望着马林森。

"我要给你们说说载入文学史册的三大妙语,"克拉坦顿突然冒出这么一句,"'像果子一样悬挂在那儿,我的灵魂'。"②他开始引章摘句了……

"别听一个连贝拉斯克斯都不喜欢的人在那儿瞎扯。"马林森说。

"阿道夫,再别给马林森先生添酒了。"克拉坦顿说。

"一视同仁,一视同仁,"雅各公正明断地说道,"人想醉时让他醉。这是莎士比亚的话,克拉坦顿。在这一点上我和你所见相同。一个莎士比亚的胆识比所有的混账法国佬加在一起都多。'像果子一样悬挂在那儿,我的灵魂'。"雅各开始用一种悦耳浮夸的声音引诗摘句,同时挥舞着手中的酒杯,"'让魔鬼把你抹黑,你这白脸无赖③!'"雅各慷慨陈词,酒溢出杯沿飞溅。

"'像果子一样悬挂在那儿,我的灵魂'。"克拉坦顿和雅各

---

① 贝拉斯克斯(1599—1660),西班牙画家。
② 语出莎士比亚《辛白林》第5幕第5场。
③ 语出莎士比亚《麦克白斯》第5幕第3场。

又异口同声开始朗读,接着两人放声大笑起来。

"这些该死的苍蝇,"马林森边说边拍自己的秃脑门,"它们把我当成什么了?"

"什么香甜美味的东西?"克拉坦顿说。

"闭嘴,克拉坦顿,"雅各说,"这家伙没有礼貌。"他十分客气地对马林森解释说,"要想让人们戒酒。哎,我想来点烤骨肉。烤骨肉法语怎么说来着?阿道夫,烤骨肉。噢,你这个糊涂虫,没听明白?"

"佛兰德斯,我要告诉你整个文学史上第二大丽句。"克拉坦顿说道,他把脚踏到地上,身子探过桌子,几乎和雅各来了个脸碰脸。

"'嗨,嘀嘟嘀嘟,猫猫和迷糊',"马林森用手指敲着桌子插嘴说,"整个文学史上精美绝伦的丽句……克拉坦顿是个大好人,"他怪机密地说道,"只是冒点儿傻气。"他把头猛地向前一伸。

嗯,这样的事雅各对佛兰德斯太太绝口不提;自然也不会说他们付过账、走出餐馆之后沿着拉斯佩尔大街闲逛时发生过什么事情。

这儿是另外一段话;时间:早上十一点左右;地点:一间画室;日期:星期天。

"我敢说,佛兰德斯,"克拉坦顿说道,"我与其要一幅夏尔丹的大作,还不如有一帧马林森的小品。当我说……"他挤着一支瘪瘪的颜料管的屁股……"夏尔丹是个大手笔。他却要卖画换口饭吃。等着画商人们慧眼识珠吧。一个大手笔——噢,一个很大的大手笔。"

"成天在这里胡涂乱抹,倒是一种十分惬意的生活,"雅各说道,"不过,克拉坦顿,这可是一门乏味的艺术,"雅各信步走到房间的对面,"现在有了这么一个人,皮埃尔·路易。"他拿起了一本书。

"哎呀,我的老兄,你想不想安稳点儿?"克拉坦顿说。

"这是一件扎实的作品。"雅各说着就把一幅油画立在椅子上。

"噢,那是我很久很久以前画的。"克拉坦顿回头望了一眼说。

"我认为,你是个很有能耐的画家。"雅各过了一会儿说道。

"你要是愿意看看我最近这段时间的追求,"克拉坦顿说着,把一幅油画摆在雅各面前,"看。这就是。这更像回事。这是……"他的大拇指绕着画成白色的灯泡转了一圈。

"的确是件相当扎实作品,"雅各说着,便叉开双腿坐在它前面,"不过,我想你最好还是解释一下……"

面色苍白,一脸雀斑,病恹恹的吉妮·卡斯拉克走了进来。

"嗨,吉妮,这是位朋友。佛兰德斯。英国人。家境富裕。社会关系优越。佛兰德斯,接着说……"

雅各什么也没说。

"是这样——这样不对。"吉妮·卡斯拉克说。

"对,"克拉坦顿斩钉截铁地说,"这绝对不行。"

他把油画从椅子上拿下来立在地上,背对着他们。

"女士们,先生们,请坐。佛兰德斯,卡斯拉克小姐也是贵国人。来自德文郡。嗯,我想你说过是德文郡。很好。她还是教会的女儿,在家里,可是个害群之马。她母亲写信就么说她。唉,——我说——你身上带着一封没有?一般总是周日来信。你知道,有种教堂钟声的效果。"

"所有的画家你都见了?"吉妮问道,"马林森又喝醉了? 如果你去他的画室,他会送你一幅的。唉,我说,泰迪……"

"稍等一会儿,"克拉坦顿说道,"现在是一年的什么季节?"他向窗外眺望。

"佛兰德斯,星期天我们休息。"

"他要……"吉妮看着雅各说,"你……"

"对,他要和我们一起去。"克拉坦顿说道。

而后,就到了凡尔赛。

吉妮站在一块石头边上,把身子探到水池上面,拉克坦顿双臂把她紧紧抱住,要不,就会掉进去的。"瞧! 瞧!"吉妮叫道,"刚刚浮出水面!"一些形状溜圆、行动迟缓的鱼儿从深处浮了上来吃她撒下的面包屑。"你瞧。"吉妮说着就从石头上跳下来。于是,那白花花的水,汹涌滂沸而又遭到阻遏,直射天空。喷泉挥洒铺排着自己。透过它传来了远处的军乐声。水滴打皱了整池水。一只蓝色气球轻轻地碰撞着水面,看啊,保姆,孩子,老少爷们,都涌到池边俯着身子,舞动着手中的棍子! 小姑娘跑着伸长胳膊想够自己的气球,但它还是在泉水中沉没了。

爱德华·克拉坦顿,吉妮·卡斯拉克和雅各·佛兰德斯排成一排,走在黄色砾石小路上;踏上草地;穿过树林;来到了玛丽·安托瓦内特的夏宫,她经常在这儿品饮巧克力。爱德华和吉妮走了进去,雅各却坐在自己手杖的把儿上在外等候。他俩又出来了。

"好啦?"克拉坦顿说,冲着雅各直笑。

吉妮等着;爱德华等着;两个人都看着雅各。

"好啦?"雅各笑着说,双手紧抓着自己的手杖。

"跟我来。"雅各拿定了主意;起身走了。两个人笑容满面,跟在他后面。

随后三人来到了旁街一间很小的咖啡馆,人们坐在这里喝着咖啡,看着军人,若有所思地将烟灰弹进烟灰缸里。

"不过,他的确是有些与众不同,"吉妮说道,双手十指交叉托在自己酒杯的上方,"我觉得当泰德①那样说的时候,你根本就没领会他的意思,"吉妮说,双眼直视着雅各,"但我知道。有时候我会把自己搞得疲于奔命。而他有时整日躺在床上——就躺在那儿……我并不想让你立马就明白什么。"吉妮挥了挥两只手。胖乎乎的彩虹色鸽子摇摇摆摆地在他们的脚旁走着。

"瞧那个女人的帽子,"克拉坦顿说道,"对此他们会怎么看? ……不,佛兰德斯,我觉得自己无法像你那样生活。当一个人沿着大英博物馆对面的那条街走下去时——那条街叫什么来着? ——反正我就这个意思。事情就是这样。那群胖女人——站在路中间的那个男人似乎要发火了……"

"人人都喂它们,"吉妮说着将这群鸽子赶开了,"它们都是些傻乎乎的老家伙。"

"是吗,我不清楚,"雅各抽着烟卷儿说道,"那儿是圣保罗大教堂。"

"我打算去一家办公室。"克拉坦顿说。

---

① 爱德华的昵称。

"得了吧,你这死鬼。"雅各劝戒道。

"你根本就不是那块料,"吉妮看着克拉坦顿说,"你疯了。我是说,你一心想着画画。"

"对,我承认。我也没办法。唉,我说,乔治国王会同意给贵族们让步吗?"

"他只有这一条路了。"雅各说。

"对啦!"吉妮说,"他是行家。"

"你看,要是我能做,我就会做,"克拉坦顿说道,"只可惜我不能。"

"我认为我能,"吉妮说,"只不过,做这种事的都是人们讨厌的那些人。我是说在国内。大家只谈这个。甚至连我母亲那样的人也对此津津乐道。"

"如果现在我搬过来住——"雅各说,"克拉坦顿,我该分摊多少?嗯?行,你看着办吧。这些呆鸟一旦有人想要它们——它们就飞走了。"

最后,在伤残军人车站的弧光灯下,吉妮和克拉坦顿走到一起,用的是一种轻微而又明确的古怪动作,这类动作可以伤人,也可以神不知鬼不觉地过去,但总会招致他们极大的不安;雅各则独自站在一边。他们得分手了。该说些什么。什么也没说。一个男人手推着小推车打雅各身边走过,近得几乎擦腿而过。等雅各再站稳时,那两人已转身离去,尽管吉妮扭头望了一眼,克拉坦顿挥了挥手,像他那伟大的天才一般消失了。

没有——这些事都没告知佛兰德斯太太,尽管雅各觉得,可以万无一失地说,世上再没有比这更重要的事了;至于克拉坦顿和吉妮,他则认为这是他所见过的最出色的人——当然无法预见,随着时间的推移,怎么会出现这样的事情:克拉坦顿开始热衷于画果园;因而不得不住在肯特郡;而且你也许会认为,他这个时候一定看透了苹果花,因为他的妻子与一个小说家私奔了,而他却是为了妻子才住在这里画果园的;但是不对;克拉坦顿仍然凶横孤独地画着果园。后来,吉妮·卡斯拉克结束了跟美国画家勒法努的风流韵事,便与印度哲人们过从甚密,现在你发现她住在意大利的膳宿公寓里,珍藏着一个小小的珠宝盒,里面装着一些从路上捡来的普通卵石。不过她说,要是你目不转睛地看着它们,多就变成了一,这就是生活的奥秘,不过,这并不妨碍她注视满桌子的通心粉,有时在春夜里,她给胆怯的英国小伙子们说些最莫名其妙的知心话。

对于母亲,雅各没有什么可隐瞒的。只不过他自己也搞不明白他那种非同寻常的兴奋,至于说要把它写下来——

"雅各真是信如其人。"贾维斯夫人说着就把信纸叠上了。

"其实,他似乎过得……"佛兰德斯太太说,又停顿了一下,因为她正在裁一条连衣裙,得把纸样拉直,"……十分快活。"

贾维斯夫人想起了巴黎。她背后,窗子开着,因为那是一个温馨的夜晚;一个宁静的夜晚;月色朦胧,苹果树纹丝不动。

"我从不觉得死人可怜。"贾维斯夫人说着,挪了挪背后的靠垫,双手交叠在脑后,贝蒂·佛兰德斯的剪子在桌上喀嚓作响,所以没有听见。

"他们算是安息了,"贾维斯夫人说,"而我们浑浑噩噩地混日子,干蠢事,还不知其所以然。"

贾维斯夫人在村子里不受欢迎。

"晚上这个时候你从不出去走走?"她问佛兰德斯太太。

"确实是个温馨美妙的夜晚。"佛兰德斯太太说。

不过多年以来,她再没有在晚饭后打开过果园门,出去爬道兹山了。

"天气很干。"她们关上果园门,步入草坪时,贾维斯夫人说。

"我不能走远,"贝蒂·佛兰德斯说,"是的,雅各星期三离开巴黎。"

"在那哥儿仨中,雅各总是我的朋友。"贾维斯夫人说。

"哦,亲爱的,我不想再往前走了。"佛兰德斯太太说。她们已爬上黑沉沉的山冈,来到罗马营垒了。

矮墙竖立在脚旁——圈绕营垒或者墓地的平整的圆环。贝蒂·佛兰德斯在那儿丢了多少针啊!还有她的石榴石胸针。

"有时夜色比今晚明朗得多。"贾维斯夫人站在山脊上说。万里无云,一层雾气氤氲在海上,荒原上。斯卡伯勒灯火闪烁,仿佛一个佩戴钻石项链的女人把头转来转去。

"好幽静啊!"贾维斯夫人说。

佛兰德斯太太脚跟蹭着草皮,心里想着她的石榴石胸针。

贾维斯夫人觉得今晚很难想到自己。一切是那么平静。没有风;没有疾驰、飞翔、逃逸的东西。黑影静静地伫立在银色的荒原上。荆豆丛纹丝不动地挺立着。贾维斯夫人也没有想到上帝。当然,她俩身后就有座教堂。教堂钟敲了十点。是钟声传到了荆豆丛,还是山楂树听到了钟声?

佛兰德斯太太正弯下腰去捡一块卵石。有时人们确实能找到东西,贾维斯夫人想,然而在这片朦胧的月光下,除了骨头和粉笔头,再要看清什么是不可能的。

"雅各用自己的钱买的,后来我带帕克先生上山来看风景,它准是掉——"佛兰德斯太太喃喃地说。

动的是骨头，还是生锈的刀剑？佛兰德斯太太两个半便士的胸针难道永远是一部分丰富的积蓄？如果鬼魂全都密密麻麻地聚集在这儿，围成圈与佛兰德斯太太摩肩接踵，她不会完全自得其所，当个精力充沛的英国太太日渐发福吧？

钟又敲了一刻。

短暂的声浪在挺直的荆豆丛和山楂枝间破碎了，如同教堂的大钟把时间分成一刻又一刻。

纹丝不动、广袤开阔的荒原收到了"十点十五分"这一宣告，若不是荆棘动了一下，就根本没有回应。

然而即使在这样的光线下，仍可辨认墓碑上的铭文，简短的声音在说，"我是伯莎·拉克"，"我是汤姆·盖奇"。他们说他们死于那一天，《新约》为他们说了几句话，非常自豪，非常着力，或者非常令人欣慰。

荒原也接纳了这一切。

月光犹如一张白纸落在教堂的墙壁上，照亮了壁龛中跪着的那家人和一七八〇年为本教区乡绅竖立的那块牌匾，因为他救济穷人，虔敬上帝——于是这从容稳重的声音进入了大理石名册，仿佛可以把自己强加给时间和空间似的。

这时一只狐狸偷偷地从荆豆丛后面溜了出来。

即便是晚上，教堂里似乎经常人满为患。长椅破旧油腻，法衣各归其位，赞美诗集摆在架子上。这是一艘船员齐全的轮船。肋木竭尽全力承载着死去的与活着的人们，有农夫，木匠，猎狐人以及带着泥土与白兰地气息的农场主。他们异口同声、字正腔圆地唱着，永远把时间和广袤的荒原切开。悲叹、信仰和挽歌，绝望和得意，但主要是良好的感觉和快活的冷漠，在这五百年里每时每刻都破窗而出。

正如贾维斯夫人步入荒原时所言,"好幽静啊!"中午静悄悄的,除了有时候打猎的四散开来;下午静悄悄的,除了有几只漫游的羊;夜里荒原上一片寂静。

一枚石榴石胸针已经掉到草丛里了。一只狐狸偷偷地溜过。一片树叶卷边了。在朦胧的月光下,五十岁的贾维斯夫人在营垒里休息。

"……而且,"佛兰德斯太太挺直了腰说,"我从不喜欢帕克先生。"

"我也不喜欢。"贾维斯夫人说。两人开始往回走。

不过她们的声音在营垒上空飘荡了一忽儿。月光未损一物。荒原接纳一切。只要汤姆·盖奇的墓石还在,他就高呼不止。罗马人的尸骨完好无损地保存着。贝蒂·佛兰德斯的织针同样完好无损,她的石榴石胸针也不例外。有时在中午,阳光灿烂,荒原似乎像个保姆一样隐藏着这些小宝贝。但是在午夜,当无人言语、无人奔波、山楂树静静地立着之时,用"是什么?""为什么?"这样的问题烦扰荒原,就显得愚蠢之极——

然而,教堂的大钟敲了十二响。

十二

　　水从一片石梁上落下来如同铅砣——宛若一条粗重的白环组成的链子。在意大利，火车冲出来驶进一片陡直碧绿的草地，雅各看到带条纹的郁金香在生长，听见一只鸟儿在歌唱。

　　一辆满载意大利军官的汽车沿着平坦的马路奔驰，跟着火车，车后尘土飞扬。树上藤蔓缠绕——正如维吉尔所说。到了一个车站；在进行一场隆重的告别仪式，向足登黄色高筒靴的妇女和脚穿环纹短袜、苍白古怪的男孩们依依惜别。维吉尔的蜜蜂已经飞遍伦巴底第平原。把葡萄种在榆树中间是古人的习俗。到了米兰，尖翅膀、亮棕色的鹰在屋顶上空大出风头。

　　在午后的烈日暴晒下，这些意大利车厢热得要命，没等车头牵到峡谷顶头，当啷作响的链条就有可能绷断。火车一直向上，向上，向上，像一列布景铁路上的火车。每座山峰都覆盖着尖尖的树木，令人惊奇的白花花的村落挤在岩梁上。峰顶总是矗立着一座白塔，红边平顶，下面垂直而下。这不是一个人们茶余饭后散步的乡村。首先没有草坪。整个山坡都将是橄榄树的天下。已经是四月了，树中间的土壤结成了干干的土粒。既没有台阶，也没有小径，既没有叶影斑驳的小路，也没有带圆肚窗的十八世纪的客栈，这种客栈可是人们吃火腿蛋的地方。啊，不，

146

意大利到处都恶狠狠、光秃秃的,一切暴露无遗,身着黑衣的神父拖着脚走路。说来奇怪,你怎么永远也离不开别墅。

不过独自旅行,身上带着一百英镑随便花倒是件惬意的事儿。可万一他的钱花光了,因为这很有可能,他就步行。他可以靠面包和葡萄酒生活——装在稻草色的瓶子里的葡萄酒——因为游览过希腊后,他要走马观花看看罗马。无疑罗马文明是很差劲的。但博纳米依然满嘴蠢话。“你应该去雅典看看,”雅各回来时会对博纳米这么说,“站在帕台农神庙上,”他会说,或者“古罗马圆形剧场的废墟提出了某些崇高的反思。”他会把这些在信中详尽地写出来。这可能会成为一篇有关文明的论文。古人今人之间的比较。顺便对阿斯奎斯先生①作一番尖锐的抨击——用吉本的笔法。

一名胖绅士吃力地把身子拖了进来,灰头土脸,松松垮垮,身上的金链子甩来甩去,雅各向窗外眺望,遗憾自己不是拉丁人种。

经过两天两夜的旅行,你就到了意大利的中心,回想起来真有些奇怪。橄榄林中偶尔闪现出一幢幢别墅;男仆们正给仙人掌浇水。黑色的维多利亚轿车在宏伟的柱子间驶进去,柱子上涂了灰泥防护层。这种景象展现在一个外国人的眼前,既转瞬即逝,又亲切得惊人。有一个孤零零的小山顶,从未有人涉足,然而我最近坐在一辆公共汽车上逛皮卡迪利大街时,却看到了它。我喜欢的就是出去走到田野里,坐下来倾听蝈蝈的唧唧叫声,捧起一抔土——意大利的土,就像这是我鞋面上的意大利尘土一样。

---

① 阿斯奎斯(1852—1928),英国自由党领袖,1908 年至 1916 年任英国首相。

整个晚上,车一到站,雅各就听见人们叫喊着稀奇古怪的名字。火车停了,他听到附近青蛙呱呱地叫个不停,他小心翼翼地卷起窗帘,看到广阔奇异的沼泽在月光下白茫茫一片。车厢里弥漫着雪茄的烟雾,在罩着绿色灯罩的灯泡周围飘浮着。那位意大利绅士躺着,鼾声如雷,脱了鞋子,敞着背心……这次希腊之行似乎让雅各疲惫不堪——独自一人住旅馆,看文物——还不如和蒂米·达兰特一起去康沃尔……"哦——"雅各抗议起来,这时黑暗开始在面前溃散,光明逐渐显露锋芒,但那个男人把手伸过他去够什么东西——那个意大利大胖子,穿着只有前胸的假衬衫,胡子拉碴,一脸皱纹,肥大臃肿,在开门,前去洗漱。

雅各坐起来,在晨曦中看见一个瘦瘦的意大利运动爱好者背着枪在路上走着,猛然间关于帕台农神庙的所有想法都涌进了他的脑海。

"啊!"他想,"我们肯定快要到了!"他把头伸出窗外,让风迎面扑来。

你认识的人里面有很多立刻就能贴切扼要地说出一些呆在希腊的感受,而你自己对什么情感都避而不谈,这使人极为恼火。因为在佩特雷的一家旅馆里洗漱过后,雅各出来顺着电车线走了一英里左右;又顺着它们往回走了一英里左右;他碰上了好几群火鸡;好几队驴子;在一些僻背的街道上迷过路;看过紧身胸衣和玛吉清炖肉汤的广告;孩子们踩过他的脚趾头;这地方散发着一股坏奶酪的气味;突然发现自己就站在所住旅馆的对面,真有些喜出望外。几只咖啡杯中间搁着一份旧《每日邮报》;他顺手拿起来看了。但晚饭后的时光如何打发呢?

无疑,如果没有惊人的幻想天赋,总的来说,我们的境况就要比现在糟糕得多。十二岁左右,由于已经不玩洋娃娃了,又砸烂了蒸汽机,法兰西,不过更可能是意大利,几乎肯定是印度,引发出了过多的遐想。某某的姑姑阿姨曾经去过罗马;每个人都有一个叔叔——可怜的人——最近听说在仰光。他永远都不会回来了。然而开希腊神话之先的是家庭女教师。你看就头而言(她们说)——鼻子,你看,直得像一只飞镖,鬈发,眉毛——无一不符合男性美;而四肢的线条,显示了发育的一种完美程度——希腊人不仅看重脸面,也重视身体。希腊人画的水果逼真得鸟儿都要啄几口。首先你得读色诺芬,然后是欧里庇得斯。有一天——那是天赐的良机——人们说得似乎很有道理;"希腊精神";希腊这个,希腊那个,希腊别的什么;顺便提一句,尽管,说任何一个希腊人均近乎莎士比亚,显得荒唐可笑。然而,问题在于我们就是在一种幻想中长大的。

雅各,无疑在以这种方式思考着什么,《每日邮报》在他手里都捏皱了;他的腿直直地向前伸着;无聊之极。

"我们就是这样长大的。"他接着往下想。

他似乎觉得一切都索然无味。该想点办法了。由于情绪比较低落,他似乎成了一个要被处决的人。克拉拉·达兰特在一次聚会上撇下他去跟一个叫皮尔查德的美国人攀谈。于是他就离开她千里迢迢来到了希腊。他们一身晚礼服,却满嘴胡言——该死的胡言——他们伸手去取《环球旅行家》,这是一份向旅馆老板免费提供的国际性杂志。

尽管希腊破破烂烂,但是它的电车运输系统高度发达,所以当雅各坐在旅馆的会客室里时,窗户下面来来往往的电车一个劲儿地当啷当啷,一声紧似一声地丁零、丁零,要把挡道的驴群赶开,一位老妇人死活不肯挪动半步。这宣告整个文明很不完善。

侍者对这种现象也是十分的漠然。亚里士多德，一个脏兮兮的男人，对现在占据着那惟一的一把扶手椅的这个惟一的客人的身体，表现出食肉动物应有的兴趣，他大摇大摆地走进来把什么东西放下，把什么东西拉直，看见雅各仍坐在那里没动。

"明儿一大早就叫醒我，"雅各回头一看，说道，"我要去奥林匹亚。"

这种黯然的情绪，这样向四面八方拍打我们的暗流屈服，是一种现代发明。也许，就像克拉坦顿说的，我们没有足够的信仰。我们的祖辈无论如何还有点东西来拆除。我们也有，雅各想，手里揉着《每日邮报》。他要进英国议会，发表一些精彩的演讲——但是一旦向黑水一让寸步，精彩的演讲和议会又有何用？事实上，对于我们心海里的潮起潮落，从来就没有任何解释——对于快乐和不快乐没有任何解释。那种体面和人们必须盛装出席的晚会，格雷律师学院后面的那些破烂不堪的贫民窟——某种固定不变、古里古怪的东西——或许就在它后面，雅各想。不过还有那开始困扰他的大英帝国；他并不完全赞成让爱尔兰自治。《每日邮报》对此有何评说？

因为他已经长大成人，并准备埋头做一些事情——就像那个女服务员，哪怕在楼上倒掉他脸盆里的水，哪怕收拾散落在梳妆台上的钥匙、饰扣、铅笔、药瓶，也干得兢兢业业。

雅各真的长大成人了，这是事实，弗洛琳达知道，她凭直觉能洞察一切。

贝蒂·佛兰德斯甚至现在还怀疑这一点，她看了他从米兰发出的信，"没有讲一点我想知道的。"她向贾维斯夫人抱怨道；

不过她对此还是忧思重重。

范妮·埃尔默对此感到绝望。因为他会拿起手杖和帽子走到窗前，看上去完全心不在焉，一脸严峻的神情，她想。

"我要去，"他会说，"蹭博纳米一顿。"

"无论如何，我还可以跳泰晤士河。"范妮在匆匆走过育婴堂时嚷道。

"不过《每日邮报》不可信。"雅各一边自言自语，一边东张西望，要找点别的东西看。他又叹了一口气，情绪极其阴暗，仿佛阴暗已经占据了他的身心，随时都可能使他阴云密布，这对一个享受生活的男人来说好生奇怪，无法解释，但又浪漫得可怕，博纳米在林肯律师学院他的房间里想。

"他要恋爱了，"博纳米想，"跟个鼻梁笔直的希腊姑娘。"

雅各是从佩特雷写信给博纳米的——写给不爱一个女人也从来不读一本傻书的博纳米。

好书毕竟寥若晨星，因为我们不能算汗牛充栋的史书，不能算坐着骡车去探索尼罗河源头的游记，也不能算洋洋洒洒的小说。

我喜欢把精华浓缩在一两页里的书。我喜欢哪怕千军横扫依旧巍然不动的句子。我喜欢硬语盘空——这都是博纳米的观点，并且这使他受到那些喜好清晨草木青翠的人的敌视。他们把窗子猛地推开，发现阳光下罂粟盛开，就以为看到了丰富惊人的英国文学，便情不自禁，欢欣雀跃。那根本不是博纳米的作风。他的文学趣味成了指控他的罪状，影响了他的友谊，使他变得沉默寡言、遮遮掩掩、吹毛求疵，只有和一两个跟他有同样思维方式的年轻人在一起时，他才能觉得十分自在。

然而雅各·佛兰德斯跟他的思维方式大相径庭——天差地远,博纳米叹息着,将那几页薄薄的信纸放到桌上,想着雅各的性格,陷入了沉思,这已不是第一次了。

　　问题,就出在他这种浪漫气质上。"但是又呆头呆脑,使自己经常陷入荒唐愚蠢的境地,"博纳米想道,"麻烦——麻烦"——他叹息着,因为雅各是这个世界上他最喜欢的人。

　　雅各走到窗前,手插在口袋里站着。他看到三个穿着苏格兰褶裙的希腊人;看到船上的桅杆;看到下层社会或闲散或忙碌的人们,有的信步溜达,有的健步如飞,有的成群结伙,有的指手画脚。他们对他漠不关心并不是他心绪黯然的原因;原因出自某种深沉的信念——孤独的并不是他一个人,人人都是这样。

　　但是第二天,当火车在通往奥林匹亚的路上缓缓绕山而行时,一些希腊农妇从葡萄树林中出来;几个希腊老汉坐在火车站里,抿着甜酒。尽管雅各仍旧心绪低沉,但是他从来没有想到孤身一人是多么怡然自得;远离英国;独立自主;将所有的事都抛诸脑后。去奥林匹亚一路上尽是秃岭巉岩;山岭之间的三角空隙里是蓝色的大海。有点儿像康沃尔的海岸。现在可好,整天踽踽独行——走上那条道,顺着它再往上走,两边是灌木丛——或者是小树林?——上到山顶,从那儿你可以把这片古国的半壁江山尽收眼底——

　　"对了,"雅各说,因为车厢里空荡荡的,"还是看看地图吧。"

　　责备也好,赞美也罢,但不能否认野马就在我们心中。纵横驰骋;筋疲力尽地倒在沙滩上;感到天旋地转;有一种——确定无疑——想亲近岩石草木的冲动,仿佛人类不复存在了,至于男男女女,让他们统统见鬼去吧——这种渴望经常攫住我们的心,这种事实难以忘怀。

晚风习习,掀动了奥林匹亚这家旅馆的脏窗帘。

"我对人人都有一片爱心,"温特沃思·威廉斯太太想,"——首先是对穷人——对傍晚负重归来的农民。一切都显得温柔、朦胧、非常伤感。就是伤感,就是伤感。但一切都意味无穷,"桑德拉·温特沃思·威廉斯想着,把头微微一抬,看上去格外美丽,悲怆,高贵,"人必须热爱一切。"

她手里拿着一本便于旅途阅读的小书——契诃夫的短篇小说集——在奥林匹亚的宾馆里,她蒙着面纱,一身白衣,面向窗户站着。多美的夜晚啊!她的美就是夜的美,希腊的悲剧就是所有高尚灵魂的悲剧。不可避免的妥协。她似乎把握住了什么。她要把它写下来。于是她走到桌旁,她丈夫正坐在那儿看书,她用双手支着下巴,想着那些农民,想着痛苦,想着她自己的美,想着不可避免的妥协,想着她要怎样把它写下来。埃文·威廉斯把书合上,放到一边,给刚端上来摆在他们面前的汤盆腾位置时,他没有说任何粗暴、乏味、愚蠢的话。只有他那低垂着的大警犬一样的眼睛和重垂的黄面颊表现出他郁闷的容忍,表现出他的这么一种信念:尽管被迫过着谨小慎微的生活,但他永远不可能达到他认为惟一值得追求的任何一个目标。他的考虑是完美无瑕的;他的沉默是不可打破的。

"凡事都好像意味深长。"桑德拉说。但是魔力被她自己的话音打破了。她忘记了那些农民。只剩下一种她自己的美的感觉,恰好,面前就有一面镜子。

"我真美。"她想。

她微微动了动帽子。她丈夫看到她在照镜子;他承认美是重要的;美是一种遗产;谁也不能忽略它。但美也是个障碍;事实上它倒是件挺讨人嫌的东西。于是他喝他的汤;两眼盯着窗子。

"先是鹌鹑,"温特沃思·威廉斯太太懒洋洋地说道,"然后是山羊,我想;再有就是……"

"可能是焦糖蛋糕。"她丈夫以同样的声调说道,已经拿出了牙签。

她将汤勺放在盘子上,这样她的汤才喝了一半就被撤下去了。她从来没有做过任何有失体面的事;因为她的风度是英国式的,很富有希腊情调,只有村民们向它行触帽礼,教区牧师也对它尊敬有加;礼拜天早上,她从宽阔的平台上下来,对着石坛戏弄首相去摘一朵玫瑰,无论高级园丁还是低级园丁都毕恭毕敬,把背挺直——这事儿,或许她正在设法忘掉,因为她的目光在奥林匹亚旅馆的餐厅里飘移不定,搜寻她放书的那扇窗户,因为几分钟之前她曾在那儿发现了一点情况——那是一点非常深刻的情况,有关爱情、悲伤和农民的情况。

但是现在叹息的是埃文;既非绝望,亦非反抗。然而,作为野心最大的男人和性情最懒的懒汉,他仍然一事无成;玩英国政治史于股掌之上,由于和查塔姆、皮特、伯克、查尔斯·詹姆斯·福克斯过从甚密,所以禁不住要把自己和自己的年龄同他们加以比较。"从来没有像现在这样更加需要伟人。"他习惯自言自语,长吁短叹。这阵儿他正在奥林匹亚的一家旅馆里剔着牙。他剔完了。但桑德拉的目光仍在游移不定。

"那些粉红色的甜瓜肯定有危险。"她心绪阴沉地说。就她说话的当儿门开了,走进来一个穿灰方格西服的年轻人。

"漂亮,但是危险。"桑德拉说,在第三者面前立刻跟她丈夫搭讪。("啊,一个外出旅行的英国男孩。"她心想。)

这一切埃文也心中有数。

是的,他什么都心中有数;他佩服她。谈情说爱倒挺惬意,他想,但就他而言,由于他的个头(拿破仑是五英尺四,他记得),他的块头,他的无力把自己的个性强加于人(还是现在更加需要伟人,他喟叹道),这是徒劳的。他扔掉雪茄,走向雅各,用雅各所喜欢的一种简单真诚问他是否直接从英国来。

"好一副英国作风!"第二天早上,侍者告诉他们那位青年绅士五点就爬山去了,桑德拉大声笑了,"我敢肯定他要求洗澡来着?"侍者一听,摇了摇头,说他得去问一问经理。

"你不明白,"桑德拉大声笑了,"没有什么。"

在山顶上舒展筋骨,孤身一人,雅各真是自得其乐。也许他一辈子也没有如此快乐过。

但是当晚吃晚饭时,先是威廉斯先生问他是否愿意看看报纸;接着威廉斯太太问他(他们在平台上抽着烟散步时——他怎么能拒绝那位男士的雪茄呢?)是否看到月光下的剧院;认不认识埃弗拉德·舍伯恩;看不看希腊文著作,如果(埃文悄悄站起来进屋去了)不得不牺牲一个,牺牲的是法国文学呢还是俄国文学?

"现在,"雅各在他给博纳米的信中写道,"我不得不读她那本该死的书"——他指的是她的契诃夫,因为她把书借给他了。

似乎这片光秃秃的地方,这些乱石密布不能耕耘的土地,那一片片位于英国和美国之间翻滚的海草地,可能比城市更适合我们，尽管这种观点并不普遍。

我们身上有种轻视资格的绝对的东西。正是这一点在社会上遭到嘲笑和曲解。人们聚在一个屋里。有人说，"真高兴能见到你"，这是一句谎话。再接着："我现在喜欢春天甚于秋天。我想，当人年纪渐长时确实如此。"因为女人总是，总是，总是在谈论感觉，如果她们说"年纪渐长"，她们想让你用驴唇不对马嘴的话回答。

雅各在采石场里坐下来，希腊人就是在这里切割建筑剧院的大理石的。中午在希腊爬山实在是酷热难当。野生的红仙客来开了；他已经看见一只只小龟蹒跚着从一个石堆爬向另一个石堆；空气里有一股浓重的气味，突然又是一股甜丝的味道，阳光照在形如锯齿的大理石碎片上，十分耀眼。泰然，威严，傲岸，还有一点儿忧郁，对一种百无聊赖的生活感到无聊，他坐在那儿抽他的烟斗。

博纳米会说就是这些事弄得他心神不安——雅各郁闷时，看起来像个没事干的马盖特渔民，或者像一个英国海军司令。当他陷入这种情绪时，哪怕只是一件小事，你也不可能让他弄明白。最好让他一个人呆着。他闷闷不乐。他动辄发火。

雅各一早起来，用他的旅游指南对照着观赏那些雕像。

桑德拉·温特沃思·威廉斯，早饭前周游世界寻求冒险和一种观点，一袭白衣，身材也许不是很高，但腰杆儿挺得笔直——桑德拉·威廉斯让雅各的头和伯拉克西特列斯的赫耳墨斯①的头像并排在一起。这一比较完全对雅各有利。但没等她

---

① 赫耳墨斯为希腊神话中的众神的使者，伯拉克西特列斯（公元前 4 世纪），希腊雕刻家。

说一句话,他就撇下她走出了博物馆。

一位时髦的女士总是带着多套衣服旅行,如果白色适合早上,那么沙黄色带紫色圆点的衣服,一顶黑色的帽子,一本巴尔扎克的书就适合晚上。所以,雅各进来时,桑德拉就是以这副装扮站在露台上的。她看上去真美。两手交叠,沉思默想,仿佛在倾听她丈夫讲话,仿佛在眺望背着柴火的农民走下山来,仿佛在注意看山的颜色怎样由蓝变黑,仿佛在辨别真假,雅各想,突然交叉起双腿,看着自己极其寒酸的裤子。

"不过他的相貌十分出众。"桑德拉认定。

埃文·威廉斯,背靠椅子躺着,膝上放着报纸,对他们心怀妒意。他能做的最出色的事就是在麦克米伦出版他的有关查塔姆外交政策的专著。但是这种膨胀恶心的感觉真该死——这种焦躁不安、恶性膨胀、火冒三丈——这是嫉妒! 嫉妒! 嫉妒! 那种他曾起誓再也不去感受的情绪。

"跟我们一块儿去科林斯吧,佛兰德斯。"他在雅各的椅子旁边站住说,比平时的劲头更足。雅各的回答、或者不如说是那种坚定、直接、即便羞怯的语气,使他觉得宽慰,他说他非常愿意跟他们一起去科林斯。

"这个小伙子,"埃文·威廉斯想,"也许搞政治非常合适。"

"只要我活着,我打算每年能来一次希腊,"雅各给博纳米的信中写道,"这是我能看到的保护自己远离文明的惟一机会。"

"天知道他这是什么意思。"博纳米喟叹道。因为他自己从来没有说过一句愚蠢的话,雅各的这些暗语使他感到忧虑,但印象颇深,因为他自己天生就爱好明确、具体、理性的东西。

从科林斯最高处下来,桑德拉不敢离开小路半步,雅各则在她身边坑坑洼洼的地上大步走着,桑德拉的话真是再简单不过了。她四岁时丧母;园林很大。

"你似乎永远也从中走不出来。"她放声笑了。当然还有图书馆,敬爱的琼斯先生,和对一些事的想法。"我那时候常常溜进厨房,坐在管家的膝上。"她大声笑了,不过是种苦笑。

雅各想,如果当时他在那儿,他会救她;因为她当时处境极其危险,他觉得,他又自忖:"人们并不想理解女人说的话。"

她低估了山的险陡;他看到了她短裙底下的短裤。

"像范妮·埃尔默那样的女人就不会这样,"他想,"那个叫卡斯拉克什么的就没有这样……但是她们装作……"

威廉斯太太说话直截了当。雅各惊奇自己知道那么多行为的条条框框;一个人能说的比心想的能多多少;对一个女人,一个人能开放到多大程度;他以前对自己了解得何其少。

在大路上,埃文和他们同行;他们乘车上山下山(尽管希腊热气腾腾,但又是惊人的轮廓分明,这是一片树木稀少的国土,你可以看见草叶之间的土地,每一座山形似刀削,轮廓分明,大多与亮闪闪的又深又蓝的海水互相映衬,一座座的岛屿白花花的,像浮在天边的沙堆,山谷里偶尔会冒出一片棕榈林,黑山羊散散落落,小橄榄树星星点点,有时还有白白的洼地,两侧阳光灿烂,有纵横交错的阴影),他们驱车上山下山,埃文绷着脸坐在车厢的一角,紧紧攥着拳头,指关节间的皮绷得展展的,汗毛竖得直直的。桑德拉坐在对面,盛气凌人,像一个准备直冲霄汉的胜利女神。

"没有心肝!"埃文想(但这不是真的)。

"没有头脑!"他疑心(这也不是真的)。"但是……"他妒忌她。

就寝时，雅各发现他不知道该给博纳米写些什么。他只是远远地看到了萨拉米海湾和马拉松平原。可怜的老博纳米！不；其中有些蹊跷。他不能写信告诉博纳米。

"我还是要去雅典。"他决心已定，神态坚决，这个钩已插进了他的肋间。

威廉斯夫妇已经去雅典了。

雅典仍然能对一个年轻人造成一种包罗万象、纷然杂陈、古怪别扭的印象。它时而乡里乡气；时而经久不衰。时而有廉价的大陆珠宝陈列在长毛绒盘上。时而庄重的女人裸体站着，膝盖以上只有一片遮羞布。一个烈日炎炎的下午，他在巴黎式的林荫大道上漫步，一任思绪飞扬，他匆匆让开了从此经过的皇家马车，车的梯子破烂不堪，沿着坑坑洼洼的车道一路咔哒咔哒响着向前驶去，戴着廉价常礼帽、穿着便宜大陆服的男女公民一律都向它致敬；尽管一个穿着苏格兰裙、戴着便帽、打着绑腿的牧羊人差点儿把他的羊群赶到皇家车轮的中间；雅典卫城高耸入云，俯瞰全城，像一块凝固的巨浪，帕台农神庙的黄柱牢牢地栽在卫城上。

一天任何时候，都能看到帕台农神庙的黄柱牢牢地栽在卫城上；尽管日落时分，当比雷埃夫斯港的船只鸣炮时，一口钟响起，一个身着制服的男人（马甲敞着）出现了；女人们卷起她们正在柱子的阴影里编织的黑色长袜，召唤着她们的孩子，成群结队下山回家了。

清晨你一打开百叶窗，探出身子，听见窗子下面的街道上车轮咔哒，人声喧嚣、鞭子噼啪噼啪响，柱子、山花、胜利女神庙、厄瑞克修姆庙又屹立在一块被影子划开的黄褐色的岩石之上。

它们极其明确地矗立在那儿,一会儿白晃晃的,一会儿黄灿灿的,在某些光线下,又是红彤彤的,这种极度的明确性强行表现出一些经久不衰的观念,表现出在别处消耗在一些优雅的琐细上的某种精神力量破土而出的观念。但是这种经久不衰的存在是不以我们的赞叹为转移的。尽管这种美具有人情味,能把我们软化,能搅动起深层的淤泥——回忆、放弃、懊悔、感情的奉献——帕台农却与这一切毫不搭界;如果你考虑它怎么整夜那么显眼,经历了多少世纪,那你就开始把光焰(中午时分强光炫目,檐口饰带几乎看不到)与也许只有美是永生的这种观念联系起来了。

除此之外,与起疱的灰泥、与和着乱弹的吉他和留声机粗声厉嗓地唱出的流行情歌、与街道上来去匆匆但面无表情的行人的面孔相比,帕台农肃穆沉静,着实令人吃惊;它活力四射,经久不衰,可能比整个世界寿命还长。

"希腊人很聪明,从不费神去打光雕像的背部。"雅各一边说,一边手搭凉篷,注意到那尊雕像离开视线的一面刀工非常粗糙。

他注意到那些台阶的棱角有点不匀整,对这种情况,"希腊人的艺术感觉喜欢的程度胜过喜欢数学的精确。"他念着旅游指南。

他正好站在雅典娜的伟大雕像曾经竖立过的地方,认出了下面那些名气更大的景点。

简而言之,他一丝不苟,又勤奋努力;但愁眉不展。他又屡屡为向导纠缠,这是星期一的事。

星期三,他却给博纳米拟好了一份电报,让他立刻前来。而后他又把它揉成团,扔进排水沟里。

"首先,他是不会来的,"他想,"其次我敢说这种事会逐渐消失。""这种事"就是那种不安痛苦的情感,有点儿自私的味道——人们简直希望这种事会终止——而今这种可能性却越来越小——"如果再这样下去,我就拿它没有办法——但同时要是有别人也在经历——博纳米被塞在林肯律师学院自己的房间里——嗨,去他妈的,嗨。"——夕阳西下之际,站在帕台农神庙上,映入眼帘的,是洒满粉红羽毛似的天空,五彩缤纷的平原,黄褐色的大理石,一侧耸立着海米特山,庞特力寇斯山和莱克贝特山,一侧展现着大海,面对这种景象,心情十分压抑。幸好,雅各很少有人物联想意识;他很少想到柏拉图或苏格拉底本人;另一方面,他对建筑却情有独钟;他喜欢雕像胜过喜欢绘画;他开始对文明问题想得很多,当然,古希腊人解决得十分出色,尽管他们的解决方法对我们毫无帮助。星期三夜里躺在床上时,那只钩子在他的肋上猛地一拉;他拼命一翻身,想起了他爱着的桑德拉·温特沃思·威廉斯。

第二天,他爬上了庞特力寇斯山。

第三天,他登上了雅典卫城。时间还早;这地方几乎空无一人;空中可能在打雷。但阳光普照着卫城。

雅各打算坐下看书,由于发现有一块鼓一样的大理石摆得十分近,从那里可以看到马拉松平原,然而马拉松还处在阴影里,但厄瑞克修姆庙在他面前却闪着白光,他便坐在那里。看完一页之后,他把大拇指夹在书中。为什么不用应当用的方式来治理国家?他又看起了书。

毫无疑问,他那俯瞰马拉松平原的位置提起了他的精神。

或者,也许是缓慢开阔的大脑也有这些开花的瞬间。再或者是在他身居海外时,不知不觉地思考起了政治。

于是他抬眼一望,看到那鲜明的轮廓,他的沉思大受鼓舞;希腊已成为过去;帕台农神庙已成为废墟;然而他还在那里。

(撑着绿白伞的女士们穿过了庭院——前往君士坦丁堡会见丈夫的法国的女士。)

雅各又继续读书。他把书搁在地上,似乎读过的内容给了他灵感,他开始写一点关于历史的重要性——关于民主——的笔记,这些信笔乱写的东西也许就是终生难遇的皇皇巨著的基础;再者,二十年后,它从一本书里删除,人们将会连一个字也记不住的。这真有点令人痛心。最好还是付之一炬。

雅各写着;开始画一个直直的鼻子;这时候,正好就在他下面的那些法国女士把伞撑开又合上,望着天空高呼,人们不知道期望什么——下雨还是晴天?

雅各站起身,信步走向厄瑞克修姆庙。还有几位女士依旧站在那里把伞顶在头上。雅各微微地挺了挺身;因为稳定与平衡首先影响身体。这些雕像大煞风景!他瞪视着她们,然后转过身,发现卢西恩·格雷夫夫人高高地站在一块大理石上,手里的相机正对准他的脑袋。当然她跳了下来,不顾她年纪大,身材胖,靴子紧——既然女儿已经结婚,由于穷奢极欲,所以日渐堆积了这一身肥肉,变得奇形怪状;她跳了下来,但不是在雅各看到她之前跳下来的。

"这些女人真该死——这些女人真该死!"他想。于是他去拿搁在帕台农神庙地上的书。

"她们多煞风景。"他咕哝着,靠在一根柱子上,把书紧紧地夹在腋下。(至于天气,不容置疑,狂风暴雨就要来临,雅典上空阴云密布。)

"就是这些该死的女人。"雅各说道,不带半点怨恨之意,却露出悲伤失望之情:该有的竟然永远不会有。

(这种剧烈的幻灭一般出现在风华正茂、身强体壮的年轻人心中,他们不久就会成家立业,大有作为的。)

后来,确信那些法国女人走了,慎重地环顾过四周之后,才款款向厄瑞克修姆庙走去,偷偷地望着左边头顶屋顶的那尊女神。她使他想起了桑德拉·温特沃思·威廉斯。他看看她,然后又看看别处。他看看她,然后又看看别处。他慨感万端,脑海里装着那个破损了的希腊鼻子,脑海里装着桑德拉,脑海里装着各种各样的东西,他独自一人冒着暑热开始直奔海米特山山顶。

就在那天下午,博纳米到斯隆大街后面的广场上与克拉拉·达兰特喝茶,专门谈论雅各,在炎热的春日里,临街的橱窗上面扯起了条纹遮篷,单个的马儿在门外用蹄子刨着碎石路面,身着黄马甲的年长的绅士们拉拉门铃,等女仆娴静地回答说达兰特夫人在家以后,便彬彬有礼地走了进去。

博纳米和克拉拉坐在阳光明媚的前厅,外面,手摇风琴奏着甜美的乐曲。水车喷洒着人行道,缓缓地驶过;马车丁当,银器,印花布套,蓝褐相间的地毯,插满绿枝的花瓶,都染上了颤动的黄条儿。

谈话枯燥乏味,这一点无需说明——博纳米一个劲地轻声细语予以回答,同时也越来越惊诧挤在一只白缎子鞋里的柔弱的存在(与此同时,达兰特夫人与某爵士在后屋尖声议论政治),直至克拉拉心灵的纯洁坦诚地显露给他;深浅尚不得而知;如果不是他开始确信克拉拉爱上雅各,那他可能就道出了雅各的名字——可又爱莫能助。

"爱莫能助!"门关上时,他惊呼道,因为像他这种性情的人穿过公园时,总有一种十分奇怪的感觉:马车的行驶势不可挡;花坛呈几何形状,不容分说;世界上的力量以不可思议的方式围绕各种几何图形飞转。"克拉拉就是那沉默的女人?"他想,又停下来,看孩子们在蛇形池中洗浴,"——雅各会不会跟她结婚?"

但在阳光明媚的雅典,在几乎不可能喝上午茶、年长的绅士用全然相反的态度谈论政治的雅典,在雅典,桑德拉·温特沃思·威廉斯坐着,头蒙面纱,一袭白衣,双腿前伸,一只肘支在竹椅扶手上,香烟上冒出袅袅青烟。

宪法广场上枝繁叶茂的橘子树,乐队,拖沓的脚步,天空,房屋,柠檬和色彩缤纷的玫瑰——凡此种种,在温特沃思·威廉斯太太喝下第二杯咖啡之后,变得如此意味深长,于是她开始给那位显贵而又冲动的英国女人的故事增添一些戏剧色彩,在迈锡尼此人把自己马车里的一个座位让给了那位美国老太太(达根太太)——并不完全是一个瞎编的故事;尽管她没有提到埃文,他站着,先把重心放在一只脚上,随后又换到另一只脚上,等着这两个女人停止聊天。

"我正在把达米安神父的生平写成诗。"达根太太说,因为她失去了一切——世界上的一切,丈夫,孩子及一切,但信仰仍在。

桑德拉的思绪由特别飘向一般,背靠椅子躺着出神。

催促我们悲哀向前的飞逝的时光;像绿叶间迸发出的这些黄球一样,突然烈焰四射的永无休止的单调乏味(她看着橘子树);红唇上将会消逝的香吻;在热与声的迷宫中不断转动的世界——尽管肯定有一个宁静的夜晚透着它可爱的苍白,"因为我对它的每个方面都很敏感;"桑德拉想道,"达根太太永远会给我写信,我也会回信。"此刻,皇家乐队正步走过,国旗飘飘,群情激昂,生活变成了勇士们策马扬鞭、乘风破浪的场面——头发向后飞扬(她想象着此情此景,微风在橘林里飒飒),她从银色的水花里闪现出来——这时她看见了雅各。他站在广场上,腋下夹着一本书,茫然四顾。他身材魁梧,今后或许会发胖。

但她疑心他只不过是个土老帽。

"那小伙子在那儿呢,"她愤愤地说,把香烟扔掉,"那个佛兰德斯先生。"

"哪儿?"埃文说,"我没有看见他。"

"哟,走开了——现在在树后面。不,你看不见。但我们肯定会碰上他的。"当然他们碰上了。

但他到底有多土呢? 二十六岁的雅各·佛兰德斯又有多傻呢? 何必要估量人呢。人必须注意暗示,不完全看人的言行。说真的,有些人立刻对性格产生不可磨灭的印象。有些人则吊儿郎当,随波逐流。和蔼可亲的老太太们向我们保证说猫往往最善于判别人的性格,猫总喜欢接近好人,她们说。但雅各的房东,怀特霍恩太太却厌恶猫。

也有种备受敬重的观点,那就是如今,性格贩卖搞过了头。就算范妮·埃尔默多愁善感,达兰特夫人铁石心肠,这到底有什么关系呢? 就算克拉拉由于受她母亲的影响很大(性格贩子如是说),所以从来没有机会独立行事,只有对善于察言观色的眼睛流露出令人惊恐的感情的海洋;而且有一天肯定会投入在某个配不上她的人的怀抱,除非性格贩子说,她具有她母亲精神的火花——有点儿英雄气概。但是这算什么话呀,竟然用到克拉拉·达兰特身上!别的人却认为她十分单纯。正因为如此,他们说,她才把狄克·博纳米——那个长着威灵顿鼻子的年轻人——吸引住了。现在可以说他是匹黑马。到此,这些闲言碎语便会戛然而止。显然他们在有意暗示他的奇特性情——在他们中间已经传了很久了。

“不过有时候,那种性情的男子需要的正好就是像克拉拉这样的女人……”朱丽娅·艾略特小姐会暗示说。

“嗯,”鲍利先生会回答,“也许吧。”

因为无论这些闲话持续多久,不管这些闲话怎么填充受害者的性格,直到他们的性格变得像在烈火上烧烤的鹅肝那样肿胀脆嫩,它们永远达不成定论。

“那个年轻人,雅各·佛兰德斯,”她们会说,“相貌不凡——却又笨到家了。”然后她们就会一门心思地议论雅各,永远在这两个极端之间摇摆不定。他骑马纵狗打猎——勉为其难了——因为他身无分文。

“你们听说过他的父亲是谁吗?”朱丽娅·艾略特问道。

“听人说,他母亲似乎与罗克斯比尔家有点瓜葛。”鲍利先生答道。

“他怎么也不会累垮自己的。”

“他的朋友很喜欢他。”

“你是指狄克·博纳米?”

“不,不是的。那显然是雅各的另一方面。他正是那种轻率地一头扎进爱河、然后终生后悔不迭的年轻人。”

“哦,鲍利先生,”达兰特夫人说道,显得盛气凌人,向他们来了个突然袭击，"你记得亚当斯太太吗？嗯，那就是她的侄女。"鲍利先生站起身，彬彬有礼地鞠了个躬，把草莓拿了过来。

这样我们只好再回过头看看另一面的意思——俱乐部和内阁里的男子——因为他们说性格描画是件轻浮的炉边艺术，是雕虫小技，虚有其表，看似龙飞凤舞，实则胡涂乱抹。

战舰的光芒射向北海上空，它们严格保持编队的位置。一给信号，万炮一齐对准靶子(主炮手拿着表读秒——读到第六秒时，他把头一抬)靶子腾起烈焰，化为碎片。十二个风华正茂的年轻人个个神色镇定，泰然自若，沉入大海深处；并在那里淡然自逸(尽管娴熟地驾驭着机械)、毫无怨言地一起窒息。如同一块块锡制的士兵，这支军队走过谷田，爬上小山，停下来，轻轻地左右摇摆，然后爬下，只是通过望远镜可以看见有一两片仍然上下浮动，像折断了的碎火柴梗一般。

这些行为，连同银行、实验室、官署和商号不间断的交往，就是把世界划向前去的划桨动作，他们说。这些行为人们处理得游刃有余，就像拉德门广场那位面无表情的警察值勤一样。但你会注意到他的脸远远不是吃得滚瓜溜圆，而是因为意志的力量而显得生硬，由于努力保持这种力量而十分消瘦。当他抬起右臂时，血管里所有的力量从肩膀径直流向指尖；没有一点转向突然的冲动、伤感的懊悔或琐细的区别之中。公共汽车准时停了下来。

我们正是这么生活的，他们说，为一种抓不住的力量驱使着。他们说，小说家从来就未捕捉到它；它猛然冲过他们的网，把网扯碎。他们说，这就是我们赖以生活的东西——这种抓不住的力量。

"那几个战士在哪里？"吉本斯老将军说着便环顾了一下客

厅,每到星期日下午这里照例坐满了衣着考究的人,"那几门炮在哪儿?"

达兰特夫人也扫了一眼。

克拉拉以为她的母亲要见她,便走了进来;然后又出去了。

他们在达兰特家议论德国,雅各(在这种抓不住的力量驱使下)快步走过赫耳默斯街,径直奔向威廉斯夫妇。

"哟!"桑德拉喊道,带着一种她突然感觉到的亲切。埃文补充说:"幸会!"

他们在正对着宪法广场的那家饭店请他吃饭,饭菜极佳。餐具篮里盛的是新鲜卷饼。有真正的黄油。肉几乎不需要浇着酱汁的红红绿绿的无数小菜来点缀。

不过,说来奇怪。红地板上印着希腊国王姓名起首字母组成的黄色花押字,上面摆放着小小的餐桌。桑德拉吃饭时照例戴着帽子、蒙着面纱。埃文回过头东张西望;冷静而又柔顺;有时发出一声叹息。奇怪。因为他们都是在五月的一个夜晚聚到雅典的英国人。雅各吃喝随意,应答聪明自如,声音清脆悦耳。

威廉斯夫妇第二天一早要去君士坦丁堡,他们说。

"不等你起床。"桑德拉说。

他们会把雅各一人撇下。埃文稍一转身要了点什么——一瓶酒——替雅各斟上,带着一种担忧,一种父亲般的担忧,如果有这种可能的话。一个人被撇在那里——这对一个年轻人倒是件好事。国家从来没有像现在这么需要男人。他叹息着。

"那你去过雅典卫城了?"桑德拉问道。

"去过了。"雅各说。于是他们一起走到窗前,而埃文在叮嘱领班服务员早点叫醒他们。

"令人吃惊。"雅各说,声音粗哑。

桑德拉微睁双眼。可能她的鼻孔也张开了一点儿。

"六点半。"埃文说着向他们走来,面对着背对窗户站着的妻子和雅各,他看上去仿佛在正视着什么。

桑德拉冲着他微微一笑。

接着,当他走到窗前,无话可说时,她又断断续续补充说了几句:

"嗯,多可爱啊——难道不是吗? 雅典卫城,埃文——你是不是也太累了?"

埃文听了,眼睛盯着他们,或者是由于雅各当着他的面盯着他的妻子,态度恶劣,神情阴郁,还流露出一种痛苦——虽然她不会可怜他。无情的爱心哪怕他做什么,也不会停止它的折磨。

他们走了,他坐在吸烟室里,窗外就是宪法广场。

"埃文独处时更快乐一些,"桑德拉说,"我们与报纸隔绝了。嗯,人们最好能心想事成……从我们相遇以来,你已经看到了种种神奇的东西……印象如何……我认为你变了。"

"你想去雅典卫城,"雅各说,"那就从这儿上去。"

"人们一辈子都会把它铭记在心的。"桑德拉说。

"是的,"雅各说,"我希望你能白天来。"

"这样更加奇妙。"桑德拉挥了一下手说。

雅各茫然地望着。

"但是你应该在白天看帕台农神庙,"他说,"明天你来不了——是不是太早了?"

"你一个人在那儿坐了几个小时?"

"今儿早上有一些讨厌的女人。"雅各说。

"讨厌的女人?"桑德拉重复说。

"法国女人。"

"但还是发生了一些非常美妙的事儿。"桑德拉说。十分钟,十五分钟,半小时——那是她的全部时间。

"是的。"他说。

"如果一个人是你这个年龄——如果一个人年轻。你会做什么呢?你会坠入爱河——啊,是的!但是别太仓促了。我老多了。"

她被招摇而过的行人挤出了人行道。

"我们还往前走吗?"雅各问。

"往前走吧。"她坚持说。

因为她无法停下来,除非她告诉他——或者听见他说——要么那就是她要求他做出的某种举动?在远远的天边,她发现了它,所以无法休息。

"你永远也不会让英国人这样坐在外面。"他说。

"永远——不会。就是回到英国,你也不会忘记这事——要么和我们一起去君士坦丁堡!"她突然叫起来。

"但是那样就……"

桑德拉叹息了一声。

"当然你必须去得尔斐,"她说,"但是,"她自己问自己,"我想从他那儿要什么呢?或许正好是我已经失掉的东西……"

"你大概在晚上六点到那儿,"她说,"你会看见那些鹰。"

借着街角的灯光,雅各看上去神情呆滞,甚至有点绝望;然而倒也镇静。也许他在忍受煎熬。他很轻信。但是他有点儿尖酸刻薄。他心里已播下极度幻灭的种子,它往往来自中年女人。也许如果一个人努力奋斗登上了山顶,幻灭就不必光顾他了——这种来自中年女人的幻灭。

"这家旅馆真够呛，"她说，"上一批客人把脏水留在盆里就走了。总有这样的事。"她大声笑了。

"你遇到的那些人都像畜生。"雅各说。

他的激动是一目了然的。

"写信告诉我，"她说，"告诉我你的感受，你的想法。把一切都告诉我。"

夜黑沉沉的。雅典卫城成了一个嶙峋的土丘。

"我十分乐意。"他说。

"我们回到伦敦时，我们会见面的……"

"对。"

"我想他们没锁门吧?"他问。

"我们可以翻过去!"她发狂似的说。

乌云遮暗了月亮，由东向西飘去，雅典卫城一片昏暗。云层凝固；雾气浓重；拖曳的面纱停住了，堆积在一起。

雅典上空黑沉沉的，除了有街道的地方出现薄纱似的红条儿；电灯把宫殿正面照得一片惨白。码头突出在海面上，一个个分开的亮点就是它们的标志；海浪是看不见的，海岬和岛屿成了黑糊糊的驼峰，有几点灯光明灭。

"我想带上我弟弟，如果可以的话。"雅各喃喃地说。

"尔后你母亲来伦敦时——"桑德拉说。

希腊大陆一片黑暗；在埃维亚附近什么地方，一块云团准是碰上了层层海浪，把它们溅开了——海豚兜着圈子越来越深入大海。狂风猛烈地吹过希腊和特洛伊平原之间的马尔马拉海。

在希腊，在阿尔巴尼亚和土耳其的高地上，风冲刷着沙地，灰尘，挟带着干燥的尘粒张扬自己，随后它又向清真寺光滑的穹顶冲击，裹着头巾的穆斯林墓碑旁挺立的柏树迎风披靡，嘎吱作响。

桑德拉的面纱随风飞舞。

"我把我的一本给你,"雅各说,"就这本,你想不想拿?"

(这是一本多恩的诗集。)

时而,激扬的风揭露出一颗疾驰的星。时而又是茫茫黑暗;时而灯一盏接一盏地熄灭。时而大城市——巴黎——君士坦丁堡——伦敦——黑漆漆的,像散落的岩石。航道依稀可辨。在英国,树木枝繁叶茂。在这里,或许在南方的某个树林里,一位老人点燃干燥的蕨草,惊飞了鸟儿。绵羊在咳嗽;花儿轻轻地相互偎依着。英国的天空比东方的更加柔和,更加显得白蒙蒙的。某种轻柔的东西从青草覆盖的山冈飘进天空,某种潮湿的东西。咸丝丝的强风吹打着贝蒂·佛兰德斯卧室的窗户,这位寡妇,用胳膊肘儿轻轻支起身子,叹息一声,好像一个意识到永恒的压迫的人,但乐意再躲开一会儿——啊,一会儿!

但还是回到雅各和桑德拉这里来。

他们已经不见了。雅典卫城却岿然未动;但是他们上去了吗? 柱子和庙宇仍在;生活的激情常新,年复一年冲激着它们;而这种激情还剩下什么?

说到上雅典卫城,谁会说我们曾经上去过,或者说雅各第二天一早醒来时,他发现了坚固耐久得永世长存的东西? 他还是和他们去了君士坦丁堡。

桑德拉·温特沃思·威廉斯醒来时肯定会发现梳妆台上有一本多恩诗集。这本书将会立在英国乡间别墅的书架上,有一天赛莉·达根的诗《达米安神父传》也会与它放在一起。小书已经有十多本了。黄昏漫步进屋后,桑德拉会把书打开,眼睛会亮起来(但不是看书上的字),再慢慢坐进扶手椅里,会再一次吸回那一时刻的灵魂；或者，由于有时她烦躁不安，就会把书一本接一本地抽出来，荡过她生命的整个空间，就像一个杂技演员从一个横杆荡向另一个横杆。她有过辉煌的日子。与此同时，楼梯平台上的大钟嘀嘀嗒嗒，桑德拉会听到时间在堆积，便扪心自问，"为什么？为什么？"

"为什么？为什么？"桑德拉说着会把书放回去，信步走到镜子前，压压头发。吃饭时，爱德华小姐正张开嘴巴要吃烤羊肉，却会大吃一惊，因为桑德拉突然关切地问道："你快乐吗？爱德华小姐？"——这是锡西·爱德华多少年都没想过的一件事儿。

"为什么？为什么？"雅各从来不向自己问这种问题，从他系鞋带的方式判断；从他刮脸的方式判断，从那天夜里风烦乱地掀动窗扇，五六只蚊子在耳边哼哼，而他却睡得那么沉。判断他年轻——一个男子汉。然而桑德拉认为他轻信，这个判断是对的。人一到四十，情况或许有所不同。他把多恩诗集中他喜欢的语句都划了出来，这些东西野性十足。然而，你可以在它们旁边放几节莎士比亚最纯净的诗章。

然而风正卷着黑暗滚过雅典的街道，卷着黑暗，人们不妨认为，用的是一种势如破竹的精神力量，它不允许对任何一个人的情感做过细的分析，也不允许考察特点。所有的脸——希腊人的、黎凡特人的、土耳其人的、英国人的——在黑暗中看起来大同小异。最后，柱子和庙宇泛白、发黄，变成玫瑰红；金字塔和圣彼得大教堂冒出来了，临了，慵懒的圣保罗大教堂隐现出来。

基督徒有权用他们对白天的寓意的解释来激发大部分城市。随后，不同派别持异议的人七嘴八舌发表了一个专唱反调的修正意见。轮船如同一个巨大的音叉在轰鸣，陈述着非常古老的事实——有一个大海怎样冷冷地、绿绿地在外面汹涌。可是现在却是从烟囱的顶部冒出的一股白线发出的细微的上岗的声音，召集着最大的人群，夜只不过是槌击之间的一声拉长了的叹息，一声深呼吸——即便在伦敦的中心，你也可以从敞开的窗户里听到它。

但是，除了神经衰弱和彻夜无眠的人，或者站在芸芸众生之上的某个峭壁上、以手遮眼的思想家，谁看见事物只是一副没有肉的骨架？在瑟比顿骨架是由肉裹着的。

"这壶在阳光明媚的早晨从来没有开得这么好。"格兰迪奇太太说着扫了一眼壁炉台上的钟。然后那只灰波斯猫在窗台上伸了伸懒腰，用柔软的圆爪子扑打一只飞蛾。早饭还没吃一半（今天他们迟了），一个宝宝就放到了她的腿上，她还得看着糖碟，而汤姆·格兰迪奇则在看《泰晤士报》上评高尔夫球的文章，呷着咖啡，抹着胡子，然后就去上班了，在办公室他是外汇业务的最大权威，因青云直上而引人瞩目。

骨架好好地裹在肉里。即便这种黑夜，当风卷着黑暗滚过伦巴第街、脚镣巷和贝德福广场时，它还是骚动起来（因为时值夏季，而且是酷暑时节），悬铃木上闪着电灯光，窗帘仍挡住曙光不让进来。人们还在喃喃地把楼梯上说过的最后的话再说一遍，或者在梦中挣扎，与闹钟的声音一比高低。所以当风在一片森林里漫游时，不可胜数的树枝便瑟瑟颤动；吹掉了蜂房；昆虫在草叶上摇来摆去；蜘蛛迅速爬上树皮的皱褶；整个大气像呼吸那样震颤，像细丝一样富有弹性。

只有这儿——在伦巴第街、脚镣巷和贝德福广场——每只昆虫头上顶着一个球形世界，森林网是为顺利处理事务的而制定的计划；蜂蜜是一种宝；空气的骚动是不可名状的生命的躁动。

但是色彩又回来了;爬上了草梗;吹进了郁金香和番红花;密密实实地在树干上划上条纹;充满了薄纱似的空气、草地和水池。

英格兰银行出现了;伦敦大火纪念塔竖起满头金发,拉车的马跨过伦敦桥,有灰的,有枣红的,有铁灰的。像翅膀那样呼的一声,市郊车冲进了终点站,灯光高照着一幢幢密不透亮的高楼的脸,滑过一条缝隙,描画出发亮的、鼓鼓的红窗帘;绿酒杯;咖啡杯;和东倒西歪的椅子。

阳光照射着剃须镜;和闪亮的黄铜罐;照射着白日花里胡哨的饰品;灿烂的、好奇的、有铠甲防护的、辉煌的夏日,它早已消除了混乱;晒干了阴郁的中世纪的迷雾;它排干了沼泽里的水,在上面竖立起玻璃和石头;使我们的头脑和身体装备上了这样一种武器库;仅仅观看忙于日常生活事务的肢体的闪动也胜过看平原上摆开的古老排场的军阵。

十三

"盛暑季节。"博纳米说。

海德公园里,烈日把绿椅背上的油漆晒起了泡;剥掉了悬铃木身上的皮;把泥土化为粉末和光光的黄石子儿。飞转的车轮绕着海德公园碾过,从不间断。

"盛暑季节。"博纳米话中带刺。

他的讽刺缘起于克拉拉·达兰特;还因为雅各从希腊回来又黑又瘦,兜里塞满了希腊札记,管理椅子的人来收费时,他掏出来的就是这些;还因为雅各默不作声。

"他连一句表示高兴见到我的话都没说。"博纳米想,心含苦涩。

汽车川流不息,驶过蛇形池桥;上等人或昂首阔步,或俯栏观望,仍不失优雅;下等人则跷起两膝,平躺在地上;羊儿撑开木头似的尖腿站着吃草;小孩跑下草坡,张开双臂,扑倒在地上。

"很文雅。"雅各发话了。

"文雅"这个词从雅各嘴里说出来,便不可思议地具有了一种万般秀美的品质,博纳米天天认为这种品质比以往更崇高,更令人震惊,更了不起,尽管他依然粗野、无名,也许永远都是这样。

176

多高的调子！多美的言词！怎样才能让博纳米摆脱这种最粗俗的多愁善感；怎样才能使他不致像块软木一样在浪头上抛上抛下；怎样才能避免对品质没有稳定的洞见；怎样才能得到理性的支持,怎样才能从经典作品里找到慰藉？

"文明的巅峰。"雅各说。

他喜欢用拉丁字眼。

崇高,美德——当雅各在与博纳米的交谈中使用这类字眼时,便意味着他控制了局面；便意味着博纳米像只叭儿狗绕着他撒欢儿；还意味着(很可能)他们最终会在地上打滚儿。

"希腊咋样？"博纳米说,"帕台农神庙之类的地方又如何？"

"没有半点这类欧洲的神秘主义。"雅各说。

"我想那是一种氛围,"博纳米说,"你去君士坦丁堡了？"

"去了。"

博纳米停了下来,动了一下石子儿；然后他以蜥蜴吐舌般的迅速和确定将石子扔了进去。

"你恋爱了！"他惊叫道。

雅各脸红了。

最快的刀也不会如此切中要害。

作为回答,或者表示对此不屑一顾,雅各直视前方,目光凝重,宛如磐石——啊,美不可言！——就像一位英国海军上将,博纳米勃然大怒,惊叫一声,站起身来,扬长而去；等着看有什么动静；没有；傲骨嶙峋,不容回头；越走越快,冷不防发现自己眼睛盯着汽车,嘴里骂着女人。那俏女人的脸现在何处？克拉拉的——范妮的——弗洛琳达的？那个小姐是谁？

不是克拉拉·达兰特。

粗毛苏格兰猥一定得调教,由于就在那一刻,鲍利先生要走了——他最喜欢走一走——于是克拉拉和好心的小个子鲍利一起走了——那个在奥尔巴尼庭院有房间的鲍利,那个以一种诙谐的笔调给《泰晤士报》写信议论外国饭店和北极光的鲍利——那个喜欢年轻人、右臂贴在背上的瘊子上走过皮卡迪利大街的鲍利。

"小鬼!"克拉拉大喊一声,把特洛伊拴在链子上。

鲍利期待着——盼望着——一种肺腑之言。克拉拉对母亲情深心实,所以,有时觉得她有点儿,呃,她母亲过于自信,因而不能理解别人也是——也是——"像我一样可笑。"克拉拉脱口而出(狗把她拽向前去)。鲍利觉得她看上去像个女猎手,心里琢磨应当是哪个——发间有一缕月光的、脸色苍白的处女,这是鲍利转瞬即逝的遐想。

她的脸红了。直言不讳地议论自己的母亲——不过,只是对鲍利先生而已。鲍利先生爱她,谁见了她也一定会爱她的;但是,对她来说,说出来倒不合情理,然而她成天觉得,她又必须告诉什么人,这种感觉真要命。

"等我们过了马路再说。"她弯下腰,对狗说。

幸好那一刻她又恢复了平静。

"她对英国想得太多,"她说,"她太急于——"

像往常一样,鲍利又上当了。克拉拉决不对任何人推心置腹。

"为什么年轻人总不把事情敲定,嗯?"他想问,"尽谈英国干什么?"——一个可怜的克拉拉无从回答的问题,因为当达兰特夫人和埃德加爵士讨论爱德华·格雷爵士的政策时,克拉拉一心纳闷儿的是橱柜为什么灰尘多,雅各为什么从来不。噢,考利·约翰逊夫人来了……

克拉拉会奉上精美的瓷茶杯,对此类奉承——在伦敦,她泡的茶真是无人能及——付之一笑。

"这是我们在布罗克班克商店买的,"她说,"在柯西特街。"

难道她不应该感激?难道她不应该快乐?尤其是因为她母亲风姿绰约,又津津有味地跟埃德加爵士议论摩洛哥,委内瑞拉等地的事儿。

"雅各!雅各!"克拉拉想;好心的鲍利先生,他一向对老太太们体贴入微,看一看,停一停,心里纳闷是不是伊丽莎白对她的女儿很严厉;心里还惦着博纳米,雅各——是哪个愣小伙呢?——克拉拉一说她必须调教调教特洛伊,他就一下子跳了起来。

他们来到老展览会旧址。他们看着郁金香。郁金香有层蜡光的幼苗破土而出,有的坚挺,有的卷曲,得到了滋养,也受到了扼制,红艳艳,粉嘟嘟的。株株有影相随;每一株都按园丁所设计的那样,工工整整地长在菱形楔子里面。

"巴恩斯决不会让它们长成那样。"克拉拉如此沉吟;她长叹一声。

"你在怠慢自己的朋友。"鲍利说,因为这时,有人正在对面走着举帽致意。她吃了一惊;对莱昂内尔·帕里先生的鞠躬做出回应;把为雅各涌动的柔情浪费在他身上。

("雅各!雅各!"她想。)

"但是,如果我放开你,你就会叫车碾过去的。"她对狗说。

"英国好像没问题。"鲍利先生说。

阿喀琉斯雕像下的环形栅栏周围尽是淑女和绅士的阳伞和

马甲;项链和手镯;他们风度翩翩地溜达,心不在焉地观察。

"'本雕像系英国妇女所立……'"克拉拉念出声来,轻轻地傻笑了一声,"噢,鲍利先生!噢!"得—得—得——一匹没人骑的马儿疾驰而过。马镫乱摆;碎石四溅。

"喂,抓住!抓住它,鲍利先生!"她喊道,脸色苍白,浑身颤抖,抓住他的胳膊,浑然不觉,眼泪夺眶而出。

"啧啧!"一个小时后,鲍利先生在他的更衣室里说,"啧啧!"——既然他的侍从在给他递衬衫饰钮,这种评说,尽管没有表达清楚,意义却非常深刻。

朱丽娅·艾略特也看见马儿脱缰跑了,便从坐椅上站起来看事情的结局。既然她出身于一个体育世家,她觉得这种事未免有点可笑。毫无疑问,这个小个子男人步履沉重,跑在后面追赶,裤子上全是土,一副气急败坏的样子;正当一名警察正把他扶上马时,朱丽娅·艾略特带着一丝讪笑,转向大理石拱门去做她的善事去了。其实只不过是去探望探望一位生病的老太太,此人认识她母亲,兴许还认识威灵顿公爵;因为朱丽娅像跟她同性别的人一样,怜痛惜苦;喜欢看望弥留之人;在婚礼上扔鞋①;多听一些知心话;对名门世系了如指掌,如数家珍,比学者对日期还要熟悉,是最善良、最慷慨、最少节制的女人之一。

然而,走过阿喀琉斯雕像五分钟之后,她显露出了一个在夏日的午后挤过人群的人的痴迷的神色,此刻,树叶飒飒,车轮滚滚,黄土飞扬,现时的喧嚣宛如一曲逝去的青春和过往的夏日的

---

① 婚礼上扔鞋是西方一种习俗,表示吉利。

180

挽歌。她心中油然升起一种莫名的悲哀,仿佛时间与永恒通过裙子和马甲展示出来,她看见人们可悲地走向毁灭。然而,天晓得,朱丽娅可不是傻子。天下没有比她讨价还价时更精明的女人,她总是那么守时。手腕上的表告诉她必须在十二分半钟之内到达布鲁顿街。康格里夫夫人五点等她。

韦雷餐厅的镀金钟正敲五点。

弗洛琳达盯着它,神情呆滞,酷似一只动物。她瞧瞧钟;再看看门;又照照对面的长镜子;脱去披风;靠近桌子,因为她有孕在身——这一点不容置疑,斯图尔特大妈说,还给她推荐了药物,咨询过朋友;倒了,因为她从地面上飘然而过时,鞋跟绊了一下。

侍者把她要的一杯淡粉色甜饮料放下;她用吸管吸着,眼睛盯着镜子,盯着门,现在,甜味缓解了她的疼痛。尼克·布拉姆汉进来了,显然,他们之间有一笔交易,就连年轻的瑞士侍者也一目了然。尼克笨手笨脚地把衣服挂在一起;用手指捋了捋头发;坐下,神情紧张,准备赴汤蹈火。她看着他;开始笑起来;笑呀——笑呀——笑呀。年轻的瑞士侍者交叉双腿,倚着柱子站着,也笑了。

门开了;摄政街上的喧嚣夺门而入,车辆的喧嚣,不通人性,不知怜悯,阳光中尘埃弥漫。瑞士侍者得去招呼新来的客人。布拉姆汉举起酒杯。

"他像雅各。"弗洛琳达望着那位新客说。

"他盯人的那副样子。"她收起了笑声。

雅各弯下身子,在海德公园的尘土中画了一幅帕台农神庙的平面图,至少是纵横交错的一些笔画,也许是帕台农神庙,也可能是一幅数学图表。为什么角落里的石子儿被碾了进去?他掏出一叠纸,读一封洋洋洒洒的长信,这并非清查他的札记。信是桑德拉两天前在弥尔顿·道尔饭店写的,写信时,面前摆着他的书,心中装着对说过的或试着做过的一些事情的回忆,去雅典卫城的路上黑暗中的某一瞬间,永远事关重大(这是她的信条)。

"他像莫里哀书中的那个人。"她沉吟着。

她指的是阿尔塞斯特①。她的意思是他很严肃。她的意思是她能蒙他。

"还是我不能呢?"她想,把多恩的诗集放回书架,"雅各,"她继续想着,走到窗边,眺望着草地那边花花搭搭的花坛,草地上花斑母牛在山毛榉树下吃草,"雅各会吓坏的。"

一辆婴儿车穿过栅栏上的小门推进来。婴儿吻着她的手;在保姆的指教下,吉米挥着他的手。

"他是个小男孩。"她说着,想到了雅各。

可是——阿尔塞斯特?

"你真烦人!"雅各咕哝着,先伸出一条腿,随后又伸出另一条腿,在裤兜里摸他的坐椅票。

"我想是叫羊吃了,"他说,"你干吗要养羊?"

"对不起,打扰您了,先生。"收票员说着把手伸进那一大袋小钱里。

"哼,我希望羊给你票钱,"雅各说,"给你。不。你尽管拿

---

① 莫里哀喜剧《愤世嫉俗》中的男主人公。

着。去喝个一醉方休。"

他怀着宽洪大量、悲天悯人之心给了半个克朗,又对他的同类显出鄙屑的神情。

即使现在,当可怜的范妮·埃尔默走在滨河大道上时,还要以她那无能的手段应付他那副大而化之、高不可攀的态度,他和铁路看守或脚夫说话,用的就是这种态度,怀特霍恩太太在小儿子被校长打了以后向他讨教时,他说话也是这种口气。

过去的两个月中,全靠着明信片的支撑,范妮对雅各的意念比以往更具雕像色彩、更高尚、更没有眉目。为了加深印象,她养成了参观大英博物馆的习惯,在那儿,她双目低垂,一直走到残破的尤利西斯身边,才猛睁双眼,获得一种雅各到来的新鲜震撼,足以在她心里持续半天。但是这也在慢慢地失去兴味。现在,她——写诗,写信,但只写不寄,在广告牌的广告上看到他的脸,穿过街道,让手摇风琴把她的沉思化为狂想曲。但是,吃早餐时(她和一名教师共室),当黄油涂满盘子、又头黏上老蛋黄时,她又激烈地修正了这些印象;其实,她脾气很坏;正如玛杰丽·杰克逊所言,气色大损,把一切都降格(就像她系她那双笨重的靴子的鞋带那样)到一种常识、庸俗和多愁善感的水平;因为她也一直爱着;而且本来就是一个傻瓜。

"教母应该告诉人们。"范妮边说边往滨河大道上卖地图的培根的橱窗里看——告诉人们大惊小怪于事无补;这就是人生,她们应该说过,正如范妮现在所言一样,同时注视着标有轮船航线的大黄球。

"这就是人生。这就是人生。"范妮说。

"一张奇丑无比的脸,"巴雷特小姐想,她在玻璃的另一边,买几张叙利亚沙漠地图,等着接待,很不耐烦,"女孩子这年头很快就显老。"

泪眼迷离,赤道游动起来。

"去皮卡迪利吗?"范妮问公共汽车的售票员,然后爬上顶层。不管咋样,他会,他必须,回到她身边。

然而,当雅各坐在海德公园的悬铃木下时,也许想到的是罗马;建筑;法学。

公共汽车停在查林十字外面;后面已塞满了公共汽车、货车、小汽车,因为一列举着旗子的队伍正向白厅挺进,年长的人动作僵硬,从滑溜溜的狮爪中间爬下来,他们一直在那里验证他们的信仰,一直在引吭高歌,一边唱一边抬头仰望天空,当他们跟在金字标语后面前进时,眼睛仍然望着天空。

交通停了,太阳因为不再有微风吹拂,简直酷热难当。然而队伍过去了;旗帜远远地在白厅方向闪亮;车辆松动了;先蹒跚而行;继而卷向持续不断的喧闹之中;在鸡距街的弯道上突然转向;从政府办公楼及骑马雕像前疾驰而过,驶过白厅大道,奔向多刺的尖塔、拴住的灰色舰队似的砖石建筑,和威斯敏斯特的大本钟。

大本钟长鸣五声;纳尔逊接受致敬。海军部的电话线由于跟远方通话而颤动着。一个声音不断宣讲各国首相和总督在德国国会的讲话;进军拉合尔;说皇帝在旅行;在米兰,发生了暴乱;说在维也纳,谣言四起;说驻君士坦丁堡大使觐见了苏丹王;舰队在直布罗陀。声音在继续,白厅的公务员(蒂莫西·达兰特也是其中之一)一边听,一边译,一边记,脸上印着此处特有的坚忍不拔的严肃。文件堆积如山,注明是德国皇帝们的言谈,稻田的统计数字,成百上千工人的怒吼,幕后密谋的叛乱,或者是加尔各答集市上的集会,或者是阿尔巴尼亚高地上部队的集结,那里的山色沙黄,尸骨横陈。

安静的方屋,笨重的桌子,那声音讲得明明白白。一位长者在打字稿的页边写批语,他的银头伞靠在书橱上。

他的脑袋——歇了顶,血丝纵横,双颊凹陷——代表这幢楼里所有的脑袋。他的脑袋,嵌着一双亲切的浅色眼睛,装着知识的重荷,走过马路;把重担卸在同事们面前,而他们来的时候,也是同样的不堪重负;然后,这十六位绅士,提起笔来,或者,也许十分疲倦地在椅子里扭动着,裁定历史进程应当朝哪个方向发展,因为如同他们的面孔所表明的那样,他们果敢地决定将某种凝聚力强加给拉甲和皇帝们,以及市场上叽叽咕咕的抱怨和阿尔巴尼亚高地穿着苏格兰褶裥短裙的农民的秘密集会,而这在白厅则洞若观火;从而控制事态的进展。

皮特和查塔姆,伯克和格莱斯顿,用固定的大理石眼睛左顾右盼,摆出一副也许会让活人嫉妒的不朽的宁静神气,因为当举着旗子的队伍走过白厅时,口哨声和震荡声沸沸盈天。再说,有几个为消化不良所苦;有一个正好此刻打碎了眼镜;另一个明天在格拉斯哥演讲;总之,他们看上去不是太红,太胖,太白,就是太瘦,无法像几个大理石脑袋那样掌握历史进程。

蒂米·达兰特在海军部他的小房间里,正要查阅一本蓝皮书,却在窗前停了片刻,注视着绑在灯柱上的公告。

打字员托马斯小姐,对朋友说,要是内阁会议还要开下去,再不散会,她就与快乐剧院外面等她的男朋友失约了。

蒂米·达兰特,腋下夹着他的蓝皮书走回来时,注意到街角有一小撮人;聚成一团,好像其中有人了解什么情况;其余的挤在他周围上下打量,又朝街道东张西望。他到底了解些什么情况?

蒂莫西把蓝皮书搁在面前,研究起财政部送来的一份要求提供情报的文件。他的同僚克劳利先生把一封信插在一根烤肉扦子上。

雅各从海德公园里的椅子上站起来,把票撕碎,走了。

"夕阳无限好,"佛兰德斯太太给新加坡的阿彻写信,"呆在屋里于心不忍,"她写道,"浪费一分一秒似乎天理难容。"

雅各走时肯辛顿宫的长窗上红霞似火。一群野鸭从蛇形池上飞过;树木顶天而立,黑糊糊一片,极为壮观。

"雅各,"佛兰德斯夫人写道,红光映在信纸上,"完成他的快乐之旅后,工作努力……"

"皇帝接见了我。"悠远的声音在白厅里说。

"如今,我还认识那张脸——"安德鲁·弗洛伊德牧师说着从皮卡迪利的卡特商店里走出来,"但到底是谁——?"他瞅瞅雅各,回过头来再看看他,但还是确定不了——

"噢,雅各·佛兰德斯!"他猛然想起来了。

但他这么高;如此漠然;好一个帅小伙。

"我给了他一本拜伦诗集。"安德鲁·弗洛伊德沉吟着,起步向前,雅各穿过了马路;但就是这么一犹豫,时间稍纵即逝,机会失之交臂。

另一支不打旗号的队伍堵住了长亩街。戴着紫水晶饰品的淑女和点缀着康乃馨的绅士乘坐的马车,截住了转向相反方向的出租车和小汽车,里面歪着身穿白马夹、心力交瘁的男子,他们在回普特尼与温布尔登的灌木林和弹子房。

两架手摇手风琴在路边演奏,马儿从奥尔德里奇家出来,屁股上带着白色标记,横跨马路,又被猛地勒住了。

达兰特夫人和沃特利先生坐在一辆汽车里,显得不耐烦,生怕错过前奏曲。

但沃特利先生总是温文尔雅,总会按时到场听到序曲,他扣好手套,赞赏着克拉拉小姐。

"如此良宵竟在剧院里度过,真不像话!"达兰特夫人说,因为看见长亩街上马车制造商的橱窗个个金光万道。

"想想你的荒原!"沃特利先生对克拉拉说。

"啊!但克拉拉更喜欢这个。"达兰特夫人大声笑了。

"我不知道——真的。"克拉拉边说边瞅红光闪耀的橱窗。她吃了一惊。

她看见了雅各。

"谁?"达兰特夫人凑向前来厉声问道。

但她谁也没看见。

歌剧院拱门下,胖脸和瘦脸,涂脂抹粉的和须发浓密的,在落日的余晖映照下,一律红彤彤的;大吊灯发出收束过的淡淡的黄光,脚步沉重,鲜红一片,仪式隆重,受到这一切的激发,有些女士一时向附近热气蒸腾的卧室里张望,那里有披头散发的女人们探出窗户,那里有姑娘们——那里有孩子们——(长镜子把女士们的身影悬起来了)但人们必须跟上;人们不可挡道。

克拉拉的荒野可真够美的。腓尼基人在他们灰色的石堆下酣睡;老矿的烟囱直指苍天;早生的飞蛾模糊了灰色欧石南;能听到车轮在下面,远处碾过路面;海浪在吮吸,在叹息,轻声柔气,永不停息。

帕斯科太太站在她的白菜园里,手搭凉篷,眺望大海。两艘汽船和一艘帆船擦肩而过;海湾里,海鸥不断地落到圆木上,又高高飞起,再飞回圆木,而有一些则跨在浪尖上,立在水沿上,直到月光把一切染白。

帕斯科太太早就进屋去了。

但红光照在帕台农神庙的柱子上,编织长袜的希腊妇女时而喊回一个孩子,把头上的虫子捉掉,个个欢天喜地,如同暑天的崖沙燕,或争争吵吵,或骂骂咧咧,或给宝宝喂奶,直到比雷埃夫斯港的船开炮才回家。

随着阵阵爆炸,炮声隆隆,传向远方,穿过海岛之间的峡湾。

黑暗像把刀,悬在希腊上空。

"炮声?"贝蒂·佛兰德斯说,她睡得迷迷糊糊,下床走到窗前,窗户上装点着暗色的叶穗。

"不在附近,"她想,"在海上。"

她又一次听到了那砰砰的闷声从远处传来,仿佛上夜班的女工在敲打大地毯,莫蒂杳无音讯,西布鲁克一命呜呼;她的儿子们正在为祖国作战。可小鸡是不是安全?楼下是不是有人走动?丽贝卡闹牙痛?不。是上夜班的女工在敲打大地毯。她的母鸡在架上轻轻挪窝。

十四

"他让一切原封未动。"博纳米惊讶不已。

"什么都没收拾,信全乱扔着,谁都可以读。他等什么? 他想他会回来?"他站在雅各房间的中央沉吟着。

十八世纪自有它的不同凡响之处。这些房子大概是在一百五十年前修建的。房间造型美观,天花板很高;门口上方有一个木雕,不是一朵玫瑰,就是一个公羊的颅骨。就连窗格都漆成了绛紫色,不同凡响。

博纳米捡起一根猎鞭的账单。

"好像付过钱了。"他说。

这些是桑德拉的信。

达兰特夫人正去格林尼治参加晚会。

罗克斯比尔夫人渴望人们助兴……

空荡荡的房间里,空气也懒洋洋的,刚刚能把窗帘鼓起,敞口瓶里的花儿常换常新。藤椅上的一根筋在嘎吱作响,尽管上面没有坐人。

博纳米走到窗前。皮克福德的货车在街上摇摇晃晃地驶过。公共汽车在穆迪图书馆角落上挤成一堆。发动机在颤动,赶大车的猛地刹车,突然勒马,一种刺耳难听的声音喊着胡话。

突然间，所有的树叶似乎都竖了起来。

"雅各！雅各！"博纳米站在窗口喊。树叶又耷拉了下来。

"到处都乱糟糟的！"贝蒂·佛兰德斯，猛地把卧室门推开，惊叫着。

博纳米从窗口转过身来。

"我拿它怎么办，博纳米先生？"

她拎出雅各的一双旧鞋。

闹鬼的屋子及其他

前　言

　　阅读弗吉尼亚·吴尔夫的作品是一种不可避免的挑战。即使你阅读着她的最有名的作品,也极有可能读着读着便如坠云雾中,找不到故事,找不到情节,辨不清人物关系,理不顺她的写作思路……这一切麻烦都是因为吴尔夫一生苦苦探索一种表达方式而引起的。明白了这一点,你阅读吴尔夫的短篇小说就会相对地容易一些了。

　　吴尔夫的短篇小说写作数量不是很大,最著名的是《闹鬼的屋子及其他》。这个集子一共收集了十八个短篇,每篇长短不一,最长的不过万字,最短的只有千把字。因为篇幅短,这些短篇阅读起来就要容易得多;因为阅读比较容易,作家的写作特色和创作意图就更容易看出来。如同她的长篇小说写作,吴尔夫孜孜不倦地追求着一种新的表达方式,那就是众所公认的意识流。不管从什么角度切入,她的写作都像一点淡淡的墨汁掉在一张宣纸上,任其洇开,洇大,洇成什么形状就是什么形状,而且仿佛洇的形状越怪异越好,越是作者的写作意图。然而,作者的高明之处还在于一俟墨迹吸干,你仔细辨认,仍能看出那个切入点。这或许就是吴尔夫的短篇小说的写作核心,至少,依笔者看来,只要你读出了她每个短篇小说的切入点,就算是读懂了她的短篇小说了。

　　抓住了这一阅读法则，你就能从吴尔夫的短篇小说中读出更多的内容，例如你没有读到故事与情节；例如你没有读到鲜明的人物形象；例如你没有读到精彩的对话……但是你一定会读到一个完美的念头，一个精彩的闪现，一篇优美的散文，一个精致的结构……这时候，你会由衷地感谢吴尔夫的标新立异，感谢她为短篇小说开拓了新领域。

　　在小说的取材上，作家多以日常生活的小事做文章，细得不能再细。《星期一或星期二》可以做这类小说的代表。苍鹭是切入点，接下来的每件写入小说的客观物体都与苍鹭的特点十分接近：飞行的动作。不管是具体的还是抽象的，在这个超短篇幅的小小说里，都仿佛羽化了。最后的落点依然是苍鹭，但这又极可能是作者透过窗户的一次眺望，又极可能是作者瞬间的一个念头的闪现与淡出。类似这样的短篇小说在这个集子里是大量的，例如《弦乐四重奏》《墙上的斑点》《坚实的东西》《存在的时刻》《探照灯》《合与分》等。

　　虽然在写作方式上基本是意识流，但每则短篇小说传达出来的信息却不尽相同，其中一部分写实的成分更多，类似现实主义的写作。具有代表性的有《公爵夫人和珠宝商》《憩游植物园》《拉平与拉平诺娃》和《遗赠》等；尤其《遗赠》，它通过死者给生者留下的日记，让生者追叙死者，揭示出了丰富的人生内涵和复杂的人性。

　　其余的短篇小说，其特色基本上介于上述两者之间，读起来好像更不容易把握，正因为更不容易把握而获得更多的味道。

　　总之，吴尔夫的短篇小说写作是很有特色的，不仅更集中地体现了吴尔夫在小说写作上别出心裁的意图和实践，而且因为它们篇幅简短,更容易让读者接受,更容易让有心人借鉴和消化。在阅读吴尔夫的长篇小说之前,先打开这部短篇小说集子,静心读一遍,品味一下,也许是读者读懂吴尔夫的长篇小说的一条捷径,一把钥匙。

苏福忠
二〇〇二年二月

目　录

闹鬼的屋子

不管你几时醒来,总有关门声。他们手牵着手,从一间屋子走向另一间屋子,掀掀这儿,开开那儿,要弄弄清楚——一对鬼夫妻。

"我们把它放在这里了。"她说。他补充道,"喔,可这里也放过!""在楼上。"他喃声说。"在花园里。"他悄声说。"轻点,"他们说,"要不,我们会把他们吵醒的。"

但吵醒我们的不是你们。噢,不是。"他们在找它;他们在拉窗帘。"有人会说,然后会接着读一两页书。"现在他们找到了。"有人会肯定,把铅笔停在书页的边缘。过会儿,读书读累了,有人会站起身来,向四周看看,房子里空荡荡的,所有的门都敞着,只有斑尾林鸽心满意足地咕咕叫着,农庄上传来脱粒机嗡嗡的响声。"我进这儿来为的什么? 我想找什么?"我两手空空。"或许它在楼上?"苹果就在顶楼。因此再下来,花园里安静依旧,只有书已滑落到草丛里。

可他们在客厅里找到了它。并不是谁都能看见他们的。窗玻璃映着苹果的影子;映着玫瑰花的影子;在玻璃里,所有的叶子都是绿的。如果他们挪进客厅,苹果就只会露出它发黄的一侧。可是,过会儿,如果门被打开,摊在地板上,悬在墙壁上,吊在天花板上——如何是好？我两手空空。一只画眉的影子横穿过地毯；斑尾林鸽从静默的最深的井里汲取它的咕咕声。"安全了，安全了，安全了。"房子的脉搏轻轻地跳着。"宝藏埋了；屋子……"脉搏突然中止。喔，那是埋了的宝藏吗？

过了一会儿，光渐渐暗了。那就出去到花园里去？但树为一股游移的阳光纺着黑纱。这股光又细又薄，冷冷地沉在地表下面，我梦寐以求，它总燃烧在窗玻璃后面。死亡就是那玻璃；死亡横亘于你我之间；先光顾这位夫人，二百年前，离开这房子，封上所有的窗户；房间一片黑暗。他离开了它，离开了她，走北，闯东，看见南天上星移斗转；寻找这所房子，发现它掉在土丘下面。"安全了，安全了，安全了。"房子的脉搏喜悦地跳动着。"宝藏都是你们的。"

风从大道上呼啸而起。树木东倒西歪。月光在雨里狂泼乱洒。但灯光却从窗户上直落下来。蜡烛燃烧着，直挺挺地，静悄悄地。在房子里游荡，把窗户推开，悄声细语，以免吵醒我们，这对鬼夫妻寻找他们的欢乐。

"那时我们就睡在这儿。"她说。他补充道，"无数次的亲吻。""早上醒来——""树木间闪着银光——""楼上——""花园里——""夏天来临的时候——""冬天下雪的日子——"门在远处关上，轻轻的磕碰，像一颗心脏的跳动。

他们走近了；在门口停下来。风息了，雨在窗玻璃上悄然而下，银光闪闪。我们双眼模糊；我们听不到身边的脚步声；我们看不见有哪位女士展开她的鬼披风。他用双手把灯遮住。"看，"他低声细语地说，"睡熟了。爱浮现在唇上。"

他们弯下腰，把银灯举在我们脸上，长久地、深切地察看着。他们沉默良久。风直接刮过来；灯苗轻轻弯下来。散漫的月光泻在地板上,泻在墙壁上;交相辉映,照花了那两张低垂的面庞;沉思着的面庞;细察那两个沉睡的人、寻找他们隐藏的快乐的面庞。

　　"安全了,安全了,安全了。"房子的心脏自豪地跳着。"好多年了——"他喟叹道。"你又找到了我。""在这儿,"她喃喃地说,"沉睡;在花园里读书;在楼顶大笑,滚动苹果。那时我们就把宝藏留在这儿——"他们的灯光弯下来,掀起了我的眼帘。"安全了! 安全了! 安全了。"房子的脉搏狂跳着。一醒来,我就大喊:"喔,这不就是你们埋下的宝藏吗? 心中的光。"

星期一或星期二

懒散,漠然,苍鹭展翅,轻易地把长空搅动,明白自己的去向,飞过了天宇下的教堂。洁白,渺茫,天空专注于自身,遮掩又暴露,运动复停留,无尽无休。一片湖?抹掉它的岸!一座山?好圆满——金乌护山坡。飞瀑直泻。接着蕨草蔓衍,抑或白羽纷飞,永远没个完——

渴求真情,期待真情,处心积虑提炼出寥寥数语,永远在渴求——(左边一声呼,右边一声喊。车轮轧轧滚向八方。公共汽车毂击肩摩)——永远在渴求——(钟击十二响,声声分明,宣告正午来临,阳光撒金鳞;孩童蜂拥行)永远渴求真情。穿顶红艳艳;树上挂金圆;烟囱袅绕出青烟。狗叫,人呼,"卖铁"的叫喊——何处是真情?

男人的脚,女人的脚,黑油油,金灿灿,辐凑于一点——(这种雾蒙蒙的天气——来点糖?不,谢谢——未来的联邦)——火光攒射,把屋子映得通红,只有黑糊糊的身影、亮晶晶的眼睛依旧,外面,一辆车在卸货,丁格米小姐在桌边品茶,平板玻璃保护着裘皮大衣——

树叶般轻飏,飘进各个角落,吹过滚滚车轮,银珠般飞溅,死守在家,还是浪迹天涯,鸠集乌合,风流云散,分崩离析,天各一

200

方,卷上天,坠入地,支离破碎,沉沦埋没,归于一体——何处是真情?

此刻,在炉旁,对着大理石的白色方格回想。从象牙色的深处浮起的言语蜕去了黑皮,艳若桃花,利如匕首。书掉下来;化为火焰,化为青烟,化作忽闪一下的火星——或者此刻在海上航行,大理石方方的悬饰,下面一座座光塔,还有印度洋,而长空泛蓝,群星闪烁——何处是真情? 或者此刻因有所贴近而志得意满?

懒散,漠然,苍鹭归来了;天空给她的星儿蒙上了面纱;然后揭开又让它们露脸。

一部未写的小说

好一副难过的表情，它本身就足以让人偷偷地把目光从报纸的边沿上滑向那可怜的女人的脸——没有这表情，这张脸便无足轻重；有了这表情，它几乎就成了人类命运的象征。生活就是你在人们眼睛里看到的东西；生活就是人们学习的东西，一旦学到了，即便人们竭力隐藏，也永远不会觉察不到——什么？生活似乎就是这个样子。对面有五张脸——五张成熟的脸——每张脸上都有信息。可是，奇怪，怎么人们都想把它藏起来！五张脸上都有缄默的迹象：嘴巴闭着，眼睛遮着，五个人个个在想方设法装聋作哑。一位在吸烟；另一位在看书；第三位在查阅记事本；第四位盯着对面加框的线路图；第五位——不可思议的是这第五位，她竟然什么也没干。她只是盯着生活。啊，我的这位可怜、不幸的女人，你还是玩个花样吧——看在我们大家的分上，还是把它隐藏起来吧！

她仿佛听到了我说的话，她抬头一望，轻轻地挪了挪窝，叹了口气。她似乎在道歉，同时对我说："你要是知道就好了！"随后她又盯着生活。"可我知道。"我无言地回答，出于礼貌，又浏览着《泰晤士报》。"我全都知道。'昨天德国和协约国在巴黎正式开始和谈——意大利首相尼蒂先生——唐克斯特一辆客车与货车相撞……' 我们都知道——《泰晤士报》知道——可我们假装不知道。"我的目光又爬过了报纸的边沿。她在发抖，一只胳膊好奇怪，猛地伸向后背中央，还在摇头。我又一次浸入生活的大宝库中。"喜欢什么，尽管拿，"我接着读，"产讯，讣告，结婚喜报，宫廷活动公报，鸟的习性，莱昂纳德·达·芬奇，沙丘谋杀案，高工资，生活费——喔，喜欢什么，尽管拿，"我重复着，"这一切全在《泰晤士报》上！"她又显出精疲力竭的样子摇头晃脑，最后，头像一只转乏了的陀螺，停在脖子上不动了。

《泰晤士报》阻止不了她那样的忧伤。可其他人又不许交流。要与生活作对，那最好把报纸叠起来，把它叠成一个方块儿，棱棱的，厚厚的，就是生活也穿不透。这么一来，我有了自己的盾牌，抬眼一瞥。她却刺穿了我的盾牌；她盯着我的眼睛，仿佛在我的眼睛深处寻找什么勇气的积淀，然后把它和成泥巴。光她的抽搐就抛弃了所有的希望，丢掉了所有的幻想。

就这样，我们隆隆地滚过萨里，越过郡界，进入苏塞克斯。由于我的双眼只是紧紧地盯着生活，所以没有注意到其他旅客都一一下了车，最后只剩下我们俩和一位只顾低头看报的男人。这儿是三桥站。车缓缓地驶进站台，停了下来。他会不会也离开我们？我祈祷着，希望他留下，又希望他离开——最后我还是祈祷：希望他能留下来。就在这一瞬间，他猛地站起身来，鄙夷地把报纸揉成一团，仿佛它是一件了结了的东西，然后夺门而出，把我们俩单独撒在那里。

那个难过的女人，欠了欠身子，跟我有一句没一句地搭起话来——谈到车站，谈到假日，谈到了她在伊斯特本的兄弟，还谈到时令——我现在想不起来，到底是早还是晚。但最后，她从车窗向外一望，我知道她看见的只是生活，便低声细语地说，"离得远远的——这是其中的一点缺憾——"啊,现在我们靠近了那场灾难。"我的嫂子。"——她语气苦涩,犹如冷钢上的柠檬汁。她咕哝着,不是说给我,而是说给她自己,"废话,她会说——他们都是这样说的。"她说话时显得烦躁不安,仿佛她后背上的皮像禽肉店橱窗里拔了毛的鸡皮一样。

"喔,看那头奶牛!"她戛然而止,语气紧张,似乎草地上那头大木牛震惊了她,使她避免了某种轻率似的。然后她哆嗦了一阵,然后又做出了刚才我看见的那种笨拙、生硬的动作,仿佛一阵痉挛过后,她的两肩之间的什么地方发烫,或者发痒。于是,她又一次显出世界上最难过的女人的样子。我再次责备她,尽管这次罪状不同。因为如果确有原因,如果我真的知道原因,这种污点已经从生活中抹去了。

"嫂子。"我说——

她噘起嘴,仿佛要对这个字眼吐一口毒液似的,她的嘴就这样一直噘着。她所做的无非就是拿起一只手套,狠命地擦拭着窗玻璃上的一块污点,仿佛要永远擦掉什么——某种污渍,某种擦不掉的污垢。可她怎么擦,那块污点还是擦不下来。于是,她身子一抖,胳膊一挟,果然不出我的预料,退了回来。有种力量也迫使我拿起我的手套,开始擦拭我这边的窗户。这边的玻璃上也有一点污渍,可我怎么擦,它还是牢牢地沾在那儿。突然,我浑身抽起筋来;我弯过胳膊,挠我的背中央。我的皮,也觉得跟禽肉店橱窗里那潮乎乎的鸡皮没有两样;我两肩中间也有个地方开始发痒,发疼,觉得黏糊糊的,感到冷森森的。我能不能够得着?我偷偷地想着办法。她看见了。脸上掠过一丝微笑,包含着极度的嘲讽、极度的悲伤,随即便消失了。可她跟人交流过,共享过她的秘密,喷吐过她的毒液;她不想再说了。我靠在我的犄角上，两眼避开她的目光，只是观看冬天的风景，山坡和洼地，灰蒙蒙紫微微的景色。在她的凝视下面，我解读着她的信息，她的秘密。

这位大嫂是希尔达。希尔达？希尔达？希尔达·马什——正值花季的希尔达，鲜花盛开的希尔达，庄严稳重的希尔达。希尔达在出租马车停了下来时手里捏着一枚硬币，站在门口。"可怜的米尼，比以往更像个蚂蚱——去年就穿过的旧风衣。唉，唉，这年头，拖着两个孩子，还想干什么？不，米尼，我有；给你；车夫——别跟我来你这一套。进来，米尼。喔，我把你也能扛起来，更不用说你的篮子！"于是他们走进餐厅。"米尼姑姑，孩子们。"

人坐得端端正正，慢慢地，刀叉齐下。他们下来了（鲍布和巴巴拉），僵硬地伸出手来；又回到座位上，动嘴吃着，偷眼盯着。（不过这种事我们都将一笔带过；饰物，窗帘，三叶形瓷盘，长方形黄奶酪，正方形白饼干——一笔带过，噢，且慢！午餐吃到半中间，这些人当中有一个哆嗦起来；鲍布盯着她，嘴里还含着小勺儿。"快吃你的布丁，鲍布。"可希尔达不赞成。"她怎么会抽搐？"跳过去，跳过去，到了楼上歇脚台再说；楼梯黄铜镶边；油地毡磨破了，啊！对了，从小卧室向外一望，下面全是伊斯特本的屋顶——鳞次栉比的屋顶犹如毛虫的脊椎，忽儿向东，忽儿向西，红黄条儿，青黑的石板瓦。）喂，米尼，门关上了；希尔达咚咚地走进地下室；你解开篮子上的带子，床上搁一件寒碜的睡衣，毛皮镶边的毡拖鞋并排放着。镜子——不，你别照镜子。别帽子的饰针排列得有条不紊。或许贝壳盒子里有什么东西？你把它摇一下；是珍珠饰纽，去年就在这里面的——就这些。随后，鼻子呼哧，唉声叹气，靠窗而坐。十二月的一个下午，三点钟;细雨绵绵！一家布料商场天窗里低悬着一盏灯;一间仆人卧室里高挂着另一盏灯——这一盏熄灭了。这下就没有什么可让她看的了。一瞬间的空白——这样,你还有什么可想的？（让我窥视对面的她;她睡着了,或者假装睡着了;那么对于下午三点坐在窗前,她会想什么呢？健康,钱财,山丘,她的上帝？）是的,米尼·马什坐在椅子边上,眺望着伊斯特本的屋顶,向上帝祷告。这都挺好;她也不妨擦擦玻璃窗,仿佛这样就能把上帝看得更清楚;可她看见的是什么样的上帝？谁是米尼·马什的上帝,谁是伊斯特本后街上的上帝,谁是下午三点钟的上帝？我也看见了屋顶,我看见了天空;可是,啊,天哪——这样可不是看见了不止一个上帝！不像阿尔伯特王子,倒是更像克留格尔总统——这是我能为他做的最好的一件事;我看见他坐在椅子上,身穿一件黑色大礼服,可也不显得高高在上;我能调来一两朵云彩,供他驾驭;于是他那只拖在云里的手便举起一根棍子,莫非是权杖？——又黑又粗,还长着刺——一个畜生似的老恶霸——米尼的上帝！难道那种痒痒、那片东西、那种抽搐都是他造成的？难道她祷告就是因为这个？她在玻璃窗上擦拭的原来是罪孽的污渍。噢,原来她曾犯过罪！

我有我的犯罪选择。树林摇动飘飞——夏天有风信子;春天来临之际,那片空地上有樱草。二十年前的一次分离,是不是？违背誓约？不是米尼的！……她有言必信。看她是怎么精心照料她妈妈的！她所有的积蓄都花到墓碑上——玻璃板下的花环——瓶子里的水仙。我怎么离题了。犯罪……。他们会说她把悲痛藏在心里,压抑着她的秘密——她的性欲,他们——那些懂科学的人——会说。让她承受性欲的负担,好糊涂啊！不——更像是这么回事。二十年前,走过克罗依登街时,布店橱窗里的紫色彩环在电灯光下闪亮,吸引住了她。她流连忘返——过了六点。只要跑几步,她会按时回家的。她推开玻璃侧门。是营业时间,浅盘里满是花彩,她停下来,动动这个,摸摸那个,有的上面还有突起的玫瑰花——用不着挑,用不着买,每盘都有惊喜。"不到七点不关门。"可当时已经七点了。她连跑带冲,总算到了家,可太晚了。邻居——医生——还是婴儿的小弟弟——水壶——烫伤——医院——死亡——或者事故的震动,罪责?啊,可这些细节都无关紧要!重要的是她的担负;那污点,那罪责,那件需要赎罪的事儿,总在她的两肩之间。"是的,"她似乎在对我点头,"那就是我干的事情。"

是不是你干的,或者你到底干了什么,我都不在乎;这不是我想要的东西。布店橱窗有紫色的彩环装饰——这就行了;或许贱了点,俗了点——既然人有犯罪的选择,——可又有那么多(让我再次偷看她一眼——还在睡,或者假装在睡!苍白,憔悴,嘴巴紧闭——有点固执,固执得超出人们的预料——可没有一丝性欲的迹象)——这么多的罪行,可不是你的罪行,你的罪行太贱,只是这报应重;现在教堂的门敞开着;硬木头坐席接纳了她;在那些棕黄色的地砖上,她跪了下来;不管冬夏,无论晨昏,(就像她现在)天天如此,屏气祷告,她的罪孽降临,降临,永远降临。这污点接纳了它们。这污点突起来,红红的,像火烧。然后她抽搐起来。小孩子们指划着。"鲍布今天吃午饭的时候"——可上了年纪的女人们最可怕。

说真的,你现在不能再这样坐着祷告了。克留格尔已经沉在云层下面——就像被粉刷匠的刷子用灰色涂料掩盖了,又加上一点黑色——甚至连权杖的尖儿也不见了。情况总是这样!正像你看见了他,感觉到了他时,却有人打断了。这次是希尔达。

你好恨她！她甚至会把卫生间的门整夜锁着,尽管你需要的只是凉水;有时候晚上心情不好,洗一下会有好处的。约翰在用早餐——孩子们——饭菜糟糕透了,有时候还有朋友——蕨草也不能把他们完全隐蔽起来——他们也这样想;于是你出去,沿着海滨人行道走走。海浪一片灰色的,报纸吹得哗啦哗啦地飘,玻璃房子庇护着一片翠绿,穿堂风很大,座椅要花两个便士——太过分了——因为沙滩上肯定有布道的牧师。啊,那是个黑鬼——那是个滑稽的男人——那个人带着几只小鹦鹉——可怜的小家伙!这地方难道没有人想到上帝?——就在上面,码头上空,拿着他的手杖——不——什么也没有,只是天上一片灰暗,或者,即使天是蓝的,白云也会把他遮住,还有音乐——是军乐——他们在捕捞什么?他们能抓住吗?孩子们眼瞪得好凶啊!然后打道回家!——"打道回家!"这几个字意味深长;可能是那个大胡子老头说的——不,不,他其实什么也没有说;可一切都意味深长——靠在门廊上的告示牌——店铺橱窗顶上的商号——篮子里红红的水果——发廊里女人的脑袋——都在说"米尼·马什!"可这儿有情况,"鸡蛋便宜了!"这是常有的事!我领着他越过瀑布,寻求疯狂,突然,像一群做梦的绵羊,她转过身,在我的指缝间奔跑。鸡蛋便宜了。被牢牢地系在世界的海岸上,可怜的米尼·马什没有犯罪,没有悲哀,没有狂想,没有疯癫;午饭时从来不会迟到;从来不会碰上暴雨不穿雨衣;从来不会对便宜鸡蛋浑然无知。她就这样回了家——刮净她的靴底。

我把你没看错吧?可这张人脸——这张在印满文字的报纸顶上的人脸,包含的更多,保留的也更多。现在眼睛睁开了,她向外望去;在人眼里——你怎么界定它呢?——有一种断裂——一种分离——因此,你抓住花枝时,蝴蝶就飞了——那只黄昏时旋在黄花上的飞蛾——去,抬起你的手;远走高飞了。我才不肯抬手呢。那就静静地悬着发颤吧,不管你是米尼·马什的什么生命,灵魂还是精神,——我也悬在我的花儿上——鹰盘旋在草丘上空——孤零零地,否则生命还有什么价值? 要升腾;静静地悬着,在黄昏,在正午;静静地悬在草丘上空。一摆手——飞了,上去了! 随即又保持平衡。孤零零地,没有人看见;可它能看见这下面的一切,静悄悄的,一切都这样可爱。没人看见,没人在乎。别人的眼睛是我们的牢狱,别人的思想是我们的樊笼。上面是空气,下面是空气。还有月亮和永生……喔,可我摔了下来,跌在草地上! 你也在下面,你呆在角落里,你叫什么名字——女人——米尼·马什;或类似的名字? 瞧她,紧紧地贴着她的花;打开手包,取出一个空壳——一个鸡蛋——谁在说鸡蛋便宜了? 你还是我? 啊,是你在回家的途中说的,还记得吗? 那时有一位老绅士突然撑开伞——或是打了个喷嚏? 不管怎么样克留格尔走了,你"打道回家"了,刮净了你的靴底。是的。现在你在双膝上铺开一条手绢,撒上一些有棱有角的碎鸡蛋壳——一张撕碎的地图——一个谜。我真希望我能把它们拼凑起来! 但愿你能静静地坐会儿。她挪了挪双膝——地图又成碎片儿了。沿着安第斯山坡,一块块白大理石连蹦带飞,把整整一队西班牙骡夫砸死了,还有他们的商队——德雷克劫掠来的金银财宝。可是要回去——

回什么地方? 回哪儿? 她打开门,把伞搁在架子上——这些都用不着多说;还有从地下室里冒出的啤酒味儿;点,点,点。可那些我无法这样消灭,那些我必须埋下头、闭上眼、带着军营里的勇气和公牛的盲目,冲击驱散的,毫无疑问,是蕨草丛背后的人影，即旅行推销员们。这段时间我一直把他们藏在那儿，希望他们会销声匿迹，或者最好又出现，其实他们肯定会出现的；如果故事要按常规越来越丰富多彩，体现命运和悲剧，与两位，如果不是三位，旅行推销员和一整丛的蜘蛛抱蛋一起进展的话。"蜘蛛抱蛋的叶子只是把这位旅行推销员遮住了一部分——"杜鹃花或许能把他完全遮住，而且还会让我左右逢源，这正是我孜孜以求的东西；可杜鹃花在伊斯特本——十冬腊月——摆在马什家的桌子上——不，不，我不敢；那全是一派鸡毛蒜皮、芝麻绿豆大的事儿。或许，再等一会儿，海边会有的。再说，当我高高兴兴地刺穿那绿色凸花细工，翻过雕刻玻璃时，我感到一种想偷看对面那个男人的渴望，——这欲望好强烈，我几乎无法控制。那是不是詹姆斯·莫格里奇？马什家的人管他叫吉米。（米尼，你必须答应我，在我把这东西弄直之前，你不要再抽搐。）詹姆斯·莫格里奇旅行靠的是——能不能说是纽扣？——可现在还不是把它们弄来的时候——大大小小都摆在长长的卡片上，有孔雀眼的，有暗金色的；有烟晶的；有珊瑚枝的——可我说过还不是时候。他喜欢旅行，而星期四，他却在伊斯特本过，他跟马什家的人一起进餐。他红红的脸蛋，沉稳的小眼睛——可绝不是平淡无奇的——惊人的饭量（这倒很安全；面包不把肉汁浸干他是不看米尼一眼的），餐巾叠成钻石的样子——这是原始风尚，不管它对读者怎么样，千万别骗我。咱们躲到莫格里奇家去吧，让它动起来。对了，他家的靴子都是詹姆斯在星期日亲自修补的。他看《真理报》。可他的激情？玫瑰花——而他的妻子，一个退休的医院护士——真有趣——看在老天的分上，让我有一个叫我喜欢的名字的女人！不！她有尚未出生的思想的孩子，私生的，不过倒有人爱，就像我的杜鹃花。

在每一部写出的小说里有多少人在死去——都是些最好的,最可爱的人,而莫格里奇却还活着。这都得怪生活。这会儿米尼正在对面吃鸡蛋,在铁路的另一端——我们过了刘易斯没有?——肯定是吉米——她为什么又在抽搐?

肯定是莫格里奇——都得怪生活。生活能强加法律;生活能横行霸道;生活就在蕨草的背后;生活就是暴君;噢,不过不是恶霸!不是,因为我向你保证,我是自愿来的;我是在某种莫名其妙的强制力量的要求下穿过蕨草和味瓶、溅满酒水的桌子和污迹斑斑的瓶子来的。我势不可挡地来了,把自己安排在结实的肌肉、强壮的脊柱上的某个部位,安排在莫格里奇其人的身上或灵魂里某个我能穿透或能找到立足点的地方。筋肉坚实无比;脊柱硬如鲸骨,直如橡树;筋条如辐射的树枝;肉像绷紧的帆布;红红的洞穴;心脏的收缩与扩张;同时从上面掉下棕色的肉块,啤酒冒出来,又被搅成血液——就这样我们看到眼睛了。在蜘蛛抱蛋的背后它们看见什么:黑沉沉、白花花,凄凄惨惨;又是那盘子;在蜘蛛抱蛋背后,它们看见上了年纪的女人;"马什的姐姐,希尔达倒是更像我";现在是桌布。"马什该知道莫里斯一家到底出了啥事……"。把这事议论议论;奶酪来了;又是盘子;把它递过去——粗大的指头;对面的女人。"马什的姐姐——跟马什一点都不像;上了年纪的苦命女人……你该去喂鸡了。天哪,她怎么又抽搐了?不是因为我说的话吧?天哪,天哪,天哪!这些上了年纪的女人。天哪,天哪!"

(是的,米尼;我知道你刚刚抽搐过,可再过一会儿——詹姆斯·莫格里奇。)

"天哪,天哪,天哪!"这声音多好听啊!像木槌敲打干木头,又像古代一个捕鲸者面临大海铺天盖地逼来,碧绿被乌云笼罩时心脏的跳动。"天哪,天哪!"多动听的丧钟抚慰着烦躁不安的人的灵魂,为他们披上衣服,说着,"再会,祝你好运!"随后,"您要什么?"因为尽管莫格里奇会为她摘一朵他的玫瑰花,既然事情做了,也就过去了。下面该是什么?"夫人,你要误车了。"因为他们并不留连。

那是男人的作风;那是回响的声音;那是圣保罗大教堂和公共汽车。可是我们正在把面包屑拂掉。喔,莫格里奇,你不想呆了?你一定要走?是不是今天下午坐一辆小马车穿过伊斯特本?你是不是就是那个用绿纸箱围起来,有时候还像狮身人面像一样庄严端坐、双目瞪视的那个人?在拉车的马和车夫身上,是不是有一种坟墓的样子,殡仪员的表情,棺木和黄昏的感觉?你一定要告诉我——可门砰的一响,关上了。我们再也见不着了。莫格里奇,永别了!

是,是,我这就来。径直爬上房顶。我再逗留片刻。怎么心里一片污泥——这些怪物留下多大的漩涡,洪水汹涌,水草摇曳,绿一片、黑一片,冲击着沙滩,后来慢慢地,原子重聚,沉淀自行过滤,又通过那双眼睛人们看得清楚明白,嘴上开始为逝去的祈告,为那些点头之交、那些再也不会重逢的人们的灵魂举行葬礼。

现在詹姆斯·莫格里奇死了,永不再还。哎,米尼——"我再也不能面对它了。"如果她说这话——(让我看她一眼。她正在把蛋壳拂进那深深的斜坡。)她肯定说过这话,说话时身体靠在卧室的墙上,手里拽着紫红色窗帘边上的小球。可当自我对自我说话时,到底是谁在说话?——已经入土的灵魂,被赶进,进,进中心墓穴的精灵;揭开面纱,离开这世界的自我——或许是个懦夫,可美丽非常,因为它提着灯,在黑暗的走廊里惝惝不安地上蹿下跳。"我再也不能面对它了,"她的灵魂这样说,"那个吃午餐的男人——希尔达——孩子们。"喔,老天哪,她的抽泣!那是灵魂在为自己的命运恸哭,这被赶得四处逃窜的灵魂,在越来越小的地毯上落脚——可怜的立足点——整个行将消失的宇宙的缩小了的碎片——爱情,生活,信仰,丈夫,孩子,我真不知道我是个小女孩时有过什么样的辉煌排场。"不是我的——不是我的。"

然后有——松饼,老癞皮狗?我想还有珠垫,内衣的抚慰。如果米尼·马什被车撞倒,送往医院,大喊大叫的该是护士和医生自己……有远景,有幻影——有距离——大道尽头蓝色的污点,可毕竟,茶正浓,饼正热,还有狗——"本尼,到你的篮子那儿去看妈妈给你带来了什么!"你抓起那只大拇指磨损了的手套,再次不顾那所谓钻洞而入的恶魔,修复那些防御工事,把灰色的毛线引进穿出。

引进穿出,纵横交错,编织一张网,通过这张网,上帝自己——嘘,千万别想上帝!针脚好结实!你一定为自己的织补而自豪。千万别打扰她。让光轻轻落下,云彩显露出第一片绿叶的背心。让麻雀栖息在枝头,把挂在小枝臂弯处的雨珠摇落……为何抬头仰望?是声音还是思想?噢,天哪!再想想你做过的事吧,有紫环的玻璃板?可希尔达会来的。可耻,屈辱,啊!合上缺口。

米尼·马什把补好的手套放进抽屉。她断然关上抽屉。我从镜子里看见了她的脸。噘着嘴。扬起下巴。随后她系紧鞋带。又摸了摸喉咙。你的胸针是什么样的?槲寄生还是畅思骨?又出什么事啦?除非我搞错了,你的脉搏加快了,那时刻就要来临,千头万绪纷乱如麻,尼亚加拉就在前头。这是最紧要的关头！愿上帝与你同在！她下去了。勇气，勇气！面对它，就这样！看在上帝的分上，千万别站在地垫上等待！门就在那儿！我在你身边。说话！面对她，把她的灵魂搞糊涂！

"喔，请原谅！是，这就是伊斯特本。我替你把它取下来。让我试一下把手。"（可是米尼，尽管我们装模作样，我还是没把你看错——我现在就和你在一起。）

"这是你全部的行李？"

"多谢，当然是。"

（可你为何东张西望？希尔达不会来车站的，约翰也不会；莫格里奇正坐车向伊斯特本的那头走呢。）

"我还是在我的包旁边等会儿吧，夫人。这样最安全。他说过他要来接我的……啊，他来了！那是我儿子。"

于是他们一起走了。

哼，倒是我被搞糊涂了……肯定，米尼，你更清楚！一个奇怪的年轻人……站住！我要告诉他——米尼！——马什小姐！——可我不知道。她的披风飘舞时，有种奇怪的样子。啊，这话不对，不够礼貌……看看到达出口时他弯下腰的样子。她找到了车票。有什么好笑的？他们走了，沿马路走去，肩并着肩……啊，我的世界全完了！我往什么上面站？我知道什么？那不是米尼。也从来没有莫格里奇。我是谁？生活光得像骨头。

最后看他们一眼，——他从道沿上下来，她跟着他绕过一座大楼的边缘，让我充满了惊奇——又使我心潮澎湃。神秘的身影！娘儿俩。你们是谁？为什么你们沿街走？今晚你们夜宿何处？明天又在何方？喔，怎么让我打旋翻腾——又把我浮了起来！我开始追他们。车辆来来往往，川流不息。白光飞溅着，倾泻着。平板玻璃窗。康乃馨;菊花。昏暗的花园里的常春藤。门口的牛奶车。不管我在哪儿,神秘的影子,我都能看见你们,拐过弯了,娘儿俩;你们,你们,你们。我加快脚步,我紧追不舍。我想,这一定是大海。景色灰暗;灰一样昏沉;水声潺潺,流动不止。如果我跪下来,如果我参加仪式,古代的小丑们,是你们,认不得的身影儿,我爱慕你们;如果我张开双臂,我要拥抱的是你们,我靠近的是你们——可爱的世界!

弦乐四重奏

啊，就是这儿，你从这间屋子望过去，会看见地铁，电车，公共汽车，数量不少的私人马车，甚至还有，我敢肯定，带分隔间的活顶四轮马车，忙忙碌碌，穿梭在伦敦市区。可我开始心生疑虑了——

如果真像他们说的，摄政街在翻修，条约已签署，天气就这个时令来说并不算冷，甚至在那个价位，一套屋子都没租上，还有最厉害的流感也力求扩大影响；如果我想起我忘了写有关食品室裂缝的情况，而且把手套扔到了火车上；如果血缘关系要求我身体前倾去热情地握住那只也许是犹犹豫豫伸过来的手——

"七年没见过面了！"

"上次还是在威尼斯！"

"你现在住哪儿？"

"啊，晌午时分我觉得最惬意，如果它要求不是太多——"

"可我当时马上就知道你了！"

"战争还是停了下来——"

如果头脑被这些小小的箭头射穿，而且——因为人类社会强迫着它——一支刚刚射出，另一支又上弦了；如果这能发热，况且他们已打开了电灯；如果说一件事，在很多情况下，就能引发一种改良和修正的需要,除了懊悔还能激发快乐、虚荣和渴望——如果这就是我说的事实,就是浮在面上的礼帽,裘皮围脖,绅士们的燕尾服,和珍珠领带夹——那还有什么机会呢?

什么机会?我为什么不顾一切,坐在这儿,相信我现在说不出发生过什么,甚至记不起它上次发生的情况,要说还真是难上加难。

"你看见列队游行了吗?"

"国王看上去冷得厉害。"

"不,不,不。可那到底是什么?"

"她在马尔姆斯伯里买了一幢房子。"

"能找到一幢可真是幸运哪!"

恰好相反,我觉得她完蛋了,且不管她是谁,因为那无非是些套房、礼帽、海鸥之类的事儿,而且对于坐在这儿、穿戴整齐、被围堵起来、裹着裘皮、酒足饭饱的一百来号人来说,似乎也是如此。这倒不是我能吹,因为我,跟大家一样,也服服帖帖地坐在一把镀金的椅子里,只是在被埋葬的记忆上面翻着土,因为确有迹象,如果我没错的话,证明我们大家都在回想着什么,偷偷摸摸地搜寻着什么。为什么坐立不安?为什么如此担心披风和手套是否合身——该扣紧还是解开?那么,看那黑乎乎的画布上那张老脸吧,刚才还文绉绉的,红扑扑的;现在却沉默寡言,一脸忧伤,仿佛笼罩在阴影里。那是不是第二小提琴手在前厅里调音的声音?他们来了,四个黑影子,抱着琴,坐在下泻的灯光下,各自面对一个白色的方块;弓头搁在乐谱架上;一下子同时举了起来;轻轻地放在弦上;第一小提琴手望着对面的演奏者数着一,二,三——

鲜花烂漫,山泉泻水,春芽冒尖,银瓶迸裂!山冈上梨树放花。喷泉飞溅;水珠泻地。但罗讷河奔流,水又深又急,在桥拱下涌过,横扫着漫衍的水草,把黑影冲过银鱼;花斑鱼随水逐流,时而被卷入一个旋涡;——这就麻烦了——所有的鱼儿全聚于一池;跳跃,溅泼,刮擦着尖锐的鳍;水流湍急,像沸腾了一般,黄色的卵石被搅得团团旋转——时而自由自在,奔腾而下,甚至灵巧地打着旋儿,跳到空中;又像从刨子下面出来的薄薄的刨花,蜷成一团,向上,向上……看那些步履轻轻,笑脸盈盈的人儿闯荡,真是痛快淋漓!还有那些乐不可支的老渔妇们,蹲在桥拱下,全是些满嘴脏话的老太婆,走起路来笑得多么开心,东摇西晃,打打闹闹,哈哈!

"那是莫扎特早期的一首,当然——"

"可那个调子,跟他所有的调子一样,让人绝望——我是想说希望。我到底要说什么?那是音乐中的糟粕!我想跳,想笑,想吃粉蛋糕,想喝淡酒、烈酒。或者来段下流故事——我可以品出滋味儿的。人年纪越大,越喜欢下流东西。哈哈!我在大笑。笑什么?你什么也没说,对面那个老头子也没吱声……可假如——假如——嘘!"

忧伤的河水载着我们前进。月光从垂柳枝间照进来,我看见了你的脸面,我听到了你的声音;我们经过柳林,有鸟儿在低吟浅唱。你在悄声细语说些什么?悲哀,悲哀。欢乐,欢乐。交织在一起,宛如月光下的芦苇。交织在一起,纠结难分,裹着苦痛,掺着悲哀——咔嚓!

船沉下去了。人影儿升起来,但现在那片薄薄的树叶,越变越尖,化作一缕幽魂,顶端有火苗窜动,从我的心中抽出它双倍的激情。它为我歌唱,开启我的悲哀,融化同情,用爱的洪水淹没这没有天日的世界;不停地减弱它的柔情,但手法灵巧,微妙,编织出来,编织进去,直到编织成这种图案,这种完美,所有分裂的都统一起来;奋飞、幽咽、沉静、悲哀和欢乐。

为何悲伤?要什么?仍不满足?我说,一切都已安排妥当;对,在纷纷坠落的玫瑰花瓣的床罩下安歇。纷纷坠落。啊,它们停止了。只有一片玫瑰花瓣,从高空飘落下来,像从一只看不见的气球上放下来的一个小小的降落伞,翻转、飘摇,晃晃悠悠。它不会落到我们身上。

"不,不。我什么也没有注意到。这是最糟的音乐——这些愚蠢的梦。第二小提琴是不是拖慢了节拍,你说呢?"

"看那边,那是门罗老太太,摸着往出走——眼睛一年比一年瞎,可怜的女人——地板又这么滑。"

双眼失明的老年,白发苍苍的狮身人面兽……她站在人行道上,严厉地,向那辆红色公共汽车招手。

"多美啊!他们的演奏真精彩!真是!"

舌头不过是块响板。再简单不过。我旁边那顶帽子上的羽毛亮闪闪,很是悦目,像个小孩子玩的拨浪鼓。是铃木树上有片叶子闪着绿光,透过窗帘的缝隙。很奇特,很刺激。

"真是,真是——!"嘘!

这些是草坪上的恋人。

"夫人,如果你愿意拉拉我的手——"

"先生,我宁肯把心交给您。再说,我们把身体丢在宴会厅里。草坪上的是我们灵魂的影子。"

"这么说,现在是我们的灵魂在拥抱。"柠檬树点头表示赞同。天鹅离开河岸,梦一般地浮向中流。

"可是还得回来。他一直跟着我走出过道,我们拐弯时,他踩上了我衬裙的花边。除了喊一声'啊',停下用手指把裙子抹一抹,我还能做什么?听到我的叫声,他突然拔出剑,连刺几下,仿佛要把什么捅死似的,同时喊着,'疯啦!疯啦!疯啦!'我吓得尖叫起来,这时正在凸肚窗前往一本大羊皮纸本子上写东西的王子冲了出来,还戴着丝绒便帽,穿着毛皮便鞋。他从墙上抓起一柄轻剑——西班牙国王给他的礼物,你知道——我正好向墙逃了过去,扑到这件披风上,把踩脏的裙子遮住——遮住……但是听!圆号角声!"

绅士急忙回答淑女,她的音调越来越高,他们互相标榜,言辞极为俏皮,最后变成了一声情绪激烈的抽泣;结果言语变得模糊难辨,尽管意思十分明确——爱情,欢笑,逃逸,追求,齐天的洪福——这一切都在柔情似水的欢快的涟漪上飘荡——一直到清越的圆号声在远处吹响,声音越来越清晰,仿佛管家在迎接黎明或扫兴地宣告情人的私奔……绿色的花园,月光照耀的水池,柠檬,情侣,游鱼,统统溶化在乳白色的天空里,白色的桥拱,坚实地栽在大理石上,横跨过天空,就像小号加入了圆号的行列,又得到尖音喇叭的支持。……咚咚,嘟嘟。丁丁,当当。机构结实,基础稳定。万众一心,齐步前进,混沌喧嚣被踩到地上。可我们要去的这座城市既没有石头,更没有大理石;经久不衰地悬着;岿然不动地立着;没有一张脸,没有一面旗招呼、欢迎我们。走吧,让你的希望风流云散;让我的欢乐垂萎沙漠;赤条条前行。石柱光秃秃的;不给任何人吉兆;投不下影子;辉煌耀眼;严厉肃穆。然后我退了回来,不再渴求,只希望走开,找到那条街道,认出那幢楼房,给卖苹果的女人打一声招呼,对开门的女佣说:一个星光灿烂的夜晚。

"晚安,晚安。你走这边?"

"啊不。我走那边。"

憩游植物园

卵形的花坛里有成百株花枝在招展,枝腰生长着片片叶子,有心形的,有舌形的;枝梢上绽开了片片花瓣,有红的,有蓝的,有黄的,花瓣的表面突起了粒粒色斑。从红紫紫、蓝幽幽、或者黄灿灿的花喉里竖起一根直撅撅的花柱,被金粉沾染得毛毛糙糙,顶端有个粗粗的疙瘩。花瓣肥肥大大,夏日的微风一吹就扇动起来,花瓣一动,红、蓝、黄三色的彩光便交相辉映,给底下棕色的寸土染上一块扑朔迷离的色斑。光彩要么洒落在一块卵石光溜溜的灰背上,要么洒落到一只蜗牛花纹盘旋的棕壳上,要是落进一滴雨珠里,它便用那么强烈的红蓝黄三种颜色扩张那薄薄的水壁,叫人担心它会破裂,化为乌有。然而,雨珠却再度变成了银灰色,因为这时光彩落到一片肥厚的叶子上,显露出叶面下形如枝杈的叶脉,光继续移动,把它的光明在那些心形或舌形叶子遮挡下广袤的绿色空间里扩展开来。这时头顶的微风刮猛了些,色彩便被闪射到上面的空气里,闪射到七月天来憩游植物园漫步的男男女女的眼睛里。

这些男女的身影儿零零落落地经过花坛,动作不拘形迹,令人称奇,与那些在花坛之间的草坪上曲里拐弯飞来飞去的蓝白蝴蝶没有两样。有个男人走在一个女人前面,相距大约六英寸远,男的只是信步闲逛,女的则是成心前来游园,时不时地回头张望,留心别让孩子们落得太远。男的有意在女的前面保持这个距离,不过也可能是无意识的,因为他希望边走边想心事。

"十五年前我和莉莉来过这儿,"他想,"我俩坐在那边的湖畔上,那天天气真热,我向她求了整整一个下午的婚。那只蜻蜓怎么总是绕着我们转圈儿:那只蜻蜓,她那只鞋,鞋头上有个方方的银扣,一眼看去历历在目。我嘴在说话,眼睛却盯着那只鞋,只要它不耐烦地动一下,我头也不用抬,便知道她要说些什么了:似乎她整个儿就在那只鞋里。而我的爱情,我的渴望,都在那只蜻蜓身上;不知为什么,我认为,如果这蜻蜓落在那儿,落在那片叶子上,就是那片中间有朵红花的宽大的叶子上,如果蜻蜓能落在那片叶子上,她准会马上答应我的。可那蜻蜓一个劲儿地打转儿:它哪儿都不落——当然没有落,幸好没有落,否则,我就不会带着艾丽诺和孩子们在这儿溜达了。艾丽诺,告诉我。你可曾想过过去?"

"你问这个干什么,西蒙?"

"因为我一直在想过去。我一直在想莉莉,那个我本来可以结婚的女人……喂,你怎么不吱声呀?我想过去,你不在意吧?"

"干吗我要在意呢,西蒙?人们在花园里散步,看到一对对男女躺在树下,人能不想起过去吗?他们——那些男女,那些躺在树下的一个个幽灵——不就是你我的过去,过去惟一的残存吗?……那不就是你我的幸福,你我的现实吗?"

"对于我,是一个方方的银鞋扣和一只蜻蜓——"

"对于我,是一次亲吻。想一想二十年前,在一个湖畔,有六个小女孩坐在她们的画架前,画着睡莲,那是我第一次见到红红的睡莲。突然有人在我的颈背上亲了一下。我的手就此抖了一个下午,没法画画儿了。我掏出表,看看时间,我只让自己对那个吻回味五分钟——真是太宝贵了——吻的是一个鼻子上长了个疣子的白头发老太婆,这是我一生中最令人魂牵梦绕的一吻。过来,卡洛琳,过来,休伯特。"

他们继续从花坛旁边往回走,现在是四人并行了。不一会儿,他们走在树林里,个头变得越来越小;阳光和阴影在他们背上浮漾,晃晃悠悠,斑斑驳驳,这时候他们的身体看上去成了半透明的。

卵形的花坛里,蜗牛的壳有两分来钟被染成了红、蓝、黄三种颜色,一会儿蜗牛似乎在壳里轻轻蠕动,过会儿便开始在松散的土粒上艰难地爬行。它爬过去时,土粒便散开,滚了下来。似乎它前面有个明确的目标;在这一点上就跟那只高视阔步、尖嘴猴腮的青虫大相径庭,因为那青虫试图从蜗牛前面横穿而过,可又抖动着触须犹豫在分秒间,仿佛在深思熟虑,然后又转身迈起那种迅速奇怪的步伐向相反的方向走了。一堵堵棕色的峭壁,底下是一片片洼地,洼地上遍布着碧绿幽深的湖泊,扁平的、像刀刃一样的树,从根到梢都在晃动,灰溜溜的圆石块横七竖八,广阔起皱的地面土质又薄又脆——蜗牛想从花梗中间前进,凡此种种横亘在它和它的目标之间。它还没有决定到底应该从一片枯叶的拱篷旁边绕过去,还是硬闯过去,另外几个人的脚便从花坛边踩了过来。

这一回是两个男人。年轻的那位表情安详得也许离了谱;他的同伴说话时,他抬起眼睛定定地凝视前方;同伴话一说完,他又低头望着地面,有时在停顿了很长时间后才张张嘴,有时则干脆连嘴都不张。年长的这位走起路来高一脚低一脚,一摇一晃的,很是奇特,往前一甩手,向后一扬头,样子活像一匹在宅门外等得不耐烦的拉车马;但对他来说,这些姿态既不表示决心,也不包含用意。他说起话来滔滔不绝,有时停下来独自笑笑,又接着说起来,仿佛这一笑就是一声回答似的。他谈的是灵魂——死者的灵魂。据他说,即便是现在,那些死人也在向他诉说他们在天国的经历,真是千奇百怪,无所不有。

"威廉,古人们认为天国就是塞萨利①,如今战云弥漫,灵物就像雷鸣一样在山间滚动。"他停下来,似乎在倾听,接着笑了笑,然后一扬头,继续往下说:

"你弄一节小电池,再搞一块橡皮,让电线绝缘——绝离?——还是绝缘?——不管它,咱们不说细节。说细节没人懂,说了也白搭——一句话,把这个小机器装在床头上,哪儿方便就装在哪儿,比如说,搁在一个精致的红木台子上。话听我的,安装让匠人干,寡妇动用她的耳朵,用说好的信号招魂。只要女人!寡妇!穿黑衣的女人——"

说到这里,他似乎看见远处一个女人的长裙,在树荫下显得紫黑紫黑的。他摘下帽子,一只手按在心口上,念念有词,手舞足蹈,风风火火地冲着她走去。威廉一把抓住他的袖子,又举起手杖指点着一朵花儿,想转移老头子的视线。老头子一时手忙脚乱,先把那朵花儿瞅了片刻,然后又把耳朵凑过去,似乎对花里传出的话语做出应答,因为他谈起了乌拉圭的森林,说好几百年以前他在欧洲一位最美的小姐的陪伴下去过那里。可以听见他在絮叨,说什么在乌拉圭的森林里热带玫瑰蜡一样的花瓣铺天盖地,还说到夜莺,海滩,美人鱼,在海里淹死的女人。他一边

---

① 希腊东部的一个地区。

说,一边让威廉推搡着往前走。威廉脸上的那种坚忍恬淡的神情慢慢地变得越来越深沉了。

两个上了年纪的妇女紧紧跟在他的身后,看见他手舞足蹈的样子有点儿莫名其妙。这两个妇女属于下中产阶级,一个粗壮笨拙,另一个面色红润,举止灵活。她们这种地位的人大多有这么一种特点,就是见了任何预示精神错乱的古怪迹象——尤其是有钱人的——她们就表现出不加掩饰的着迷;可这两位离他仍然太远,因此无法确定他手舞足蹈仅仅是一种怪癖,还是出于疯狂。她们不声不响,对老头子的背影仔细琢磨了一会儿,然后互相诡秘地看了一眼,便继续劲头十足地拼凑她们繁琐的对话:

"奈尔,伯特,洛特,塞斯,菲尔,爸,他说,我说,她说,我说,我说——"

"我的伯特,妹妹,比尔,爷爷,老头子,白糖,

"——白糖,面粉,腌鱼,青菜,

"——白糖,白糖,白糖。"

那粗壮笨重的妇女任凭对方说得天花乱坠,好奇的目光却瞅着地上坚挺冷艳的花朵。她看花的样子就像一个人从沉睡中醒来,看见黄铜烛台反光的样子十分新鲜,于是把眼睛闭上又睁开,等再次看见黄铜烛台时,终于彻底清醒过来,便全神贯注死死盯着。这个胖女人干脆面对着卵形花坛站住不动,连听对方说话的样子也不装了。她站在那儿,任对方说得天花乱坠,她的上半身慢悠悠儿地向前俯俯,朝后仰仰,尽情赏花。后来,她提议找个地方坐下来喝口茶。

蜗牛已经把既不用绕过枯叶,也不用从上面爬过,而能够达到目标的种种可能的办法都考虑过了。且不说它爬上枯叶要花

力气,就说那薄薄的质地是否担得起它的重量,它也十分怀疑,因为它的触角尖儿把它轻轻一碰,它就稀里哗啦抖个不停,真叫人闻风丧胆;这就使它最后下定决心:还是从叶子底下钻过去,因为叶子翘起的地方离地面很高,足以让它钻过去的。它刚刚把头伸进开口,正在察看这高高的棕色屋顶,要适应适应这片凉凉的棕光,这时,又有两个人从草地外面走了过来。这一回是两个年轻人,一男一女。他们正当青春年华,或者正处在青春年华之前的季节,光洁粉红的花蕾含苞待放的季节,那时候蝴蝶的翅膀,尽管已经丰满,但仍纹丝不动地晒着太阳。

"幸好今天不是星期五。"他说。

"怎么?你相信运气?"

"要是星期五,你就得破费六个便士。"

"六个便士算什么?这难道不值六便士?"

"这是什么?——你说的'这'是什么意思?"

"呃,随便说说——我的意思是——我的意思你清楚。"

他们每说一句,就要停顿半天,话说得语气平淡,声音单调。这一对儿静静地站在花坛边上,两人一起使劲,把她的阳伞的尖儿深深地插进松软的土里。这一举动,再加上男的把手搭在女的手上,这一事实,是以一种奇怪的方式表达他们之间的感情,就像他们几句简短而没有意义的谈话也表达某种东西一样。只是话的羽翼太短,承载不起含义的沉重躯体,无法把感情传送多远,只好笨拙落在身边的一些普普通通的物体上,可对这些翅膀生疏的触碰来说,这些物体却十分重大;但谁知道(他们把伞尖儿插进土里时这么想)话里没有隐藏着什么悬崖绝壁,或者在背面的艳阳下没有什么冰坡闪耀?谁知道呢?谁先前见过这种现象?即便当她纳闷憩游植物园能给你供应什么茶时,他也觉得她的话背后有什么东西隐隐浮现出来,话背后有什么东西矗立着,显得巨大、坚实;迷雾慢慢升起,显露出——天哪,形形色色的是些什么呀?——白色的小桌,女服务员,先瞅瞅她,再瞧瞧他;账单来了,他要用一枚真的两先令硬币付款,这是真的、全是真的,他确信,手指摸着口袋里的那枚硬币,对谁来说都是真的,惟有对他们俩除外;可现在连他也觉得它似乎是真的了;可随后——啊,太激动人心,再也站不住了,再也想不成了,于是他猛地一下把阳伞从土里拔出来;急不可耐地要找个地方像人家一样与别人喝茶。

"走吧,特丽西;我们该喝点茶了。"

"人们在哪儿喝茶呀?"她问道,由于激动不已,声音奇怪地颤抖着,两眼茫然四顾,听任自己被牵着顺草地上的一条小径走去,阳伞拖在身后。她一路走,一路左顾右盼,把喝茶的事儿抛到了脑后,这里也想去,那里也想去,记起的是野花丛中的兰草仙鹤,一座中国宝塔和一只红冠小鸟;但他还是搀着她往前走。

就这样,人们双双对对络绎不绝地经过花坛,动作都是一样的不拘形迹,漫无目的。他们裹在层层青雾之中,起初他们的身体还有形有色,但随后形与色都消融在青青的雾气中了。天气好热!热得连画眉也躲在花阴里,像只机器鸟似的隔好长好长时间才蹦跶一下;白蝴蝶也不再飘飞漫游,而是一只在另只上面起舞,用它们不断更替的小白片在那些最高的花朵上排成一根破大理石柱似的轮廓;棕榈房的玻璃屋顶光彩夺目,像阳光下撑开了满市场闪闪发光的绿伞;飞机的嗡嗡声里,夏日天空的声音低声诉说自己暴烈的灵魂。一瞬间,黄的和黑的、粉红的和雪白的,形形色色,男男女女,老老少少,密密麻麻地聚在天边;看见草地上黄灿灿的一片,他们便摇摆不定,纷纷躲进树荫下,像一滴滴水珠消融在那片黄黄绿绿的空气里,却给它轻轻地染上了红蓝斑痕。仿佛一个个粗重的躯体沉入酷热之中,一动不动蜷缩在地上,但他们发出颤悠悠的声音,宛如粗大的蜡烛吐出的火苗。声音。是的,声音;无言的声音,突然带着深沉的满足、热烈的欲望,打破沉寂,或者用孩子的声音,以那种惊人的清新,打破沉寂?但没有沉寂;公共汽车轮子飞转,车挡多变;好似一组巨大的套盒,全是煅钢造的,盒盒相套,转动不止,噪声嗡嗡;城市之上,人声鼎沸,花瓣铺天盖地,把万紫千红闪进长空。

墙上的斑点

　　也许是今年二月中旬,我第一次抬头一望,看见了墙上的斑点。为了确定具体的日期,有必要回忆一下看见的情景。我眼下想到的有炉火;有照在我的书页上的一片恒定的黄光;有壁炉台上圆玻璃钵里的三朵菊花。对了,时候一定是冬天,我们刚刚喝完茶,因为我记得我在抽一支烟;我抬头一望,第一次看见了墙上的斑点。我透过香烟上冒出的烟雾抬头一望,眼光在燃烧的煤块上逗留了片刻,心头又浮现出堡塔上红旗飘扬这一熟悉的幻景,我想到那队红衣骑士跃马登上黑石坡。我感到宽慰的是,一看见那个斑点,就打断了这一幻景,因为这是一个老幻景了,一个不请自来的幻景,也许是孩提时形成的。那斑点是个小圆点,白墙上的黑点,在炉台上面六七英寸的地方。

　　见了一件新事物,我们总会思潮汹涌,先把它抬上一段路,就像蚁群乱哄哄地搬运一根稻草那样,然后又把它扔掉……如果那个斑点是钉子钉下的,那也不会是为了挂画儿,说到画儿,那一定是一帧小像——一位女士的小像,她鬈发上扑了白粉,面颊上擦了脂粉,嘴唇好像红彤彤的康乃馨。当然是一件赝品了,因为在我们之前占用这幢房子的人就是这样子选画儿的——老画儿配老房子。他们就是这种人,——很有意思的人,我屡屡想到他们,在那么古怪的地方,因为人们再也不会见着他们了,永远不会知道他们后来的遭遇了。他们之所以离开这幢房子,是因为他们想另换一种款式的家具,他是这么说的,他在说,依他看,我们分开以后,艺术才会寓意无穷,就像一个人坐着火车从郊外别墅的后花园旁边飞驰而过时,他就把那里正要倒茶的老太太和正要打网球的年轻人抛在了身后。

至于说那块斑点,我对它拿不准;我决不相信它是钉子钉下的;它太大、太圆,不可能。我倒是可以站起来,但要是我站起来瞅一眼,八成我还是说不准;因为一旦一件事情结束了,谁也不会知道它的来龙去脉。啊,天哪,神秘的生活;毛糙的思想!无知的人类!为了展示我们对自己的物品如何控制乏术——尽管有我们的文明,但这种生活仍然是一种多么偶然的事啊——只让我点一下人一辈子失去的几件东西,先从三个装订书工具的浅蓝色盒子开始,因为这似乎总是几件失物中最神秘的——哪只猫愿咬,哪只耗子想啃呢?然后就是鸟笼,铁环,冰鞋,安女王时代的煤斗子,台球,手摇风琴——通通不见了,还有珠宝。蛋白石和祖母绿,它们都扔在芜菁根的周围。肯定是抠抠搜搜积攒来的呀!真想不到,此时此刻我身有衣穿,坐在结实的家具中间。哎,要是有人想把人生比做什么,那他只能把它比做人以五十英里的时速从地下铁道冲过,在另一头停下来时,头发上连一根发卡也不剩!射到上帝脚下时身上一丝不挂!倒栽到常春花烂漫的草地上,就像从邮局的滑槽里抛下来的棕色纸包!人的头发朝后飞扬,活像赛马的尾巴。是啊,这似乎表现出人生如白驹过隙,不断损耗,不断弥补;一切皆属偶然,事事都有不测……

然而来世呢。把粗壮的绿秆儿慢慢地扯倒,这样,花萼在翻过来的时候,把人淹没在紫红的光彩里。一个人生在此地,无依无靠,无言无语,东张西望,在青草根旁、在巨人脚下瞎摸,而不应生在彼地,这到底是为什么呢? 至于说哪些是树木,哪些是男女,或者是不是有这一类东西,一个人五十年左右是无法说明白的。将会存在的只不过是光明与黑暗的间隔,穿插着粗粗的茎秆,也许更高的地方,穿插的是色彩模糊的——暗粉色和暗蓝色的——玫瑰形的污渍——随着时光的流逝,这些污渍会变得更加清楚,变得——我不知道咋样……

然而墙上的那个斑点绝对不是一个窟窿。它甚至可能是由什么圆圆的黑色物质形成的,譬如说,夏天遗留下的一片小小的玫瑰花瓣之类,而我呢,由于不是一个非常警觉的管家——察看的无非是炉台上的灰尘之类的东西,人家说,这灰尘可以把特洛伊埋上三回,只是人们相信,破坛烂罐是决不肯让自己彻底湮没的。

窗外的那棵树轻轻地叩击着窗玻璃……我一心想安安静静、优游自在地思考思考,永远不想让人打扰,永远不想迫不得已离开椅子站起来,只想顺顺溜溜地一件接一件地想事情,没有任何敌意,没有任何障碍。我想离开表面及其严峻各别的事实,进行不断深入的沉思。为了稳妥起见,让我牢牢抓住闪过的第一个意念……莎士比亚……对,他和别人都行。一个枯坐在扶手椅里、凝视着火炉的人,于是——骤雨般的思想源源不断地从某一高远的天空倾泻下来,灌满他的心田。他一手扶着脑门,人们通过敞开的门向里张望——因为这一景象据认为发生在一个夏日的傍晚——然而,这样虚构历史多么无聊! 它根本引不起我的兴趣。我希望我能碰上一条惬意的思路,一条间接地为我自己争光的思路,因为这些都是最惬意的思想,甚至屡屡出现在那些由衷地相信自己讨厌别人赞扬的谦虚、灰色的人们的脑海

里。这些不是一些直接夸奖自己的想法;这正是它们的魅力;它们都是这样一些思想:

"于是我走进屋子。他们正在讨论植物学。我说我怎么看见过国王路的一座古屋原址的土堆上长了一朵鲜花。我说,那粒花籽一定是查理一世在位时撒下的。查理一世在位时都种些什么花呢?"我问道——(但我记不得回答了)也许是长着紫色花穗的高株花。这样接着往下想。这段时间,我一直在自己的脑海里精心装扮自己的形象,钟爱地、偷偷地而不是公开地爱慕它,因为如果我明目张胆地表示爱慕,我就会把自己当场抓住,并且立即伸手拿一本书进行自卫。确实,说来奇怪,人们是如何本能地保护自己的形象,防止偶像崇拜或其他手段把它搞得荒唐可笑,或者与原型差异太大,叫人不再相信。要么,难道这种情况压根儿就不是那么奇怪? 这是一个极其重要的问题。假如镜子破碎,形象消失,那浪漫的形象连同它周围青翠的密林不复存在,只剩下别人看见的一个人的躯壳——那就变成了一个多么沉闷、浮浅、光秃、突出的世界! 一个无法让人生活的世界。当我们在公共汽车上,在地铁里彼此面对的时候,我们就是在照镜子;这就造成了我们眼神的茫然、呆滞。未来的小说家会越来越多地认识到这些反映的重要性,因为,当然,反映不止一种,简直是数量无穷;这些就是他们将要探索的深渊,这些就是他们将要追逐的幻影,在他们的故事里越来越多地省去对现实的描写,把对现实的认知看成天经地义的,希腊人就是这么做的,也许还有莎士比亚——但是这些概括极无价值。该词的军事声势十足。它使人联想到社论,内阁大臣——完全是这样一类事物:孩提时代,人们认为它们就是事物的本质,就是标准的事物,就是真正的事物,人们不可越雷池半步,否则就有打入十八层地狱的危险。不知怎的,概括使人回想起伦敦的星期日,星期日下午的散步,星期日的午餐,还有死者说话的方式、衣着、习惯——就像大家一起坐在一间屋子里不到某个钟点决不散场的这一习惯,尽管谁都不喜欢它。凡事都有一个规矩。在那个时期,桌布的规矩就是:它们应当用上面有小黄格的花毯制作,就像你可能在照片上看到的皇宫走廊里铺的地毯那样。不同种类的桌布就不是真正的桌布了。发现这些真正的东西,星期日的午餐,星期日的散步,乡间邸宅,还有桌布,不完全是真的,其实一半都是幻影,而不相信它们的人遭到的谴责只不过是一种非法的自由感,这是多么令人震惊,多么不可思议啊。现在我心里还在纳闷,是什么取代了这些东西,这些真正的标准的东西?也许是男人,假如你是个女人的话;男性的观点在主宰我们的生活,在制定标准,在建立"惠特克要人排行榜",而且我认为,自从大战以来,对许多男人和女人来说,这种观点已经染上了幻影色彩,人们希望,它很快会遭到嘲笑,扫进幻影、红木餐具柜、兰西尔绘画的复制品、上帝和魔鬼、地狱之类的东西常去的垃圾箱,留给我们的是一种令人陶醉的非法自由感——如果真有自由的话……

在某些光线下看,墙上的那块斑点似乎真是从墙上突出来的。它也不完全是圆的。我是拿不准的,不过它好像投下了一个可以看得出的影子,使人觉得如果我的手指顺着那溜儿墙往下摸,在某一点上,就会摸到一个突起的小古冢,一个滑溜溜的古冢,就像南丘地区的那些古坟一样,据说,它们不是坟墓,就是营垒。二者择其一的话,我倒宁愿它们是坟墓,因为我像大多数英国人一样向往忧伤,发现在散步结束时,想到草皮底下白骨累累是十分自然的。……肯定有关于它的专著。某个文物专家肯定把那些骨头挖了出来,并且给它们命了名……文物专家是些什么人呀？我真纳闷儿。敢情大半是退役的上校吧，领着一帮又一帮年迈的劳工爬到这儿的丘岗上，考察土块、石头，和邻近的牧师开始通信，由于信在吃早饭时拆开，所以给牧师们平添了一种事关重大的感觉，由于要对箭头进行比较，所以必须穿乡越野跑到郡城去，这么做无论对牧师本人还是对他们的老伴都是一件惬意的事情，因为她们希望做做李子酱，收拾收拾书房，完全有理由让那个关于营垒还是坟墓的重大问题永远悬而不决，而上校本人则对搜集这个问题双方的证据感到惬意而达观。诚然，他最终倾向于相信营垒之说；遭到反对后，他便写了一本小册子，正准备拿到当地协会的季会上去宣读时，突然中风丧命，他临终前神志清醒的最后一刻，想的不是老婆孩子，而是那里的营垒箭头，这些东西现在收藏在当地博物馆的橱柜里，一起还陈列着一名中国女凶手的一只脚，一把伊丽莎白时代的钉子，许多都铎王朝时代的黏土烟斗，一件古罗马陶器和纳尔逊饮酒的酒杯——要证明什么，我确实弄不明白。

不，不，什么也没有证明，什么也没弄明白。要是此时此刻我要站起身来打算搞清楚墙上的斑点其实就是——我们该怎么说呢——两百年前钉进去的一枚又大又老的钉子的头，由于一代又一代女仆的耐心摩擦，现在钉子头已经暴露在漆层上面，初次观察由一间墙壁雪白、炉火熊熊的屋子反映出的现代生活，我会有什么收获呢？知识？进一步思辨的题材？静坐还是起立我都一样可以思考。何谓知识？何为我们的饱学之士？无非是巫婆的后代，无非是蹲伏在洞穴和森林里熬草药、查地鼠、记录星辰语言的隐士的传人。随着迷信逐渐衰微，随着我们对健美的心灵日益尊重，我们就不太敬仰他们了……是啊，人们可以想象一个快乐的世界。一个安静广阔的世界，旷野里盛开着姹紫嫣红的鲜花。一个没有教授、没有专家、没有长着警察面孔的管家的世界，一个像鱼用鳍划开水面、擦过莲梗、悬在一窝窝白色的海生动物卵上那样，人可以用自己的思想划开的世界……在下面，把根扎在世界的中心，透过灰色的水流以及突然一闪的亮光及其反光，向上凝视，是多么宁静啊——如果不是为了进惠特克年鉴——如果不是为了上要人排行榜！

我必须跳起来亲眼看看墙上的那块斑点到底是什么——一枚钉子，一片玫瑰花瓣，一个木头上的裂口？

在这里，大自然再一次耍起她那自我保护的老把戏来。她发现，这一连串思绪预示的仅仅是浪费精力，甚至是与现实的某种冲突，因为谁能对惠特克要人排行榜指手画脚呢？坎特伯雷大主教后面跟的是英国大法官；大法官后面是约克大主教。每个人总跟着某个人。这就是惠特克的哲学；重要的问题是知道谁跟谁。惠特克知道，所以大自然劝告说，这使你心安理得，而不是让你火冒三丈；如果不能使你心安理得，如果你一定要打破这一小时的宁静，那就想想墙上的斑点吧。

我理解大自然的把戏——他激发人们采取行动，从而终止任何威胁着要使人激动或痛苦的思想。我想，由此产生了我们对实干家的若干轻蔑——我们认为这是一些没有思想的人。不过，瞧一瞧墙上的斑点，从而终止一个令人不快的思想，并没有什么不好。

真的，既然我已经目不转睛地看过它了，我的感觉是我已经在海上抓住了一块木板；我体会到了一种令人满足的实在感，它立马把那两位大主教和那位大法官赶向影子世界。这里是明确的东西，真实的东西。所以从半夜的噩梦中惊醒，人们便急忙打开电灯，一动不动地躺着，崇拜五斗橱，崇拜实体，崇拜真实，崇拜非人的世界,因为它是除了我们之外的某种存在的证据。那就是一个人想确定的东西……木头是一件可以供人思考的好东西。它来自一棵树;树木能生长;我们却不知道它们是怎么生长的。它们年年岁岁不断生长,对我们丝毫不予注意,生长在草地上,森林里,河流旁——凡此种种人们都喜欢去思考。炎热的下午,母牛在树下甩尾巴;树木把河流点染得绿汪汪的,所以当一只黑水鸡扎进去的时候,人们以为它会长着一身绿毛钻出水面。我喜欢去想那些像迎风招展的旗帜一样逆流而上的鱼群;还喜欢想到在河床上拱起一个个泥丘的水生甲虫。我喜欢想那棵树木本身:首先想它身为木头的严密、干燥的感觉;然后想狂风暴雨的吹打;再想到树液徐缓、甘美的渗漏;我还想到它在冬天的寒夜里伫立在旷野上,叶子全都卷得紧紧的,面对月亮的眼箭没有暴露出任何弱点,俨然是竖立在一个彻夜翻腾的地球上的一根光秃秃的桅杆。六月,鸟儿的歌声一定会响彻云霄,奇腔怪调;昆虫沿着树皮的皱褶向上艰苦跋涉,或者在树叶薄薄的绿遮篷上晒太阳,用宝石般的红眼睛凝视前方,这时它们的脚一定觉得多么寒冷……在大地逼人的寒威下,须根一根接一根绷断,接着,最后一场暴风雨袭来,最高的条枝掉下来,又深深地扎进地里。即便如此,生命并没有终结;一棵树仍然有千千万万坚忍警觉的生命遍布世界,在卧室里,在航船上,在人行道上,镶嵌着房间,好让男男女女茶余饭后坐在那里抽烟。这棵树充满了和平的遐想,快乐的遐想。我想把它们逐个儿采摘下来——可是什么在挡着道儿……我想到哪儿了?想的都是些什么呀?一棵树?一条河?山丘地带?惠特克年鉴?常春花烂漫的田野?我一件东西也记不起来。什么都在活动,都在坠落,都在滑走,都在消失……有一种天翻地覆的阵势。有人站在我身边,欠着身

子说:

"我要出去买份报。"

"是吗?"

"不过买报也无益……什么也没有发生。这场战争真该死,愿上帝惩治这场战争!……反正一回事,我不明白我们干吗要让一只蜗牛爬上墙。"

啊,墙上的斑点! 原来是一只蜗牛。

新连衣裙

梅布尔脱掉她的披风时,第一次满腹疑团:寻思是不是哪里出了差错,而巴尼特太太给她又是递镜子,又是抹刷子,这样便可能十分引人注目地把她的注意力引到梳妆台上放的所有理发、美容、整装的用具上,进而证实了那种疑心——事情不对头,不太对头,她上楼时,疑心越来越重,而且朝她猛冲过来,等她向克拉丽莎·达洛维打招呼时,已经深信不疑了,便向房间的那一头直奔而去,冲向一个挂着镜子的阴暗角落,赶紧照一照。可不,就是不对头嘛。顿时,那种她总是竭力掩饰的悲哀、那种深沉的不满——那种她从孩提时就有的低人一等的感觉——涌上心头,无情,无悔,带着一种她难以招架的激烈。每当她在家夜里睡不着时,她总是靠阅读博罗或者司各特来进行抵御,但仍不奏效;因为这些男人,这些女人,个个都在想——"梅布尔穿的是什么呀?她的样子多寒碜!一件多么恶心的新连衣裙!"——他们过来时眼皮眨几下,然后就紧紧地眯上了。令她伤心的是她自己的可怕的失当;她自己的胆怯;她自己低贱的血统。于是一下子,整间屋子,就是她和那个小个子裁缝在里面花了多少个钟头设计连衣裙应当是怎么个样式的屋子,似乎变得脏乱可憎了;她自己的客厅如此破烂,她出去时,当她用手摸摸门厅桌子上的信件,嘴里说着"多么无聊"时,充满了要炫耀一番的虚荣——这一切现在显得说不出的愚蠢,可鄙,乡气十足。她一跨进达洛维太太的客厅,这一切便出乖露丑,灰飞烟灭了。

那天晚上,大家正坐着喝茶,达洛维太太的请帖来了,她当时的想法是,当然,赶时髦,她是办不到的。装时髦甚至有失荒唐——时髦意味着款式,意味着格调,意味着至少三十几尼的价钱——但何不自出机杼?何不自成一家风骨?于是她站起身来,拿起她母亲的那本旧时装书,一本帝国时代的巴黎时装书,心想,她们当然要漂亮得多,高雅得多,女人味也强得多,于是她下定决心——啊,真傻——要学她们的样子,其实就是以朴素、老式和迷人为荣,这样一来无疑沉湎于孤芳自赏与乐不可支的境地,这是自讨苦吃,竟然把自己打扮成这般模样。

但她连镜子都不敢照一眼。她无法面对这副惨状——淡黄色的、傻气十足的老式丝绸连衣裙,长下摆,高袖肩,还有那腰身,一切的一切在那本时装书里显得楚楚动人。可穿到自己身上就不行了,走到平常人中间就不行了。她觉得自己像个裁缝店里的人体模型,站在那里,任年轻人把大头针往身上扎。

"不过,亲爱的,迷人极了!"罗丝·肖说,同时噘起嘴唇带着讽刺的表情上上下下打量着,这种动作是她意料之中的——因为罗丝自己在穿着上总是赶在新潮的浪尖上,总是要跟别人不差分毫。

"我们都像竭力要爬过碟沿的苍蝇。"梅布尔想,接着又把这句话重复了一遍,仿佛她在自己身上画着十字,仿佛她想发现什么咒语来消除这一疼痛,让这种痛苦变得可以忍受似的。莎士比亚的名句,她很久很久以前读过的书上的语句,在苦不堪言时,突然涌上心头,于是她一再予以重复。"尽力乱爬的苍蝇。"

她重复着。如果她能把这话再说多少遍,让自己看见苍蝇,她自己则会变得麻木、冷淡、冰封雪冻、哑口无言。现在她能看见几只苍蝇慢慢地从奶碟里爬出来,翅膀粘在一起;她一再努力(站在镜子前,听罗丝·肖说话)让自己把罗丝·肖和在场的别的人都统统看成苍蝇,她们力图从什么地方钻出来,或者钻进什么东西当中去,统统是些瘦弱微贱、辛苦忙碌的苍蝇。但她并不能把她们看成那副样子,别人也不会。她倒看见自己就是那副模样——她就是一只苍蝇,而别人却是蜻蜓,蝴蝶,美丽的昆虫,蹁跹起舞,飘悠翻飞,而只有她却把身子从奶碟里往出拉。(嫉妒与怨恨,这两种最可恨的恶意,却是她的主要毛病。)

"我觉得像个寒酸、衰弱而脏得一塌糊涂的老苍蝇。"她说,使得罗伯特·海顿停止脚步,刚好能听见她的话,刚好通过重温一句可怜的蹩脚话来让自己释然于怀,从而表明她的思想何等超脱,言辞何等俏皮,一点也不觉得有什么背时之处。当然,罗伯特·海顿回答得很有礼貌,口是心非,这一点她一眼就看透了,所以他刚一走,她就对自己说,(又是哪本书上的话)"谎言,谎言,谎言!"因为一场晚会不是让情况更真,就是让情况更假,她想;她立马看到罗伯特·海顿的心坎儿上;她把一切都看穿了。她看到了真相。这才是真的,这间客厅,这个自我,别的全是假的。米兰小姐的小工作间真是热得要命,闷得要死,脏得够呛。有股子衣服和炖白菜的味道;不过,当米兰小姐把镜子递进她的手里,她看着自己穿着完工的连衣裙的样子时,不由得心花怒放。她光彩照人,一下子变得生气勃勃。她无忧无虑,她梦寐以求的自己就在眼前——一个大美人。就那么一刹那(她不敢看久了,因为米兰小姐要弄清下摆的长度)看着她框在刻有旋涡饰的红木框里的是一个面色灰白,笑颜神秘的迷人的姑娘,那是她自己的核心,她自己的灵魂;让她觉得它美好、温存、真实的,不仅仅是虚荣,不仅仅是孤芳自赏。米兰小姐说下摆不能再长了。恰恰相反,米兰小姐皱起眉头,煞费苦心地说,下摆必须再短一些;而她却突然地、由衷地感到对米兰小姐满怀一片爱意,喜爱米兰小姐远远胜过喜欢世界上的任何一个人,而且会由于恻隐爱怜之心大发而痛哭流涕,因为米兰小姐竟然衔了一嘴大头针,匍匐在地上,脸通红,眼睛鼓了起来——一个人竟然为另一个人做这种事于是她把他们大家仅仅看做人,看见自己去参加晚会,看见米兰小姐把盖子拉过来盖在金丝雀的笼子上,或者让金丝雀啄她唇间含的一粒大麻籽,一想到这种景象,想到人性的这一面,及其耐心与忍让,有那么一丁点可怜巴巴、小小不言的欢乐就心满意足,泪水不禁涌上她的双眼。

而现在这一切都风吹云散了。那件连衣裙,那间屋子,那片爱,那份怜,那面周围有旋涡饰的镜子,那只金丝雀笼子——统统不见踪影了,而她却在达洛维太太客厅的一角里,经受煎熬,清醒地面对着现实。

但她这般年纪,有两个孩子,还要顾虑重重,仍然看别人的眼色行事,没有原则,没有信念,不能像别人那样畅所欲言,"管它莎士比亚! 管它死亡! 我们都是船长饼干里的象虫"——或者随人们怎么说吧——这未免太可鄙,太懦弱,太小肚鸡肠了吧。

她直面着镜子中的自己;她蹭了蹭左肩;她涌进屋子,仿佛四面八方,万箭齐发,向她的黄连衣裙射来。但她不像罗丝·肖那样露出一副凶相或惨相——罗丝会摆出一副包迪西娅①的面

---

① 包迪西娅(? —62),古不列颠爱西亚人王后,丈夫死后,领导反罗马人的起义,战败后服毒自杀。

目——她却显得傻呵呵,羞答答的,像个小学生一样傻笑着,懒洋洋地走过屋子,行动鬼祟,活像一只败了阵的杂种狗,眼睛盯着一幅画,一幅雕版画。仿佛一个人参加晚会就为的是去看一幅画!人人都知道她为什么这般模样——那是羞耻、屈辱造成的。

"现在苍蝇就在奶碟里,"她对自己说,"正好在中央,没法出来,那奶,"她想,呆呆地望着那幅画,"就要把它的翅膀粘到一起了。"

"太老式了。"她拦住正要跟别人说话的查尔斯·伯特说,他恨这种拦人的做法。

她的意思是,或者她竭力让自己认为她的意思是:老式的是那幅画,而不是她的连衣裙。此时此刻,只要查尔斯说一句赞赏的话,说一句关爱的话,对她来说,那情形就完全不同了。要是他只说一句,"梅布尔,你今晚看上去真漂亮啊!"那就会改变她的一生。但当时她应该实事求是,直截爽快。当然,查尔斯没有说那种话。他就是恶意的化身。他总是能一眼把一个人看透,尤其在此人感到卑贱、可鄙与胆怯的时候。

"梅布尔穿了一件新连衣裙!"他说,可怜的苍蝇被绝对地推到奶碟中央了。其实,他巴不得让她淹死算了,她相信。他没有心肝,没有最起码的善良,有的只是一副友好的外表。米兰小姐要真挚得多,善良得多。要是一个人能有这种感情,并且永远坚持下去就好了。"为什么,"她问自己——对查尔斯的回答未免太无礼了,让他明白她生气了,或者用他的话说,"发毛了"("发毛得厉害?"他说,接着和那边的某个女人一起笑话她)——"为什么,"她问自己,"一个人不能总是有一种感觉,相信米兰小姐是对的,查尔斯是错的,而且不改初衷,对那金丝雀,对那份怜悯、那片爱意确信无疑,不会由于走进一个有一屋子人的房间顷刻之间就来个一百八十度的大转弯吧?"又是她那可憎、软弱、游移的性格在作祟,在关键时刻总是支持不住,不是严肃认真地对贝壳学、词汇学、植物学、考古学发生兴趣,像玛丽、丹尼斯、像维奥利特·瑟尔那样把一个土豆切开,观察它们繁衍。

后来霍尔曼太太看见她站在那里,便向她冲过来。当然,像一件连衣裙这样的事情霍尔曼太太是不屑一顾的,因为她们家总有人不是栽下楼梯,就是得猩红热。梅布尔能不能告诉她埃尔姆索普八九两个月是否出租?啊,那可是一场让她烦得要命的谈话!——把她像一个房产代理或一个送信员一样对待,一样利用,那可让她火冒三丈。就那么回事,没有任何价值,她想,力图抓住一点可靠的东西,一点实在的东西,同时又在非常实际地回答有关那座房子的浴室朝南的一面和顶层热水供应的问题;而在此期间,她一直能在那面圆镜子里看见她那星星点点的黄连衣裙,镜子把这些斑点变得像靴扣,蝌蚪一般大小;想到一件三便士硬币大小的东西里,竟容得下多少屈辱、苦恼、自卑、努力和感情的大起大落,真令人惊讶不已。更加不可思议的是,这件东西与这个梅布尔·韦林,是分开的,没有什么关联;尽管霍尔曼太太(那枚黑纽扣)探过身来给她讲她的大小子是何等让她操心,但她看得出来,她在镜子里,也是无牵无挂,而且那个黑点,尽管身子前倾,指手画脚,但不可能使独自枯坐自尊自爱的黄点感受到黑点正在感受的东西,但它们强装着。

"根本不可能让男孩子安安静静。"——人们都是这么说的。

霍尔曼太太呢,同情再多,她也没有个够;东西再少,她也拼

243

命地搂,仿佛那是她的权利似的(但她应当得到更多,因为她的小女儿今天早上膝关节肿了),因为她接受了这件可怜的礼物,然后疑神疑鬼,十分勉强地瞅着,仿佛本应是一个英镑,但拿到的却是一个便士,然后把它收进钱包里,忍了算了,尽管小气了点,但日子艰难,十分艰难呀;于是委屈的霍尔曼太太继续叽叽嘎嘎地讲膝关节肿了的女儿的情况。啊,挺惨的,人的这种贪婪,这种叫嚣,像一排水老鸭一样,呱呱地叫着,拍打着翅膀,寻求同情——挺惨的,但愿人能感受一下,而不仅仅装出感受到了的样子!

但今晚穿着她的黄连衣裙,她再也挤不出一点一滴了;她要把同情全部留给自己。她知道(她一个劲儿地盯着镜子,泡进那刺目的蓝池子里),她遭人诋毁,受人鄙视,像这一样被扔在一片死水里,就因为她像这只虚弱、游移的动物;她似乎觉得这件黄连衣裙是她应得的一种赎罪的苦行,就是她像罗丝·肖一样束装打扮,穿一身有天鹅绒皱边的漂亮的紧身绿装,她还是应当得到那种苦行;她想,她是绝对逃不掉的——没有任何办法。但这绝不能怪她。怪就怪她是一个十口之家的成员;永远都缺钱,总是精打细算;她母亲包袱太重,楼梯沿上的油地毡都磨破了,小小的家庭惨剧接二连三地发生——算不上大灾大难,养羊亏了,但还不是一败涂地;她哥哥娶了个不如她的妻子,但又不是相差太大——自始至终没有一点浪漫色彩,没有任何过分的表现。他们家的人都在海滨胜地安度晚年;即便现在,每一处海滨胜地总有她的一个姑姑睡在前窗不大临海的某个寄宿舍里。这就是他们的一贯作风——他们总要睥睨一切。她的表现也大同小异——她跟她的姑姑们一模一样。尽管她曾梦想在印度生活,嫁给某位像亨利·劳伦斯爵士一样的英雄,某个帝国的栋梁之才(现在看见一个缠头土著仍然使她的脑海充满了传奇色彩),但她彻底失败了。她嫁给了休伯特,他在法院里有一个保险而永久的下属的工作,他们住在一幢较小的房子里,没有雇女仆,日子还算过得去。她一个人的时候,吃的是回锅肉丁,或者只吃黄油面包,但时不时地——霍尔曼太太走了,认为她是她见过的最干巴、最没有同情心的木头人儿,还打扮得不伦不类,所以她要逢人便讲梅布尔古怪的形容——时不时地,梅布尔·韦林想,一个人被扔在那张蓝沙发上,用拳头给坐垫砸一个窝,为的是让它看上去有人占着,因为她不想掺和到查尔斯·伯特和罗丝·肖中间去,他们正在壁炉旁像喜鹊一样叽叽喳喳地唠叨,说不定还在嘲笑她呢——时不时地,她也遇到过惬意的时光,譬如说,最近有天夜里,躺在床上读书,或者复活节在海边沙滩上晒太阳——让她回想回想当时的情况——好大的一簇灰白的沙草竖在那里,纠结在一起,活像一堆长矛刺向天空,天空呢,蓝得像一颗光滑的瓷蛋,非常坚硬,还有海浪的旋律——"嘘,嘘。"海浪在絮语,还有孩子们嬉水时的呼叫——是啊,那是神圣的一刻,她躺在那里,她觉得,就在那位本身就是世界的女神的手里;一个铁石心肠、但又非常美丽的女神,一只摆在祭坛上的羔羊(一个人确实会想到这些傻事,但只要不说出来,也就没有关系)。有时候她出乎意料地也跟休伯特在一起有过神圣的时光——切羊肉备周日午餐,无缘无故地打开一封信,走进一间屋子——当时,她对自己说(因为她从来不把这事说给人听),"说是这样。这事已经发生了。就是这样!"不是这样也同样令人惊奇——那就是说,当一切准备就绪时——音乐,天气,假日,快乐的种种理由都具备时——却什么没有发生。人是不会快乐的。情况沉闷,只有沉闷,没有别的。

又是她那可怜的自我,无疑!她总是一个烦躁、软弱、不尽如人意的母亲,一个游移不定的妻子,懒散地过着一种朦朦胧胧的生活,什么都不是十分清楚,不是十分突出,彼此大同小异,都像她的兄弟姐妹,也许只有赫伯特除外——他们都是一丘之貉,低贱可怜,无所事事。然后,在这种匍匐爬行的生活中,她突然出现在浪尖上。那只可怜的苍蝇——那篇萦绕在心头的有关苍蝇和奶碟的故事,她是在哪里读的?——挣扎着出来。是啊,她有过这样的一些时刻。但既然她已到不惑之年,这种时刻也许会越来越罕见。渐渐地,她将会停止挣扎。但这就可悲了!这是难以忍受的!这使她有种自惭形秽的感觉!

明天她要去伦敦图书馆。她要找到一本神奇的、有益的、令人惊奇的书,真想不到,作者是一位牧师,一位名不见经传的美国人;要么她要沿着滨河大道漫步,顺便步入一个大厅,一名矿工正在那里讲他在矿坑里的生活,突然之间,她会变成一个新人。她会彻底地脱胎换骨。她会穿一套制服;她会被人称为"大姐";她再也不会考虑着装的事儿了。此后,她会对查尔斯·伯特和米兰小姐,对这个房间和那个房间了如指掌;情况将会天天如此,仿佛她正躺着晒太阳或者切羊肉。情况一定会是这样!

于是她从蓝色沙发上站起来,镜子里的那枚黄扣子也起来了,她向查尔斯和罗丝挥了挥手,向他们表示,她一点也不依赖他们,那枚黄扣子从镜子里出去了。当她向达洛维太太走过去说"晚安"时,乱箭又一齐射向她的胸口。

"现在走未免太早了吧。"达洛维太太说,她是那么妩媚动人。

"恐怕非走不可了,"梅布尔·韦林说,"不过,"她又用同一

246

种微弱、颤抖的声音补充说,这种声音在她使出劲儿的时候,听起来十分可笑,"我玩得极其开心。"

"我玩得很开心。"她对达洛维先生说,她是在楼梯上碰见他的。

"谎言,谎言,谎言,"她对自己说着,走下楼去,"正好在奶碟里!"她一边对自己说,一边感谢巴尼特太太帮忙,同时把身子严严实实地裹在她这二十年一贯穿着的中国式披风里。

会　猎

　　她走进车厢,把衣箱放在行李架上,再把一对野鸡放在衣箱上面。然后她在角落里坐下。火车隆隆地驶过中部地区,她刚刚开门带进来的雾气,似乎把车厢扩大了,把四名旅客隔开了。显然,M.M.——这是衣箱上的首字母——周末参与过一次会猎。这是一目了然的,因为她现在歪在角落里,回味着那段经历。她没有合上眼。但她分明没看见对面的那个男人,也没看见约克大教堂的彩照。她也肯定听到了他们的谈话。因为她双眼凝视时,嘴唇动着;偶尔还笑一笑。她风姿端雅;一朵百叶蔷薇;一颗有锈斑的冬草果;黄褐色;可下巴上有块疤——她一笑,疤就拉长了。既然她是在回味那段经历,所以一定是那儿的一位客人,可她的穿着是多年前画片上、体育报上的妇女的样子,早已过时了,她不完全像一位客人,但也不像个女仆。要是挎上一只篮子,她就成了一个给狐狸喂食的女人;成了暹罗猫的主人;成了和猎狗与马匹有关联的什么人。但她只带了一个衣箱和一对野鸡。所以,她反正钻进了这间屋子,她现在从塞进车厢的物品、那男人的秃头、约克大教堂的图片上望过去,把它仔细端详。她也肯定听过他们说的话,因为现在就像某人模仿别人发出的噪声一样,她喉背上轻轻“咯”了一声。然后,她笑了。

"咯。"安东尼娅小姐说,把眼镜往鼻梁上推了推。片片湿叶滑过凉廊的长窗飘落而下;一两片鱼形的叶子贴在窗玻璃上,宛如嵌进去的棕木。猎苑里的树木颤动着,树叶飘摇而下,似乎使那种颤动变得清晰可见了——潮湿、棕色的颤栗。

"咯。"安东尼娅小姐又吸了吸鼻子,手指连连点着那块薄薄的白东西,活像一只母鸡紧张、急促地啄食着一块白白的面包。

风叹息着。屋里凉风飕飕。门不严实,窗子也不严实。地毯下时不时地蹿过一股微波,像只爬虫爬了过去。地毯上映出黄绿窗格,阳光静静地照着,随后阳光慢慢地移动,仿佛有意嘲弄似的,把一根手指指在地毯上的一个洞上,不动了。然后再往前走,太阳的那根软弱却公平的手指,停留在壁炉上方的纹章上——柔光荧荧——盾牌,垂下的葡萄串,美人鱼,以及长矛。光线变强了,安东尼娅小姐抬头一望。老辈人拥有大片大片的土地,他们这么说——她的祖先——拉什利家族。就在那儿。上有亚马逊女战士。海盗。航海者。劫掠绿宝石。环岛搜索。抓俘虏。少女们。她在那儿,从尾至腰全是鳞片。安东尼娅小姐咧嘴笑了。太阳的指头往下戳,她的目光也跟着走。现在它停在一个银框上;停在一幅相片上;停在一个卵形的秃头上;停在一片突出在胡须下的嘴唇上;最后停在下面用花体字写的名字"爱德华"上。

"国王……"安东尼娅小姐喃喃低语,把那片薄薄的白东西翻到膝盖上——"有间蓝屋。"光线渐暗时,她头一扬,补充说。

外面,王家马道上,野鸡被驱赶着从枪口下飞过。它们从林下灌木丛中猛冲上来,活像重型火箭,紫红色的火箭,它们一飞起来,枪就连连响起,急促,清脆,仿佛一排狗突然狂吠起来。一时间团团白烟聚拢到一起;然后慢慢化解,变淡,消散了。

棚子下挖掘得很深的那条路上停着一辆大车,上面已经堆满了软绵绵、热乎乎的躯体,爪子已经无力,眼睛依然有光。那些鸟儿似乎还活着,但晕倒在湿漉漉的、丰满的羽毛下面了。它们看上去轻松舒适,偶尔微微动一下,仿佛正睡在车板上一堆温暖柔软的羽毛上面。

接着那庄主,长着一张猥琐斑驳的脸,裹着一双破烂的绑腿,嘴里不干不净地骂着,举起了他的枪。

安东尼娅小姐在做针线。不时地,一条火舌卷住了那根横挺在炉栅里的灰木头,贪婪地吞噬着,然后又慢慢熄灭了,在树皮被啃掉的地方,留下一只白手镯。安东尼娅小姐抬头注视了片刻,瞪大眼睛,本能地盯着,就像狗盯着火苗一样。然后火焰熄灭了,她又做起针线来。

后来,那扇极高的门悄悄地开了。两条瘦汉子走了进来,拉过来一张桌子,摆在地毯的窟窿上面。他们走出去;又走进来。他们在桌子上铺了块台布。他们走出去;又走进来。他们拎了一只铺着绿台面呢的篮子,里面装着刀叉;杯子;糖瓶;盐碟和面包;还有一只银瓶,里面插着三朵菊花。桌子摆好了。安东尼娅小姐还在做针线。

门又开了,这次是被轻轻地推开的。一条小狗慢慢跑进来,一只哈巴狗,灵敏地闻来闻去;它停了下来。门还开着。然后,老拉什利小姐拄着拐杖,颤颤巍巍地走了进来。一条白披巾,扎成钻石形,遮住了她的秃顶。她一瘸一拐地走过屋子,蜷缩在炉边的高背椅上。安东尼娅小姐继续做针线。

"打猎呢。"她终于说了一句。

老拉什利小姐点了点头。她紧紧地抓着拐杖。她们坐着等候。

猎手们现在已从王家马道来到了家林。他们站在外面紫色的耕地上。时不时会有一根细枝折断；树叶打着旋儿落下来。烟雾之上却有一座蓝岛——淡蓝，纯蓝——孤悬在天空。纯真的空气里，仿佛一名天使独自漫游一般，从隐没在远处的尖塔传来一阵钟声，嬉戏，雀跃，渐渐消失了。接着火箭又腾空而起，也就是那些紫红的野鸡。它们纷纷向上飞去。枪声再次响起；形成了一团团烟球；然后松开，消散了。忙乱的小狗们跑过田野，灵敏的鼻子四处搜寻；湿热的躯体，已瘫软无力，仿佛昏迷过去了，被绑着裹腿的男人们捆到一起，撂到大车里。

"好啦！"女管家米莉·马斯特斯咕哝了一声，摘掉了眼镜。她也在做针线，地点是那间俯瞰马厩院子的小黑屋，那件套衫，给儿子的，也就是打扫教堂的男孩穿的粗羊毛套衫，已经织好。"完工了！"她嘟囔着。然后她听到大车响。车轮碾过鹅卵石路面。她站了起来。她双手捂住头发，栗色的头发，站在院子里，让风刮着。

"来啦！"她放声笑了，脸颊上的疤痕拉长了。猎场看守人温格赶着大车滚过鹅卵石路时，她拔开了野味房的门闩。现在那些鸟儿已经死了，它们的爪子紧紧地攥着，尽管什么也没有抓。它们皮子似的眼皮灰蒙蒙地皱缩在眼睛上。女管家马斯特斯太太，猎场看守温格，抓着一捆捆死鸟的脖子，扔在野味贮藏室的石板地上。石板地被染得血迹斑斑。那些野鸡现在看上去变小了,仿佛身体缩到了一起似的。随后温格抬起车尾,敲上保险销子。车帮上沾满了灰蓝色的小羽毛,车板上血迹斑斑。但车上却空无一物。

"最后一批了!"大车走了,米莉·马斯特斯咧开嘴笑了笑。

"午餐好了,夫人。"男管家说。他指着桌子;他指挥着下人。扣着银盖的菜盘毫厘不差地放到他指的地方。管家和仆人双双恭候着。

安东尼娅小姐把她的白丝网放在篮子上;把丝线拿开;摘下了顶针;把针别在一块绒布上;取下了眼镜,挂在胸前的钩子上。然后她站了起来。

"午餐!"她在老拉什利小姐的耳边吼了一声。不一会儿老拉什利小姐伸直了腿;抓住拐杖;也站了起来。两个老妇人慢慢地走到桌前;被管家和男仆塞进了椅子,这头一个,那头一个。银盖揭开了。野鸡躺在那儿,毛拔光了,亮闪闪的;大腿紧贴在身侧;两边的面包屑堆得像小山似的。

安东尼娅小姐拿起切肉刀,从鸡脯上稳稳地拉了一刀。她切了两片,放在一个盘子里。男仆熟练地把盘子从她手下拿过去,老拉什利小姐举起了她的餐刀。窗下林中枪声大作。

"来了?"老拉什利小姐说,把叉子悬在空中。

猎苑里树上的枝杈猛地一甩,摇摆不定。

她吃了一口鸡肉。落叶轻轻敲击着窗玻璃;有一两片沾到了玻璃上。

"现在到了家林了,"安东尼娅小姐说,"那已经不属于休了。""打猎。"她把刀从鸡脯的另一侧拉下去。在自己盘里的肉片周围,她有条不紊地加上土豆和肉汁,放上甘蓝和牛奶调味汁,围成了一个小圈儿。管家和男仆站在边上看着,像盛宴上的服务员一般。两位老太太安安静静地吃着;一言不发;她们一点也不着急;她们慢条斯理地把那只鸟儿吃得净光。盘子里只剩下了骨头。然后男管家把酒瓶拿到安东尼娅小姐跟前,耷拉着脑袋,停顿了片刻。

"放到这里吧,格里菲思。"安东尼娅小姐说,她指头夹起骨架,扔给桌下的哈巴狗。管家和男仆鞠了一躬,就出去了。

"近了。"拉什利小姐边听边说。起风了。一阵昏暗的颤动震动了空气;树叶横飞,速度太快,无法贴到窗子上。窗玻璃嘎嘎直响。

"鸟儿惊了。"安东尼娅点了点头,注视着一片混乱景象。

老拉什利小姐把杯子满上。她们抿酒时,两眼生辉,活像对着光的半拉子宝石。石板蓝的是拉什利小姐的眼睛;安东尼娅小姐的则是红色,宛如红葡萄酒。她们身上的花边和荷叶边似乎在颤动,仿佛她们喝酒时,羽毛下的身体温热而慵困。

"也是这样的一天,你记不记得?"老拉什利小姐说,指头拨弄着酒杯,"他们把他弄回家来——一颗子弹穿透了心窝。一棵刺藤,他们是这么说的。绊倒了。绊了他的脚……"她抿着酒,咯咯地笑着。

"还有约翰……"安东尼娅小姐说,"那匹母马,他们说,一只蹄子踩进洞里。死在野外了。猎队骑着马从他身上跨过去。他也回到家里了,躺在一扇百叶窗上……"她们又抿了一口。

"记得莉莉吗?"老拉什利小姐说,"坏蛋一个。"她摇了摇头。"骑着马,手杖上有个红穗子……"

"坏透心了!"安东尼娅小姐嚷道。

"记得上校的信吗？你儿子骑马就像二十个魔鬼附身一样——不顾一切地往前冲。结果成了一个白鬼——啊哈！"她又呷了一口。

"我们家的男人。"拉什利小姐开始说。她举起了酒杯。她把它举得高高的，仿佛在与壁炉上石膏刻的美人鱼干杯。她停了一下。枪声四起。什么木头东西喀嚓一声。要么是只老鼠在石膏像后面乱跑？

"总是女人们……"安东尼娅小姐点了点头。"我们屋里的男人们。磨坊那粉嘟嘟白生生的露西——你记得吗？"

"山羊镰刀店埃伦的女儿。"拉什利小姐补充说。

"还有裁缝铺的姑娘，"安东尼娅小姐喃声道，"休就是在那里买的马裤，右边那家昏暗的小店……"

"……那儿每年冬天都发洪水。就是他家的小子，"安东尼娅小姐咯咯笑着，朝她姐姐靠过去，"在打扫教堂。"

哗啦一声。一块石板从烟囱里掉下来。那根大木头喀嚓一声断成两截。石膏片儿从壁炉上方的盾牌上掉了下来。

"掉了，"老拉什利小姐咯咯地笑着，"掉了。"

"那么谁，"安东尼娅小姐望着地毯上的碎片，说道，"谁来赔？"

她们像老顽童似的乐不可支，无所顾忌地大笑着；走到壁炉前，在木灰和石膏屑旁轻啜着雪利酒，直到各自的杯底上只剩一滴紫红色的酒。对这一滴，两位老太太似乎显得恋恋不舍；因为她们肩并肩坐在火灰旁拨弄着杯子；但再没有把杯子往唇边举过。

"米莉·马斯特斯在食品贮藏室里，"老拉什利小姐开始说，"她是我们兄弟的……"

窗下一声枪响。它把雨丝割断了。于是哗哗哗大雨瓢泼而下,直溜溜的雨柱,抽打着窗户。地毯上的亮光暗淡了。她们坐在白灰旁,听着。眼睛里的亮光也暗淡了,她们的眼球变得像从水里捞出来的鹅卵石一般;灰突突的石子儿又暗又干。她们的手紧紧地攥着,活像没有抓任何东西的死鸟的爪子。她们变蔫了,仿佛衣服下面的身体萎缩了似的。

　　随后安东尼娅小姐对着美人鱼举起了酒杯。只剩最后一滴了;她便一饮而尽。"来了!"她的声音粗哑得像老鸦,咚的一声把酒杯放下。下面一扇门砰的一响。一扇一扇。又一扇。听得见脚踩踏着,拖拉着,沿着过道朝凉廊走来。

　　"近了! 近了!"拉什利小姐咧嘴笑了,露出来三颗黄牙。

　　那扇极高的门猛地开了。冲进来三条大猎犬,站着呼哧呼哧地直喘气。接着进来的是庄主本人,浑身困乏,裹着破绑腿,狗紧紧地围着他,甩着脑袋,闻着他的口袋。随后它们猛然向前一跃。它们闻到了肉味。由于尽是四处搜寻的大狗的尾巴和脊背,凉廊的地板像狂风扫过的森林,波浪起伏。它们闻闻桌子,它们抓抓桌布。突然听到一声马嘶般的狂乱的呜咽,它们向正在桌子下啃骨架的小黄狷扑过去。

　　"该死的,该死的!"庄主咆哮着。但他的声音软弱无力,仿佛在迎风喊叫似的。"该死的,该死的!"他大吼着,现在是骂他姐姐了。

　　安东尼娅小姐和拉什利小姐站了起来。几条大狗已经抓住了那只小狷。它们骚扰它,它们用大黄牙咬它。庄主挥舞着一条打结的皮鞭,东一下,西一下,又是骂狗,又是骂姐姐,声音听起来很大,但只不过是虚张声势而已。他鞭子一甩,把那瓶菊花卷到了地上。又一甩,抽到了老拉什利小姐脸上。老太太向后打了个趔趄。她碰到了壁炉台上。她的拐杖,乱砸一气,击中了壁炉上的盾牌。她砰的一声摔倒在灰上。拉什利家的盾牌从墙上掉了下来。她被埋在美人鱼下面,长矛下面。

狂风猛烈地抽打着玻璃窗;猎苑里枪声连连,一棵树倒了。然后,银框里的爱德华国王,滑了一下,摇摇晃晃,最后也掉了下来。

车厢里灰蒙蒙的雾气浓厚起来。它像一幅面纱垂下来;它似乎把角落里的四个旅客彼此隔得很远,其实他们还是像三等车厢所局限的那样,挨得很近。这种效果很奇怪。这位尽管上了年纪却依然风姿端雅,衣着虽然破旧却相当讲究的女人,这个从中部某站上了火车的女人,现在似乎丧失了形状。她的身体变成了一片雾气。只有眼睛似乎在自行闪亮、转动,富有生气;脱离身体的眼睛;看得见某种看不见的东西的眼睛。在迷蒙的雾气中,它们闪亮,它们转动。于是在这种坟墓般的氛围中——窗子模糊不清,灯被罩上了一圈雾气——它们就像舞动的亮光,像人们说的,游移在墓园中不安的安眠者坟头上的鬼火。荒唐的想法? 异想天开! 既然世间没有不留一点残余的东西,而记忆就是实在被埋葬后,在脑海里舞动的一盏灯,那么为什么那双在那里闪亮、转动的眼睛,不能成为一个家族、一个时代、一种文明的鬼魂在坟头上舞动呢?

火车慢了下来。灯站起来了。灯被砍倒了。火车滑进车站时,它们又站起来了。灯光耀眼。角落里的那双眼睛呢? 它们闭上了。也许光太强了。当然在车站夺目的灯光下这很平常——她是一位普普通通、上了年纪的女人,去伦敦办一件平常小事——一件与猫,与马或与狗有关的事儿。她伸手去够她的衣箱,站起身来,从行李架上把野鸡拿下来。但是当她打开车厢门,迈步走出去,是不是还边走边"咯咯"地叽咕呢?

拉平与拉平诺娃

　　他们结婚了,婚礼进行曲訇然响起。鸽子纷纷振翼飞去。一群穿着伊顿式外套①的小男孩在撒米;一只狐猸在小路上溜达过去;欧内斯特·瑟伯恩挽着他的新娘穿过看热闹的人群向车走去。那些人素昧平生,在伦敦总是聚集在一起,欣赏他人的幸福或不幸。不用说,他看上去英俊潇洒,她看起来腼腆羞涩。又撒了一些米,汽车开走了。

　　那是星期二的事。今天是星期六。罗莎琳德还得适应她已是欧内斯特·瑟伯恩夫人这样一个事实。也许她永远都适应不了她是欧内斯特·什么夫人这一事实,她想,这时她坐在旅馆的凸肚窗前,望过湖面远眺群山,等着她丈夫下楼来吃早饭。欧内斯特是一个令人难以适应的名字。这不是一个她喜欢的名字。她宁可选择蒂莫西、安东尼或是彼得。他看上去也不像欧内斯特。这个名字让人想起艾伯特纪念馆,红木餐具橱,雕刻着女王夫婿殿下及其家人的钢版画———一句话,这就是位于波切斯特街的她婆婆的餐厅。

　　但是他来了。谢天谢地,他样子不像欧内斯特——不像。

---

　　①　伊顿式外套,一种齐腰、长袖、敞胸、大翻领的黑色短上衣。

但像什么呢？她斜了他一眼。嗯，他吃烤面包片时看上去活像一只兔子。兔子是一种个儿小、胆儿小的动物，欧内斯特是个英俊健壮的青年，楞鼻子，蓝眼睛，刚毅的嘴巴，再谁也看不出这二者之间有什么相似之处。但有趣就有趣在这里。他吃东西时，鼻子会微微翕动，她宠爱的兔子也是这样。她目不转睛地瞅着他的鼻子在抽动；后来他发现她在盯着他，她只好把她笑的原因解释一番。

"欧内斯特，因为你像一只兔子，"她说，"像只野兔，"她望着他补充说，"一只猎兔，一个兔儿王，一只为其他兔子立法订规的兔子。"

做那样的一只兔子，欧内斯特并无异议。既然看见他抽鼻子逗她开心——他还从不知道他的鼻子能抽——他就索性故意抽动起来。她笑得合不拢嘴；他也笑得不可开交，因此，那些老小姐们，那名渔夫和那个穿着油乎乎的黑短褂的瑞士侍者都猜对了；他们非常幸福。但是，这种幸福能持续多久？他们问自己；两人根据各自的情况做出回答。

午饭时，罗莎琳德坐在湖畔的一丛欧石南上；伸出用来就老鸡蛋吃的生菜说："兔子，吃不吃生菜？""来，吃我手里的。"她接着说，他便伸长脖子，一边啮啃着生菜，一边翕动着鼻子。

"乖兔子，好兔子。"她说着拍了拍他，就像她往日拍她家的驯顺的兔子一样。但这太荒唐了。不论他是什么，他总不是一只驯顺的兔子。然后她又改用法语。"拉潘。"①她这样叫他。但不论他是什么，他总不是一只法国兔子。他是地地道道的英国人——生在波切斯特街；在拉格比上的学；现在是王上行政部

---

① 法语，Lapin 意为公兔子。

门的公务员,因此接下来她又试着叫他"胖妮";但这更不像话。"胖妮"是胖嘟嘟、软绵绵、滑稽可笑的人;而他却瘦唧唧、硬邦邦、不苟言笑。他还不住地抽鼻子。"拉平。"她突然惊呼一声;接着发出一声小叫,仿佛找到了她在找的那个词儿。

"拉平,拉平,拉平王。"她重复着。这似乎对他太适合了;他不是欧内斯特,他是拉平王。为什么? 她不知道。

他们在寂寥地长时期地漫步中,没有什么新鲜话可说的时候——而且,正如每个人都警告过他们的那样,天又下起雨来。或者夜里因为天冷,他们坐在火炉边,老小姐们和渔夫已经离去,而侍者只有在你按铃叫他时才会来的时候,她便让想象纵横驰骋,玩味拉平部落的故事。在她的手下——她在做针线;他在看报——他们变得非常真实,非常生动,非常有趣。欧内斯特放下报纸去帮她。有黑兔子和红兔子;有兔子敌人和兔子朋友。有他们居住的森林以及偏僻的大草原和沼泽。最重要的是有拉平王,他会玩的把戏远远不止一个——抽鼻子——随着岁月迁流,他成了一个品格极其伟大的动物;罗莎琳德总能在他身上找到一些新的品质。但最重要的是,他是个伟大的猎手。

"今天,"在蜜月的最后一天,罗莎琳德问道,"国王干了些什么?"

事实上他们爬了一整天的山;她的脚后跟磨起了一个泡;但她指的不是这个。

"今天嘛,"欧内斯特说,同时抽着鼻子咬掉了雪茄头,"他去追一只野兔,"他停了停;划了一根火柴,又抽了一下鼻子。

"一只母野兔。"他接着说。

"一只白野兔!"罗莎琳德大叫起来,仿佛这在她意料之中,"更确切地说,是一只小野兔;银灰色;有一双明亮的大眼睛?"

"是的，"欧内斯特说，就像她先前望他的那样望着她，"一个小家伙；脑袋上突着一双眼睛，两只小前爪悬了起来。"正好就是她坐着的样子，手中的针线悬着；而她的眼睛又大又亮，的确有点儿突出。

"噢，拉平诺娃。"罗莎琳德喃声说。

"她就是这么叫的吗？"欧内斯特说——"那才是真正的罗莎琳德吗？"他看着她。他感到自己深深地爱着她。

"是的，她就是这么叫的，"罗莎琳德说，"拉平诺娃。"那天晚上在他们就寝之前，事情就这么定了。他是拉平国王；她是拉平诺娃王后。他们性格正好相反；他勇敢、坚定；她谨小慎微，不可依赖。他统治着忙碌的兔子世界；她的世界却是一片凄凉神秘的地方，一片她常在月光下徜徉的世界。他们的领地依然相接；他们是国王和王后。

这样，当他们度完蜜月归来，便拥有了一片私有的天地，除了一只白野兔外，住的统统都是家兔。谁也想不到竟然有这么一个地方，当然这样一来就更有意思了。这使他们比别的年轻夫妇更强烈地感到他们在联盟行动，对抗外部世界。每当别人谈起兔子、森林、陷阱和射猎时，他们往往偷偷地互瞟一眼。当玛丽婶婶说她不忍看见兔子成为盘中餐——因为看起来绝像一个婴儿时，或者当欧内斯特的哥哥约翰，一个运动爱好者，告诉他们威尔特郡那年秋天整只兔子卖什么价钱时，他们便隔着桌子挤眉弄眼。有时他们还会给朋友们安上个猎场看守人、偷猎者、庄园主之类的头衔，借此逗乐。譬如说，欧内斯特的母亲，雷金纳德·瑟伯恩夫人最适合做庄主。但这统统保密——这是关键。除了他们之外，没有人知道这样一个世界的存在。

要是没有那个世界，罗莎琳德心里纳闷，那个冬天她该怎么过？譬如说,那场金婚晚会,瑟伯恩一家全都聚集在波切斯特街庆祝那对夫妇喜结良缘五十周年——其结果不是生了欧内斯特·瑟伯恩吗？——而且硕果累累——不是又生了九个儿女？其中许多不是自己也已成婚,而且也儿女成群？她对那样的晚会心存恐惧。但它又不可避免。走上楼时,她痛感自己是个独苗,而且是个孤儿,是汇聚在大客厅里的瑟伯恩家族沧海中的一滴水,大客厅贴着闪亮的缎子壁纸,挂着熠熠生辉的列祖列宗的画像。在世的瑟伯恩家的人很像画像上的祖先;惟一的不同之处就是他们的嘴巴是真的,而不是画的。他们的嘴里笑话不断,有讲上学的趣事的:他们是如何抽掉女教师坐着的椅子的。有讲青蛙的:他们是怎么把青蛙放进老小姐们干净的被单里的。至于她,甚至连苹果饼式床①都没有铺过。她手拿礼物去见公婆。婆婆是一身华贵的黄色缎子装;公公别着鲜黄色的康乃馨。他们周围的桌椅上摆着金灿灿的贡品,有的垫在棉衬里,有的乱摆在那里金光四射——有烛台;雪茄盒;链子;每一件都打有金匠的标记,证明它是纯金的,货真价实。但她的礼物仅仅是一个小小的上面有小洞的假金盒;一个撒沙器,一件十八世纪的古董,以前用它把沙子撒在未干的墨迹上。一件没名堂的礼物,她觉得——现在可是用吸墨纸的年代。当她献上这份礼物时,她眼前出现了他们订婚时她婆婆用粗短的黑字表达的希望:"我的儿子会给你幸福。"不,她不幸福。一点也不幸福。她望了望欧内斯特,他身子笔直,鼻子跟所有画像上的鼻子一样;是一个从不抽动的鼻子。

然后他们下楼去吃晚饭。一朵朵大菊花把它们红色和金色

---

① 出于戏弄目的,使罩垫、被单铺叠得紧窄,让人无法伸直双腿的铺床方式。

的花瓣朝内卷成一个个紧紧的大圆球,她半掩半露在花球后面。一切都是金灿灿的。一张金边卡片用花体首字母印着——要上的菜单。她把勺子伸进一盘清澈的金色液体中。室外湿冷的白雾被灯光一照,变成了一张金色的网,模糊了盘子的边缘,还给菠萝蒙上了一张粗糙的金皮。只有她自己身穿白色结婚礼服,用她那双突出的眼睛看着前方,样子像根冰柱,融化不了。

随着晚宴的进行,房间里变得热气腾腾。男士们的额头上冒出了汗珠。她觉得她这根冰柱都快化成水了。她在融解;消散;化为乌有;而且快要晕过去了。然后,尽管脑海里思潮翻滚,耳朵中一片嘈杂,但她听见一个女人的声音在大叫:"但他们就是那样生儿育女的!"

瑟伯恩家族的人——是的,他们就是那样生儿育女的,她应和着;一阵眩晕袭来,她几乎不能自持,她望着一张张红光满面的圆脸不仅变成了两张,而且在环绕着的金色的迷雾中放大了。"他们就是这样生儿育女的。"接着约翰大叫:

"小鬼们!……朝它们开枪!用大靴子踩!只能这么对付它们……兔子!"

一听见那个字眼,那个具有魔力的字眼,她就回过神儿来了。透过那些菊花,她看见欧内斯特的鼻子在抽动。它呈现出层层细浪,它连续不断地抽动着。而且,一种神秘的灾难降临到了瑟伯恩家的人头上。金色的餐桌变成了一片荆豆盛开的荒野;喧闹的人声变成了从天空中传来的云雀的欢声笑语。天空一片蔚蓝——云彩缓缓飘过。他们统统变了样儿——瑟伯恩家的人。她看了看公公,一个鬼鬼祟祟的矮个子男人,胡子是染过的。他有收藏东西的癖好——图章啦,搪瓷盒啦,还有那些他瞒着妻子藏在书房抽屉里的十八世纪梳妆台上的小玩意儿啦。现在她看清了他的真面目——一个偷猎者,野鸡和鹧鸪把他的衣服撑得鼓鼓囊囊的,溜走了,然后再偷偷摸摸地把它们扔进他那被烟熏得发黑的小屋中的三脚锅里。那才是她公公的真面目——一个偷猎者。还有西丽娅,那个未出阁的女儿,她总是喜欢刺探别人的隐私,那些别人想隐瞒的小事——她是一只长着粉红色眼睛的白雪貂,鼻头上留着终日在地下挖洞而沾上的土块。装到一只网里,甩到男人的肩膀上,再塞进一个洞里——这是一种可怜的生活——西丽娅的生活;这不能怪她。她就是这么看西丽娅的。接着她又望着婆婆——大家戏称她为"庄主"。她红光满面,粗俗不堪,是个泼妇——她站在那里回谢别人时就是那副模样。但既然罗莎琳德——其实是拉平诺娃——看见了她,她就看见了她身后那幢破败的家宅,墙上的灰泥脱落,而且听见她的声音,带着哭腔感谢孩子(他们恨她)给了她一个已经不复存在的世界。突然一片寂静。他们都起立举杯;他们一饮而尽;然后这种场面就结束了。

"噢,拉平国王!"他们在雾中一起回家时,她喊道,"如果那时候你不抽动鼻子,我就会掉进陷阱里了!"

"但你平安无事呀。"拉平王说着捏了捏她的爪子。

"平安无事。"她答道。

然后他们经过公园驱车回家,沼泽国、迷雾国、荆豆飘香的荒原国的国王和王后。

时光流逝;一年;两年。在一个冬夜——正好就是金婚晚会的周年的日子——但雷金纳德·瑟伯恩夫人已经去世;房子将要出租;只住着一个看门人——欧内斯特下班回家了。他们有一个温馨的小家;南肯辛顿的一家马具商店上面的半座楼房,离地铁站不远。天气寒冷,空中有雾,罗莎琳德在炉火边做针线活。

"你猜今天我干什么了?"他一坐下,把脚伸到炉火边,她就打开了话匣子,"当时我正蹚过小溪——"

"什么小溪?"欧内斯特打断了她的话。

"深处的小溪,就在我们的森林和黑森林交界的地方。"她解释说。

欧内斯特一时看上去一片茫然。

"你到底在说什么?"他问。

"亲爱的欧内斯特!"她情绪惊慌,大叫起来,"拉平国王。"她补充说,两只小前爪悬在火光中。但他的鼻子并不抽动。她的双手——爪子变成了手——紧抓着手中的针线活;她的双眼从脑袋上凸出来。至少过了五分钟,欧内斯特·瑟伯恩才变成了拉平国王;在等待的过程中,她觉得颈背上压着个东西,仿佛有人要拧断它似的。他终于变成了拉平国王;他的鼻子抽动着;像往常一样到林中漫步,度过了这个夜晚。

可是她睡得很不踏实。半夜她醒来,觉得她身上仿佛发生了什么奇怪的事情。她全身发僵、发冷。最后她开了灯,看见欧内斯特躺在身边。他睡得很沉。他鼾声不断。他虽然在打鼾,鼻子却纹丝不动。看样子仿佛它从来不曾抽动过似的。他真是欧内斯特吗?她真的嫁给了欧内斯特吗?她眼前浮现出婆婆的餐厅里的景象;他们坐在那儿,她和欧内斯特,已经老了,坐在钢雕画下,餐具柜前……那天是他们的金婚日。她受不了了。

"拉平,拉平国王!"她悄声叫着,他的鼻子仿佛自动抽了一下。但他依然在熟睡。"醒醒,拉平,醒醒!"她喊道。

欧内斯特醒了;看见她僵直地坐在他旁边,他问道。

"怎么啦?"

"我想,我的兔子死了!"她抽搭着说。欧内斯特火了。

"别胡扯,罗莎琳德,"他说,"躺下睡觉。"

他翻了个身。他很快又睡着了,鼾声如雷。

但她睡不着。她蜷着身子躺在一边,活像一只洞里的兔子。她关掉灯,但街灯影影绰绰地照在天花板上,屋外的树木在上面,投了一张带花边的网,仿佛天花板上有片幽暗的小树林,她徜徉其中,拐过来,绕过去,一圈又一圈,追猎,被追,听见猎犬狂吠,号角齐鸣。飞跑,脱逃,直到女仆进屋拉开窗帘,端来早茶。

第二天她干什么也安不下心来。她好像丢了什么似的。她觉得仿佛身体缩了;它变小了,而且又黑又硬;她的关节似乎也僵硬了。她望着镜子,她在寓所里溜达时总要望好多次。她的眼睛好像从脑袋里爆了出来,如同小面包上的葡萄干。屋子似乎也缩了。大件家具从各个角度突出来,她总是撞在上面。最后她戴上帽子出了门。她沿着克伦威尔路走去;在她眼中,经过的每间屋子都像餐厅,挂着厚实的带花边的黄色窗帘,摆着红木餐具柜,人们坐在钢雕画下面吃饭。最后她到了自然历史博物馆;还是个小姑娘时,她就喜欢这里。但是她走进去后第一眼看见的竟然是一只野兔标本。它站在人造雪上,有一双粉红的玻璃眼睛。不知为什么,这让她瑟瑟发抖。也许夜幕降临了会好些。她回了家,坐在炉火边,没有开灯,努力想象自己一个人出外坐在荒野里的情景;有一条小溪在奔流;小溪那边是一片黑沉沉的树林。可是她怎么也蹚不过那条小溪。最后她蹲在岸边的湿草地上,其实是蜷缩在椅子里,两手空空,悬垂着。她的眼睛像玻璃眼睛一样,在火光中一闪一闪。突然一声枪响……她吓了一跳,仿佛被打中的就是她。其实只不过是欧内斯特在转动钥匙开门。她等待着,浑身哆嗦。他走进屋,打开灯。他站在那儿,高大英俊,不停地搓着冻红了的双手。

"黑灯瞎火地坐着?"他说。

"噢,欧内斯特,欧内斯特!"她嚷着从椅子上惊跳起来。

"哎,你怎么啦?"他随便问道,一边烤着双手。

"拉平诺娃⋯⋯"她支支吾吾地说,惊魂未定的眼睛乱扫了他一眼,"她走了,欧内斯特。我把她丢了!"

欧内斯特眉头紧锁。他抿紧双唇。"噢,就为这,是吗?"他说,冲着妻子冷笑了两声。他在那儿站了好一阵子,一声不吭;她等着,觉得颈背上的手拧紧了。

"是啊,"他最后说,"可怜的拉平诺娃⋯⋯"他对着壁炉架上的镜子整了整领带。

"掉进陷阱里,"他说,"丧了命,"然后就坐下看起报来。

这段婚姻就此结束了。

坚实的东西

辽阔半圆的海滩上只有一个小小的黑点在动。当它靠近搁浅的沙丁鱼船的肋脊时,黑影有个地方显得细薄,显而易见,这个点有四条腿;慢慢地,情况更加明了,这个点原来是由两个青年男子的身体构成的。即便只是沙滩上的轮廓,两个身体也透射出显而易见的生气;身体贴进与退避之际有种难以言传的活力,尽管动作轻微,但它仍然表明两个小小的圆脑袋上的小嘴里正进行着什么激烈的争论。走近一看,这一点可以从右边手杖连连的戳打中得到证实。"你打算告诉我……你其实相信……"右边靠近海浪的手杖在沙滩上划着又长又直的道儿,好像在做这样的认定。

"政治真该死!"从左边的身体上清楚地冒出这么一句,而且,就在说这几个字的时候,这两个说话者的嘴巴、鼻子、下巴、小胡子、花呢帽、粗靴子、猎装和格子袜,变得越来越清晰了;他们烟斗里的烟升到空中;在绵延千里的海洋和沙丘上,任何东西都没有这两个身体那样坚实,那样富有活力,那样硬撅撅,红通通,毛烘烘,雄赳赳。

他们扑到黑糊糊的沙丁鱼船的六根肋骨和船脊旁。你知道身体在摆脱一场争论,并为一种趾高气扬的情绪道歉是怎么一

267

副样子;扑倒在地,姿势显得松懈疲沓,便想玩点新花样——什么凑手的东西都行。查尔斯由于拿着手杖已经把海岸挥打了大约半英里了,于是便用石片儿打起水漂来;刚才喊"政治真该死!"的约翰,开始用手指挖沙子。由于手越挖越深,没过了手腕,他只好把袖子往高拉一拉,他的眼神失去了原有的深邃,或者不如说,那种给成年人的眼神赋予一种神秘莫测的幽深的思想和经历的背景消失了,留下的只是那清澈透明的表面,表露出的只有惊奇,那却是幼儿的眼睛常常展示的。毫无疑问,挖沙之举就与此有关。他记得,挖了一小会儿以后,水就在指头尖儿周围渗出来;然后这个洞就会变成一条沟;一口井;一眼泉;一条通向大海的秘密渠道。正当他想着把它弄成哪个样儿、仍旧把指头在水里挖动的时候,手指蜷在了什么坚硬的东西周围——一块浑圆的固体物质——慢慢地,他挖出了一大块不规则的东西,把它拿到了地面上。抹去一层沙子后,露出一种淡淡的绿色来。原来是块玻璃,它混浊得厉害,几乎是不透明的;海水已经完全磨去了它的所有边角,或者形状,所以,不可能说清它原来是个瓶子,玻璃杯,还是块窗玻璃;它只不过是块玻璃;它简直就是一块宝石了。你只要给它镶个金边,或者给它穿根绳子,它就会变成一件珠宝;一条项链的组成部分,要不就是指针上一缕幽暗的绿光。说不定到头来它真是块宝石;是位黑公主身上戴的东西,她坐在船尾把一根手指伸进水里,一边听奴隶唱歌把它划过海湾。要不就是一个沉没海底的伊丽莎白时代的珍宝箱的橡木帮裂开了。然后,翻来滚去,滚去翻来,里面的绿宝石终于冲到了海岸上。约翰把它在手里颠来滚去,他把它对着光拿着;他举着它,好让它的不规则形体把他朋友的身体遮住,把右臂拉长。当它对着天空时,绿色就会微微变浅;当它对着身体时,又会稍稍加深。它使他开心;又让他迷惑;和茫茫的大海和蒙蒙的海岸相比,它是那样的硬实,那样的集中,那样的确定。

这时候,一声叹息扰乱了他的思绪——深沉、干脆,使他意识到他的朋友查尔斯要不已经扔完了身边所有的石片儿,要不已经认定扔石头花不来。他俩一起吃着三明治。吃完了以后,抖了抖身子站了起来,约翰拿着玻璃块儿默默地看着它。查尔斯也看着它。但他立刻发现它不是扁的,于是他把烟斗装满,带着一股排除愚蠢想法的劲头说:

"我还是言归正传——"

他没看见,要不就是看见了也几乎没有注意到:约翰先把这块玻璃看了一会儿,然后仿佛在举棋不定的当儿,把它悄悄地塞进了口袋,这种冲动,可能也是让一个孩子从一条铺有鹅卵石的路上拾起一颗鹅卵石的冲动,许诺着要把它放在儿童室的壁炉架上,让它暖暖和和安安全全过一辈子,由于意识到这种行为所赋予的力量和仁慈而感到满心欢喜,而且相信,当这块石头看到自己是从千千万万与自己一样的石头中挑选出来享这种洪福,而不会在大路上度过寒冷潮湿的一生时,它必定欢心雀跃。"稍有差失,就可能是这千千万万块石头中的另外一个了。但这次是我,我,我!"

不管约翰心里是不是这样想的,这块玻璃已经在壁炉架上安家了,它沉甸甸地压在一小摞账单和信件上,不仅是块极好的镇纸,而且也是这位年轻人的目光离开书本后的一个自然驻留处。心里想着别的事儿,恍恍惚惚地盯着个东西看了又看,于是,被看的东西把自己和想着的事儿深深交织在一起,以至于它丧失了自己的真实形式,在用我们最不期盼的时候萦绕在头脑里的理想形状稍有不同地重新组合自己。因此,约翰外出散步时,发现自己被吸引到古玩店的橱窗上,仅仅是因为他看到了什么让他想起那块玻璃的东西。任何东西,只要它是某种物体,多少有点圆,或许还有道残留的光焰深嵌在自己形体里,任何东西——瓷器,玻璃,琥珀,岩石,大理石——甚至是一只史前鸟光滑的椭圆形的蛋,都会这样做。他也开始注意地面了,特别是各家扔垃圾的荒地的周围。这种东西通常都出现在那儿——被扔掉了,对谁都没有用处,没有形状,丢弃的废物一个。没过几个月,他就又收集了四五个样品,摆在壁炉架上。它们还是有用的,因为一个正在竞选议员、行将飞黄腾达的人有许多文件——比如给选民的演讲,施政宣言,捐赠呼吁,宴会请柬,等等——需要摆放整齐。

一天,他从圣殿律师学院他的房间里出来,准备赶火车给选民们做演讲,却发现法制机关大楼下面周围的狭长草带上有一个显眼的物体半隐半现,躺在那里。他把手杖伸过栏杆,手杖的尖儿才能碰着它;但他能看见那是块形状极其独特的瓷片,像任何造形本来就是、或者偶尔摔成了五个不规则、但又明确无误的尖儿的东西一样,简直就像一个海星。颜色主要是蓝的,但某种绿条子或绿点子盖在蓝底上面,绯红色的线条使它显得光彩夺目。约翰下定决心要得到它;但他越往前伸,那东西就越往后退。最后,他不得不回屋子,找了根棍子,临时在头儿上拴了个铁丝圈儿,然后,就拿着它,小心翼翼,使出绝技,终于把那片碎瓷拨到了他手能够得着的地方。他把它紧紧抓在手里时,发出了胜利的欢呼。就在那时,钟响了。他不可能守约了。会议在没有他的情况下举行。但这碎瓷片是怎么摔成这种奇特的样子的呢?仔细一看,就能肯定,这种星形是偶然造成的,这就越发奇怪了,它好像就是独一无二、举世无双的了。放在壁炉架的一端,与那块从沙子里挖出来的玻璃块儿遥遥相对,它看上去就像从另一个世界来的生物——离奇古怪,像个小丑。它好像在空中旋转,像一颗忽明忽暗的星星一样光芒闪烁。这块瓷片鲜明活泼,那块玻璃缄默沉思,二者的反差着实让他着迷,他惊诧不已,迷惑不解,暗自寻思:怎么会在同一个世界里同时存在着这两样东西,更别说它们都摆在同一间房子里的同一条窄窄的大理石上面了。这个问题仍然无法回答。

现在他开始常去那些碎瓷片儿最多的地方,比如火车路之间的一片片荒地,拆除的房屋旧址,和伦敦四邻的公地。但难得有瓷器从高处扔下来;这是最罕见的人类行为之一。你得同时能碰到一幢高楼和一个冲动鲁莽、易怒褊狭的女人,她会径直把盆盆罐罐从窗户里扔下来,根本不管下面是谁。碎瓷片儿可以找到很多很多,但都是因某种家庭琐事摔碎的,没有目的,没有特色。然而,当他更加深入地探讨这个问题时,仅在伦敦发现的千奇百怪的形状就让他惊诧不已,而且,那些千差万别的质地和设计更引起他的无限惊奇和遐想。他会把最精美的样品带回家,把它们摆在壁炉架上,然而在那里,它们的职责越来越具有装饰的性质,因为需要镇纸压住的文件越来越少了。

他玩忽职守,也许,或者是应付差事,要不就是他的选民前来拜访时,对他的壁炉架的样子印象不佳。不管是怎么一回事,反正他落选了,当不成代表他们的议员了,他的朋友查尔斯,对这件事放心不下,急忙赶来安慰他,却发现这起灾难似乎对他影响甚微,查尔斯只能认为这件事对他过于严重,以至于他一下子还无法有个全面的认识。

其实,约翰那天去了巴纳斯公地,在那儿的一丛荆豆下发现了一个极不寻常的铁块。它和那块玻璃在形状上大同小异,坚实,样子像个圆球,但冰冷而沉重,乌黑而具有金属特性,所以显然不是地球上的物体,它来自某颗死灭了的星球,要不本身就是一颗卫星的残渣。它沉甸甸地坠着他的衣袋;它沉甸甸地压着壁炉架;它辐射出一股寒气。然而,这块陨星现在和那块玻璃以及那块星状瓷片儿统统摆在同一个台子上。

当他对这些东西一一过目时,那种甚至超越这些的占有物品的决心折磨着这个年轻人。他更加坚决地投身到这种寻觅中去。若不是他雄心勃勃,坚信有朝一日总会有个新发现的垃圾堆会回报他的话,他所遭受的失望,更别提劳累和嘲弄了,就会让他放弃这种追求的。带个口袋和一个装有随机应变的钩子的长杆,他把土层翻了个遍;他在盘根错节的灌木丛下面搜寻;搜索着所有墙壁中间的小巷和空地,因为他学会了指望在那里找到这种遗弃的东西。他的标准变得越来越高,品味越来越严,失望也就不计其数了,但总有一线希望,也就是划得离奇或碎得古怪的瓷片儿和玻璃块,诱使他继续找下去。日月如梭。转眼他已不再年轻。他的前程——也就是他的政治前程——已成往事。人们不再拜访他。他太沉默,不值得请去吃饭。他从不给任何人讲他认真的抱负;他们缺乏理解,这在他们的言谈举止中是一目了然的。

现在他歪在椅子里,看着查尔斯把壁炉架上的石头拿起了十几次又断然放下,表明他在对政府行为大发议论,却一次也没有注意到石头的存在。

"到底是怎么一回事,约翰?"查尔斯突然转过身来面对着他问道,"你怎么那样一下子把它给放弃了呢?"

"我还没放弃呢。"约翰答道。

"但你现在一点儿机会都没有了。"查尔斯粗暴地说。

"你这种观点我不敢苟同。"约翰信心十足地说。查尔斯看着他,深感不安;他突然满腹狐疑;他有种奇怪的感觉,那就是他们话不投机。他四处张望,想缓解缓解自己可怕的沮丧,但零乱不堪的房间让他更加泄气。那根棍子,那只挂在墙上的旧旅行包是什么玩意儿?那些石头又是什么东西?看看约翰,约翰的表情专注而又悠远,这让他感到恐惶。他太清楚了,想要让他再上讲台是绝对不可能的了。

"石头真漂亮。"他尽量兴高采烈地说;然后便说他要去赴约,从此就永远离开了约翰。

镜子里的女人

——一幅映像

人们不应该在房间里挂镜子,就像不应该把支票簿或信件摊开招认什么滔天罪行一样。在那个夏日的午后,你禁不住要往挂在外面门厅里的长镜里瞅一眼。机缘就是这么安排的。从客厅沙发深处,在这面意大利镜子里不仅可以看到对面的大理石面的桌子,也可以看到后面的一片花园。还可以看见高高的花堤中间夹着一条悠长的草径向前延展,最后切掉了一个角,镜子的金边切的。

房子空荡荡的,既然只身一人呆在客厅里,那你就会觉得像个博物学家,身上盖着青草、树叶,躺着观察着那些最胆小的动物——獾呀,水獭呀,翠鸟呀——自由自在地活动,自己却不被它们发现。那天下午的房间里全是这样胆怯的东西,与光影,飘动的窗帘,坠落的花瓣——从来不会出现的现象,如果有人在看着的话,情况似乎就是这样。这间安静古老的乡下房间,有小地毯和石头壁炉台,压弯了的书橱和红金色的漆柜,充满了这些昼伏夜出的东西。它们旋转着跑过地板,高抬脚爪,伸开尾巴,轻轻地迈着步子,用有暗示作用的喙啄着,仿佛它们是鹤鹭,或是举止优雅、粉色已褪的一群群火烈鸟,要不就是尾翼上盖了一层银膜的孔雀。也有朦胧的红晕和黑晕,仿佛有只乌贼突然向空中喷满了紫色的体液;像个人一样,房间有自己的激情、暴怒、嫉妒和悲伤,涌上心头,笼罩着它。一切都是瞬息万变。

但在外面,镜子把门厅的桌子、向日葵和花园小径映照得那么精确,那么固定,就像它们被实实在在地固定在那里一样,逃也逃不掉,避也避不开。这是一种奇特的对比——这儿变幻莫测,那儿静若止水。你会禁不住望望这边,再看看那边。与此同时,由于天热,门窗全都开着,所以总有不停的叹息声,停息声,倏忽而过之声,凋零消亡之声,听上去来来去去,如同人的呼吸,然而,镜子里,万物都屏声息气,静驻在恍惚永恒之中。

半小时前,房子的女主人伊莎贝拉·泰森,穿着单薄的夏装,拎着个篮子,走下草径,已不见踪影,是被镜子镀金的边儿切掉了。她大概是去花园低处采花;或者这样想似乎更顺理成章,那就是去采些玲珑奇异、叶茂蔓长的东西,如葡萄叶铁丝莲,或者到处绽放着或白或紫的花朵,缠绕在难看的墙壁上的一枝雅致的旋花。她使人想到的是奇异颤栗的旋花,而不是笔直的紫菀,挺括的百日菊或是在玫瑰树上花红似火的玫瑰,亮得犹如高挂在笔直的灯柱上的明灯。这种比拟表明,尽管过了这么多年,你对她的了解还是少得可怜;因为任何五六十岁的、有血有肉的女人都不可能真是一个花环或是一串卷须。这些比拟不光是无聊、肤浅——它们纯粹是残酷无情,因为它们的出现就同旋花在人的眼睛和真实情况之间震颤。肯定是有真实情况的;肯定是有一堵墙的。但说来奇怪,认识伊莎贝拉这么多年了,你还是说不清她的真实情况;你还是编造着这样一些关于旋花和葡萄叶铁丝莲的说法。如果说到事实,事实就是她是个老姑娘;她有钱;她买下了这座房子,并且亲手收集——往往在世界最偏僻的角落,而且还冒着毒刺的叮螫和染上东方疾病的危险——地毯、椅子和橱柜,现在它们就在你眼前,过着昼伏夜出的生活。有时,仿佛它们比我们更了解她,因为她在它们上面坐,在它们旁边写,在它们上面小心地踩着。每个橱柜里都有很多小抽屉,每个小抽屉里几乎肯定都有信,用缎带打着蝴蝶结系着,上面撒着薰衣草秆儿或者玫瑰花瓣儿。因为这是又一个事实——如果你想要的就是事实的话——那就是伊莎贝拉认识很多人,有很多朋友;因此如果有人胆敢打开一个抽屉看看她的信件,就会发现种种迹象:有许多焦虑躁动的情绪,有要见面的约会,有失约的责骂,有卿卿我我、情意绵绵、洋洋洒洒的信,有嫉妒斥责、言词激烈的信,还有诀别的绝情话——因为所有那些会面和约见都一事无成——也就是说,她一直都没有结婚,然而,从她那张面具似的冷面孔判断,她的感情丰富,经历曲折,那些对爱情大吹大擂、惟恐天下无人知晓的人是望尘莫及的。越想着伊莎贝拉,就越觉得她的房间影影绰绰,充满象征;角落似乎愈发阴暗,桌椅腿似乎更加细长,更像鬼画符了。

突然间,这些映像猛地结束了,但却是不声不响地结束的。一个巨大的黑影赫然耸现在镜子里;遮没了所有的东西,把一小捆有粉色和灰色脉纹的大理石片撒在桌子上,然后就不见了。但画面完全改变了。一时间,画面无法辨认,荒谬奇异,一片模糊。你无法把这些片片和人类的什么目的联系起来。然后,慢慢地,某种逻辑程序开始对它们产生作用,开始把它们整理安排,把它们引进日常经验的范畴里来。你终于认识到它们只不过是信件。那个男人把信件送来了。

它们就躺在大理石面的桌子上,一开始,一切流光溢彩,生硬粗糙,无法融会贯通。然后,它们就被收束到一起,排列组合,成为画面的一部分,并且得到了镜子给予的那种静止和永恒,看见这种景象,真是不可思议。它们躺在那里,充满了一种新的实在和意义,而且显得更加沉重,仿佛需要一把凿子才能把它们从桌子上挖掉一样。再说,不管这是不是异想天开,好像它们变成的不仅仅是几封随便的信件,而且还成了镌刻着永恒真理的石碑——如果你能读到它们,你就能知道有关伊莎贝拉的所有情况,是的,还可以知道有关生命的真谛。这些大理石模样的信封中的字字句句必然刻骨铭心,意味深长。伊莎贝拉会进来把它们拿起来,一封接一封,慢条斯理地,把它们打开,逐字逐句仔细阅读,然后伴着一声会心的长叹,仿佛她把一切都已看透,她会把信封撕成碎片,把信扎到一起,锁进橱柜抽屉里,决心将她不想为外人所知的世界隐藏起来。

这种想法有种挑战的味道。伊莎贝拉不愿意让人了解——但她不应该再逃避。那是荒唐可笑的,那是难以置信的。如果她隐藏得太多,知道得太多,你就会用唾手可得的首选工具——想像力——将她撬开。你必须在那一时刻把心思全放在她的身上,你必须紧紧盯住她。你必须避免不再被当时出现的言谈举止——不被宴会、拜访和文质彬彬的交谈弄得心烦意乱。你必须踩进她的鞋里。如果你按字面理解这句话,就不难看到她此时此刻正穿着那双鞋子站在花园低处。鞋子又窄又长,挺时髦——是用那种最柔韧的皮革做成的。如同她身上穿的每一件东西,鞋子也同样制作精良。她可能站在花园较低处高高的树篱下,举起系在腰里的剪刀剪去某朵枯花,某根长过了头的树枝。太阳可能火辣辣地照在她的脸上,射进她的眼睛;但是且慢,在这关键时刻,一朵薄云遮住了太阳,使她的眼神顿时扑朔迷离——是嘲弄还是善感,是明亮还是呆滞?你只能看见她那张仰望着天空的脸的模糊轮廓,那是张朱颜已衰但风韵尚存的脸庞。也许,她在想,她必须定购一个护草莓的新网;她必须把花送给约翰逊的遗孀;她该乘车去看看希佩斯莱一家的新居了。她肯定要在吃饭的时候说这些事儿。但你对她在吃饭的时候谈的事儿都厌烦了。你想捕捉并诉诸言辞的是她更深层的存在状态,那种状态对于精神,就像呼吸对于身体,就是你称之为幸福和不幸的东西。一说到这些字眼,显而易见的就是:她一定是幸福的。她富有;她出众;她有许多朋友;她到处旅行——她在土耳其买地毯,在波斯买蓝色的花盆。斑驳的云朵遮住了她的脸,她站着举起剪刀剪去颤抖的枝条,各种快乐的感觉从她站的地方向四面八方散射开来。

这时候,她剪刀迅速一动,剪断了那枝葡萄叶铁丝莲,它掉到了地上。它一掉下来,肯定就有一点光线射进来,你肯定就能进一步深入她的身心。此时她的心中充满了柔情和惋惜……剪掉一个长过了头的枝条会让她黯然神伤,因为它曾经生活过,而生命对于她是弥足珍贵的。是的,同时枝条的坠落也让她想到自己将如何难免一死,以及世间万物的徒劳与短暂。然后她又很快打消了这种思绪,由于具有随机应变的本领,她想生活并没有亏待她;即便她必须坠落,那也是躺在大地上,甜蜜地腐烂,融入紫罗兰的根里。她站在那里这样想着。什么想法也搞不明确——因为她是那种把自己的思想罩在沉默的云团中的寡言少语的人——但心里却是千头万绪。她的心就像她的房间,里面的光线进退自如,旋转而来,迈着轻盈的步子,伸展着尾巴,啄开自己的路;然后她的整个身心又像房间一样充满了某种浓厚的学识气氛,某种难以言表的遗憾惋惜,然后她全身都是上了锁的抽屉,塞满了信件,就像她的橱柜一样。说到"撬开她",就仿佛她是个牡蛎,除非是那些最精细巧妙、最游刃有余的工具,否则,用任何工具对她下手都是不近情理、荒谬可笑的。你必须想象——她就在镜子里。这使你一惊。

开始的时候,她离得太远,你看不清楚。她徘徊流连,停停走走地来了,这儿弄直一朵玫瑰,那儿扶起一枝石竹,闻闻,但她从来没有完全停下;她在镜子里显得越来越大,越来越完整地变成了你一直试图深入其脑海中的那个人。你一步一步核实她——把你已经发现的品质安在这个看得见的身体上。有她灰绿色的裙装,她瘦长的鞋子,她的篮子,还有喉咙上亮闪闪的什么东西。她慢条斯理地走来,所以似乎没有扰乱镜子里的图像,而只是带来了某种新的成分,它轻轻地移动、更改着其他物体,仿佛在彬彬有礼地请它们,为她腾出个地方。原先一直在镜中守候着的信件、桌子、草径和向日葵分开了,闪开了,好把她接纳进去。最后,她到了那儿,在门厅里。她猛然停止。她站在桌边。她纹丝不动地站着。顿时镜子开始把一道光泻在她身上,好像定住了她;看起来就像是什么酸腐蚀掉了皮毛的东西,只把真实保留了下来。这是一幅迷人的景象。所有的东西都从她身上褪去了——云彩,衣裙,篮子,钻石——所有你称之为匍匐植物和旋花的东西。这儿就是下面坚硬的墙壁。这儿就是这个女人自己。她赤裸裸地站在那无情的光照下。什么都没有。伊莎贝拉空空如也。她没有思想。她没有朋友。她什么人都不关心。至于她的信件,那全都是票据账单。看,她站在那儿,垂垂暮年,瘦骨嶙峋,青筋暴突,条纹纵横,高高的鼻子,多皱的脖子,她甚至懒得打开它们。

人们不应该在房间里挂镜子。

公爵夫人和珠宝商

　　奥利弗·培根住在一幢房子的顶层,从那里可以俯瞰格林公园。他拥有一套居室;几把椅子突出来,角度恰到好处——都是皮面椅子。几张沙发填满了窗凹——皆为锦套沙发。窗户,三扇长窗,素网和花缎搭配得当。红木食橱里知趣地装满了适口的白兰地、威士忌和烈酒。他从中窗俯视,皮卡迪利的窄峡里塞满了时髦轿车,锃亮的车顶尽收眼底。再想象不出比这更中心的位置了。早晨八点,他让一名男仆用托盘把早点端来;这名男仆总会摊开他的大红晨衣;他总要用他那尖尖的长指甲把信封挑开,抽出厚厚的、上面突起雕刻图文的白色请柬,大都来自公爵夫人、伯爵夫人、子爵夫人和其他名媛贵妇。然后他洗漱,然后他吃烤面包;然后他就坐在电炉熠熠的火光旁看报。

　　“你看,奥利弗,”他常对自己说,“你在一条脏乱的小巷里开始生活,你……”于是低头看看自己的腿,穿着漂亮的裤子显得线条那么优美;再看看靴子;瞅瞅靴罩。它们都模样好看,光彩夺目;是萨维尔街上最好的工匠用最好的布料剪制的。但他常常卸下自己的行头,又变成一条黑巷子里的一个穷小子。他一度想——他的最高理想,就是偷狗倒卖给白教堂区的时髦女人。有一回他还真得手了。“哎呀,奥利弗,”他母亲哭着说,

"奥利弗呀！你什么时候才能懂事呀,我的儿?"……后来,他站过柜台;卖过廉价手表;后来,他拿了个钱夹子去了阿姆斯特丹……想到这里,他咯咯地笑了——老大的奥利弗回想少小的奥利弗。是啊,那三颗钻石,他干得漂亮;还有那笔绿宝石的回扣。后来,他进了哈顿花园那家商店后面的私室;那间屋子里有天平,有保险柜,有厚厚的放大镜。然后……然后……他咯咯地笑了。那个炎热的晚上,一堆一堆的珠宝商聚在那里,议论着价格、金矿、钻石、南非来的报导,他从人群中挤过去,其中有个人把指头往鼻子旁边一戳,轻轻地哼唧了一声。那只不过是一声轻轻地哼唧;只不过轻轻地碰碰肩膀,一根指头戳了戳鼻子,只不过是一个炎热的下午哈顿花园珠宝商堆里传过来的一声嗡嗡声——唉,已经过去了好多年了!但奥利弗仍然觉得它暖酥酥地顺着脊梁往下蹿,那一碰,那一哼,就等于说,"瞧他——年轻的奥利弗,年轻的珠宝商——他走了。"当时他是年轻。而且穿着越来越讲究;起先有一辆双轮马车;后来有了一辆汽车;看戏最初上花楼,后来下到正厅前座里。他在里士满有一座滨河别墅,格子棚架上养着红玫瑰;每天早晨,法国小姐总要摘上一朵,别在他的扣眼里。

"呵,"奥利弗·培根说着站起身来,伸了伸腿,"呵,……"

他站在壁炉台上的一位老太太的画像下,举起双手。"我信守了诺言,"他说,双手合十,仿佛在向她致敬,"我赌赢了。"此话不假;他是英国最富有的珠宝商;但他的鼻子长而易弯,像头大象的大鼻子,鼻孔奇怪地颤动了一下(不过似乎整个鼻子都在颤动,不光是鼻孔),似乎在说,他还不满足;他还闻见了前面地下的什么东西。想想看,在一片盛产块菌的牧场上,有一头特大的猪,拱出了一块又一块的块菌,它还闻见前面地下有一块更大更黑的块菌。同样,奥利弗在梅费尔这块富饶的土地上,总闻见前面还有一块更黑更大的块菌。

现在他整了整领带上的珍珠,套上那件漂亮的蓝大衣,拿起黄手套和手杖;下楼时摇摇摆摆,出去走到皮卡迪利大街上时,他那又长又尖的鼻子半是吸气,半是叹息。因为,尽管他赌赢了,他还不照样是一个伤心人,是一个不满足的人,是一个寻找什么隐藏着东西的人?

他走路时,身子微微晃动,就像动物园里的骆驼在柏油小道上走时,身子左摇右晃的,小道两旁挤满了杂货商和他们的老婆,从纸袋里掏着东西吃,把揉成一团的银纸头顺手往路上一扔。骆驼对杂货商嗤之以鼻;骆驼不满意自己的命运;骆驼看见了湛蓝的湖水和湖前的一排棕榈树。同样,这位大珠宝商,这位全世界最大的珠宝商,摇晃着身子走过皮卡迪利大街,衣着无可挑剔,戴着手套,拄着拐杖;但仍然心怀不满,直到他走到那家昏暗的小店,那家在法国、在德国、在奥地利、在意大利在全美洲都很有名的小店——邦德街附近那片昏暗的小店。

像往常一样,他昂首阔步穿过商店,不发一言,尽管四个伙计,两个老的,马歇尔和斯宾塞,两个小的,哈蒙德和威克斯,全都笔直地站着,用羡慕的目光注视着他。他只是把琥珀色手套的一根指头摇了一下,算是对他们的理会。他走进私室,把门关上。

然后他打开护窗户的格帘。顿时涌进邦德街的喧闹声;远处车辆的隆隆声。商店后面反光镜上的光向上射去。一棵树招摇着六片绿叶,因为正是六月天气。但法国小姐已经跟当地啤酒厂的佩德先生结了婚——现在没有人给他的扣眼里别玫瑰花了。

"呵,"他半是叹息,半是喷鼻息,"呵——"

随后他摁了摁墙上的一个弹簧,于是嵌板慢慢地滑开,后面的钢保险柜,五个,不,六个,全是抛光钢做的。他拧了一把钥匙;打开一个;又打开一个。每一个里面都衬着一个深红天鹅绒垫子;每一个里面都摆放着珠宝——手镯,项链,戒指,头饰,公爵的冠冕;玻璃壳里零散的宝石,红宝石,绿宝石,珍珠,钻石,全都各就其位,璀璨耀眼,寒光闪闪,但又用自己浓缩的光燃烧到永远。

"眼泪!"奥利弗说,眼睛瞅着珍珠。

"心血!"他说,目光又盯着红宝石。

"火药!"他接着说,把钻石拨弄得哗啦啦直响,更显得光彩夺目。

"火药足以把梅费尔炸上天——上天,上天,上天!"他说话时脑袋一仰,发出了马鸣似的声音。

桌上的电话低声细气地响了,一种曲意逢迎的嗡嗡声。他关上了保险柜。

"十分钟以后,"他说,"不是以前。"他在办公桌前坐下,盯着镌刻在袖口链扣上的罗马皇帝的头像。他又一次卸下自己的行头,再次变成了在那条巷子里弹弹子的小男孩,星期天人们就是在那里倒卖偷来的狗的。他变成了那个小机灵鬼,嘴唇像湿润的樱桃。他把手指伸到一串串的牛肚中间;他把牛肚搋进煎鱼锅里;他在人群里东躲西藏。他是个瘦条儿,动作灵活,一双眼睛像舐过的宝石。可现在——现在——时钟的指针不停地嘀嗒,一,二,三,四……兰伯恩公爵夫人等他拨冗接待;兰伯恩公爵夫人,百代伯爵的千金。她得在柜台前的一把椅子上等十分钟。她得等他拨冗接待。她得等到他乐意见她的时候才行。他瞅着那只装在绿皮套子里的时钟。指针在不断地移动。每嘀嗒一下,那钟就给他送上——好像如此——肥鹅肝酱,一杯香槟,一杯上等白兰地,一支价值一几尼的雪茄。等十分钟过去时,时钟就把这些一一摆到他身边的桌子上。然后,他听到轻缓的脚步声走来了;走廊里一阵窸窣声。门开了,哈蒙德先生把身子平贴到墙上。

"公爵夫人到!"他通报。

他身子贴在墙上,恭候着。

奥利弗站起身来,可以听到公爵夫人从走廊一路走来时衣裙的窸窣声。接着,她赫然出现在眼前,把所有公爵和公爵夫人的香气、名气、傲气,阔气与豪气融为一个巨浪,盈门卷来,充溢全屋。浪涛会碎,坐下时,她也碎了,铺排,溅泼开来,落了大珠宝商奥利弗·培根一身,给他蒙上了缤纷的色彩:绿色、红色、紫色;给他罩上了浓烈的气味;彩虹的色泽;以及从指头上射出的、从羽毛上摆出的、从丝绸上闪出的种种光辉;因为她身高体胖,紧裹着一身粉色塔夫绸,加之斯人已过盛年。犹如一把荷叶边飘摇的阳伞,犹如一只开屏的孔雀,现在却伞折起,屏收拢,同样,当她跌坐在皮扶手椅里时,她也把自己收束起来了。

"早上好,培根先生。"公爵夫人说。于是她伸出那只从白手套开口露出的手。奥利弗一边握手一边鞠躬。两人的手一接触,他们之间的联系,就再一次建立起来了。他们是朋友,又是敌人。他是主人,她是主妇;互相欺骗,互相利用,互相惧怕。这一点,每当他们呆在这间小小的后屋,外面白光耀眼,那棵树上挂着六片叶子,远处街上的喧嚣不绝于耳,身后立着几个保险柜,每当他们的手一接触,两个人就心照不宣。

"今儿个,公爵夫人——我能为您效什么劳呢?"奥利弗说,显得万般温柔。

公爵夫人便敞开心扉,倾诉衷肠。只发出一声叹息,却不吐话,她从手包里掏出一个长长的软皮口袋——看上去像一只黄色的瘦雪貂。她从雪貂肚子上的一条缝儿里挤出一粒粒珍珠——总共十粒。珍珠从雪貂肚子上的那条缝儿里滚出来——一,二,三,四——宛如什么天鸟的蛋。

“我就剩这些了,亲爱的培根先生,”她语带悲声。五,六,七——珍珠滚下来,从跌落在她两膝构成的大山两面的斜坡上滚下,掉进一条窄窄的山谷——第八,第九,第十。珍珠躺在桃红色塔夫绸的光辉里。十粒珍珠。

“从阿普尔比教堂圣衣腰带上取下的,”她哀哀地说,“最后的,……最后剩下的统统拿来了。”

奥利弗伸出手来,用拇指和食指拈起一颗。它圆润、晶莹。但是真是假?她又在撒谎?她敢吗?

她把一根胖乎乎的手指贴到嘴唇上。“要是公爵知道了……”她咬着耳朵说,“亲爱的培根先生,那就有点倒霉了……”

她又在赌,是不是?

“恶棍! 骗子!”她咬牙切齿地说。

伤了颧骨的那个家伙? 坏蛋一个。而公爵挺直得像根火棍;蓄着连鬓胡子,他要是知道——我掌握的情况,准会跟她一刀两断,把她关起来,奥利弗想,然后瞟了一眼保险柜。

“阿拉明塔,达芙妮,黛安娜,”她呻吟着说,“全是为了她们。”

阿拉明塔、达芙妮、黛安娜三位小姐——是她的千金,他认识她们;崇拜她们。但他爱的却是黛安娜。

"你掌握着我的全部秘密。"她飞来一个媚眼。泪珠儿滑;泪珠儿落;泪珠儿像钻石一样在她那樱花脸蛋儿上滚下,沾满了泪槽里的脂粉。

"老朋友,"她喃声说,"老朋友。"

"老朋友,"她重复着,"老朋友,"仿佛他舐着这几个字。

"多少钱?"他探问道。

她一只手捂住珍珠。

"两万。"她悄声说。

但他手里拈的这个,是真是假?阿普尔比圣衣腰带——她不是已经卖掉了吗?他要按铃叫一下斯宾塞或哈蒙德。"拿去检验检验。"他要说。他伸手去按铃。

"请你明儿一定光临舍下好吗?"她恳求着,她打断了他的计划。"有首相——有王室殿下……"她停下来,"还有黛安娜……"她补充说。

奥利弗把手从铃上拿开了。

他从她头上望过去,注视着邦德街一幢幢房屋的背面。但他看见的却不是邦德街的房屋,而是一条涟漪荡漾的河;鳟鱼腾空,鲑鱼戏水;还看见首相;还有他自己,穿着白马甲;还看见黛安娜。他低下头来看看手里的珍珠。但他怎么能检验它呢,依照那条河的水光,依照黛安娜的眼光?但公爵夫人的眼睛却死死盯着他。

"两万,"她呻吟着说,"以我的名誉担保!"

黛安娜的母亲的名誉!他把支票簿拿过来;他掏出了钢笔。

"二——"他写着,随后又停住了笔。画儿上的老太太的眼睛盯着他——那老太太的,也就是他母亲的眼睛。

"奥利弗!"她警告他。"放明白些! 别犯傻!"

"奥利弗!"公爵夫人恳求着,——现在成了"奥利弗",不是"培根先生"了。"你会过来度一个长周末吧?"

单独和黛安娜呆在树林里! 单独和黛安娜在树林里骑马!

"万。"他写完,随即签上名。

"给。"他说。

她从椅子上站起来,阳伞的荷叶统统张开了,孔雀又开屏了,波光又闪动了,阿金库尔①的刀枪又出鞘了。那二老二少四名伙计,斯宾塞和马歇尔,威克斯和哈蒙德,齐崭崭地平贴在柜台后面,艳羡地目送着他领她穿过店堂,走到门口。他在他们的面前摆了摆黄手套,而她则把她的名誉——一张有他的签名的两万英镑的支票——紧紧地攥在两只手里。

"这些珍珠是真是假?"奥利弗问道,随手把门关上。那十颗珍珠就摆在办公桌上的吸墨纸上。他拿起珍珠,走到窗前。把它们对着光用放大镜照……看来,这就是他从地里拱出的块菌了! 烂透心了——烂透核了!

"原谅我吧,妈妈!"他喟叹道,举起一只手,仿佛在央求画儿上的老太太的宽恕。他又一次成了人们礼拜天倒卖狗的那条巷子里的一个小男孩。

"因为,"他双手合十念叨着,"那将是一个长周末呀。"

---

① 1415年英王亨利五世于法国北部阿金库尔村重创兵力数倍于己的法军。

存在的时刻

"斯莱特商店的别针没有尖儿。"

"斯莱特商店的别针没有尖儿——难道你一直没发现?"克雷小姐说着转过身来,因为这时玫瑰花从范妮·威尔默的衣裙上掉了下来,尽管乐声盈耳,范妮还是弯下腰去找掉在地上的别针。

克雷小姐在弹奏巴赫赋格曲的最后的和弦,这番话让她大为震惊。克雷小姐是不是真的去斯莱特商店买了别针?范妮·威尔默怔了片刻,暗自问道。她是不是也像别人一样站在柜台边等待,她是不是也收到一张里面包着铜板的账单,她是不是把铜板顺手塞进了钱包,然后,一个小时之后,站在她的梳妆台前把别针拿了出来?她要别针干什么?因为与其说她穿着衣服,还不如说她裹在套子里,就像甲虫紧紧地包在自己的壳里一样,冬天是一身蓝,夏天是一身绿。她要别针干什么——朱莉娅·克雷——她仿佛生活在巴赫赋格曲那冰冷、光滑、闪亮的世界里,为自己演奏着自己喜爱的乐曲,只同意在阿彻街道音乐学院里收一两个学生(这是校长金斯顿小姐说的),作为对自己特许的权利的享受,那些学生"对她在各个方面崇拜得五体投地。"

克雷小姐的哥哥一死,金斯顿小姐担心,撇下她一个人就惨了。哦,他们过去的日子真是太美妙了,当时他们住在索尔兹伯里,哥哥裘利斯可是位大红人;大名鼎鼎的考古学家。和他们呆在一起真是一大荣幸,金斯顿小姐说("我家和他们是世交——他们是标准的坎特伯雷人。"金斯顿小姐说),但小孩子对他们有点望而生畏;你必须小心,不要砰的一声把门关上,或者冷不丁地蹦进屋里去。金斯顿小姐画过这样的一些小小的人物素描,那是在开学第一天她收支票与开收据的时候,想到这里,她不禁浅浅一笑。没错,她一直是个假小子;她曾经也冷不防地蹦进屋里去,震得盒子里的绿色罗马玻璃杯之类的玩意儿咚咚直跳。克雷兄妹不习惯小孩子在场。克雷兄妹没有一个结婚的。他们养猫;那些猫给人感觉是,对罗马古瓮之类东西的了解不在任何人之下。

"比我了解得多多了!"金斯顿小姐欢快地说,一边用刚劲、洒脱、浓重的笔触在印戳上写自己的名字,因为她总是讲究实际。毕竟这是她的谋生方式。

也许,范妮·威尔默想,一边找着别针,克雷小姐说"斯莱特商店的别针没有尖儿"只是信口开河而已。克雷兄妹都没结过婚。她对尖儿的情况一无所知——绝对一窍不通。但她想把镇在这座屋子上的魔法破除;想把他们和他人隔绝的那块玻璃砸碎。当波利·金斯顿,那个快乐的小姑娘砰的一声把门关上,震得罗马花瓶咚咚直跳的时候,裘利斯觉得倒没有什么大碍(这是他的第一反应),因为盒子是放在窗台上的,于是,他目送着波利蹦蹦跳跳跑过田野,回家去了;他以他妹妹常有的那种流连不去、咄咄逼人的神情望着。

"星星,太阳,月亮,"那神情似乎在说,"草地上的雏菊,火,玻璃窗上的霜花,我的心儿向你飞去。但是,"那神情似乎补充了这样一句,"你打碎,你经过,你走开。"与此同时,他又用这么一句话掩饰了这两种激切的心态:"我够不着你——我抓不住你。"话说得热切、沮丧。星光黯淡了,小孩走了。这就是那种本身就是光滑的表面的魔法,这就是克雷小姐想破除的魔法,她除魔的办法就是:在她优美地演奏巴赫的乐曲作为对自己的一个得意门生(范妮·威尔默知道自己就是克雷小姐的得意门生)的奖赏时,她表明:她和别人一样,也知道别针是怎么回事儿。斯莱特商店的别针没有尖儿。

是啊,"大名鼎鼎的考古学家"曾经也像那个样子。"大名鼎鼎的考古学家"——金斯顿小姐在背签支票、确定日期时就是这么说的,话说得聪明而又坦白,她的声音里有一种难以形容的语气,暗示着某种诡异的东西;裘利斯·克雷身上某种奇怪的东西;它与或许也是朱莉娅身上奇怪的东西完全是一码事儿。你可以发誓,范妮·威尔默找别针时心想,在晚会或宗教聚会上(金斯顿小姐的父亲是位牧师),她已经听到了一些风言风语,或者可能只是人们提到他的名字时的一抹微笑、一种口气,给了她一种对裘利斯·克雷的"感觉"。不用说,这种"感觉"她从没对任何人说起。或许连她自己都不大清楚她这样说是什么意思。但是每当她谈到裘利斯,或听别人说起他时,涌上心头的第一件事儿就是这种"感觉";这是一种诱惑人的想法;裘利斯身上有一种奇怪的东西。

当朱莉娅坐在琴凳上,侧过身子微笑时,看上去也是这样。美,它徜徉在田野里,附着在窗棂上,飘荡在天空中——;而我却够不着它;我却拥有不了它,——我,她似乎补充说,那只很有特点的手轻轻地握住,因为如此狂热地崇拜它,所以为了拥有它,将不惜付出整个世界！于是她捡起了掉在地上的玫瑰花,范妮却在地上找别针。她把花揉碎了,范妮觉得,春心缭乱地揉在她那光滑的、青筋暴起的、戴满了镶着珍珠的水彩戒指的手里。她的手指的挤压似乎增加了花儿最靓丽的色彩;使它更显眼;使它的褶层更多、更鲜艳、更纯洁。她身上的奇怪之处,也许也是她哥哥身上的奇怪之处,就是:这种手指的揉、抓总是和一种永久的沮丧联系在一起。即便现在的玫瑰花,也让她有这种联系。她双手抓着花儿;她捏着它;但她就是没法完完全全地拥有它、享受它。

克雷兄妹都没结过婚,范妮·威尔默记得。她还记得有一天晚上,课上得比平时晚了一会儿,天已经黑了,朱莉娅·克雷说,"男人的用处肯定就是保护我们。"脸上挂着那一贯的怪怪的微笑,她站在那儿扣披风,披风就像那朵花儿一样,让她的指尖感到青春和灿烂,但也像花儿一样,范妮疑心,让她觉得挺不自在。

"哦,可我才不要什么保护呢。"范妮大笑起来。朱莉娅·克雷用她那种奇特的眼神盯着她说,那可不见得。范妮在她艳美的目光注视下羞得满脸通红。

这是男人的惟一用处,她说。是不是正是这个原因,范妮心里纳闷,眼睛盯着地板,她才一直没有结婚?毕竟,她没有一辈子呆在索尔兹伯里。"伦敦最美丽地方,"她曾说,"(我说的是十五到二十年前)是肯辛顿。不过十分钟就能到花园——它就像国家的心脏。即使穿着拖鞋出去吃饭也不会着凉。知道吗,肯辛顿——当时它就像一个小村庄。"她说。

说到这儿她突然打住,转而强烈批评地铁站里的穿堂风太大。

"这就是男人的用处。"她说,语气尖刻得古怪。这是不是可以解释她独身的问题呢?你想得见她年轻时的种种情景,蓝蓝的秀眸,挺直的鼻子,冷冷的出众的仪态,再加上会弹钢琴,她的玫瑰在布裙的胸襟上绽放着纯洁的热情,她首先迷倒过这样一些年轻男子:在他们眼里,那些东西,诸如瓷茶杯,银烛台,有嵌饰的餐桌,都奇妙无比,因为克雷家正好有这些好东西;这是一些不十分出色的年轻人;这是一些总教堂所在城镇的雄心勃勃的年轻人。她首先迷倒的就是这样一些人,接着,便是从牛津或剑桥来的她哥哥的朋友。他们夏天常来看她;带她去河上划船;与她在通信中对勃朗宁争论不休;偶尔,当她在伦敦逗留的时候,可能还会安排她去逛逛——肯辛顿花园吧?

"伦敦最美丽的地方——肯辛顿(我说的是十五到二十年前)。"她曾经说过。不过十分钟就能到花园——到全国的中心。人们可以让这里产生自己向往的东西,范妮·威尔默想,比如,挑出她的一位老友,画家舍曼先生;在六月一个晴朗的日子,让他如约前来拜访;带她到林荫下喝茶。(他们以前见过,就是在那些穿拖鞋去也不怕着凉的聚会上。)他们一起观赏蛇形池的时候,姑妈或另外某位年长的亲戚总要在那儿等着。他们观赏蛇形池。他可以划船送她过去。人们把它与艾汶河①相比。她会以激烈的态度考虑这一类比。不过对她来说,重要的是河上的风景。她坐着掌舵,背有点儿弓,身材有点儿瘦,尽管当时她丰姿绰约。在关键时刻,因为他决定现在必须向她表明心迹——这是他们单独在一起的惟一机会——他的脑袋从肩膀上转过去,角度十分滑稽,极其紧张地说着——就在那个时刻,她

---

① 在莎士比亚的故乡。

恶狠狠地打断了他的话茬儿。他会把他们划进桥洞里去的,她喊道。对他们俩来说,那是个恐怖的时刻,幻灭的时刻,揭秘的时刻。我得不到它,我占不了它,她想,而他怎么也想不明白她干吗要来这儿。他手中的桨哗啦一下,他拨转船头。纯粹为了呵斥他?他划船带她回去,和她说了再见。

那一幕的背景可以随心所欲地改变,范妮·威尔默寻思。(别针到底掉哪儿了?)可能是拉文纳;或者她帮哥哥看房子的爱丁堡。那一幕可以改变;还有那年轻人以及所采用的方式;但有一样是一成不变的——她的拒绝,她的蹙额,她事后生自己的气,她的辩解,她的宽慰——是啊,对她而言,是极大的宽慰。或许就在第二天,她早晨六点钟起床,穿上披风,从肯辛顿一路走到河边。她庆幸自己没有牺牲去观看事物最美好的样子的权利——也就是说,在人们起床之前,如果她乐意,她也可以在床上吃早餐。她没有牺牲自己的独立。

是啊,范妮·威尔默笑了,朱莉娅没有危害自己的习惯。它们还完好无损地保存着;不过如果她结了婚,这些习惯可要遭殃了。有一天晚上,另一名学生,一个刚结了婚的姑娘,突然心血来潮,想着她会失去丈夫,就急忙跑回家了,朱莉娅半开玩笑地说,"他们是吃人的妖魔!"

"他们是吃人的妖魔。"她冷笑着说。一个妖魔可能会打扰床上的早餐,会打扰清晨河边的散步。如果她有了孩子会怎么办呢(但人们很难想象这一点)?她有个头痛的毛病,很可怕,让她的生活像硝烟弥漫的战场,但她从来没有弄明白究竟是什么原因引起头痛的,于是她对每一个可能的因素都采取了惊人的防范措施:杜绝寒冷,疲劳,油腻的食物,不宜的饮食,凉风,热屋,乘坐地铁。她一直忙于智胜敌人。久而久之,这种追求就变得颇有趣味了;要是她最终打败了敌人,或许还会觉得生活有点儿沉闷呢!实际上,这场拔河比赛是种持久战——一边是她深爱的夜莺或是风景——对于风景和鸟儿她总是情有独钟;另一边是潮湿的小路、或者长期拖拖拉拉地爬一座陡峭的小山,这肯定会让她第二天成为一个废物,引发一次头痛。因此,当她间或巧妙地控制好自己的力量,在番红花开得最盛的一周——光洁明亮的番红花是她最喜爱的——成功地去汉普顿宅院参观一次,这可谓是一个胜利。这是一件难以忘怀的事;一件意义永远重大的事。她把这个下午串到那值得纪念的日子的项链上,那条项链不是太长,所以她仍然能回想起这一天,那一天;这片风景,那座城市;仍然能触摸它,感受它,叹息着品味使它显得独一无二的品质。

"上星期五那里真是美不胜收,"她说,"所以我决定非去一趟不可。"于是她去了滑铁卢,带着一项伟大的任务——去参观汉普顿宅院——孤身一人。人们总是自然而然但又不免有些傻气地为那种她从未奢求别人同情的事情同情她(实际上,她沉默寡言已成习惯,只是在谈到她的健康问题时变得激昂,就像一名战士说到敌人一样)——人们同情她是因为她做什么事都是一个人。她哥哥死了。姐姐患有哮喘病。她发现爱丁堡的气候适合她。但是朱莉娅觉得那里太荒凉。还有可能,她发现在那里触景伤怀,因为哥哥,那位大名鼎鼎的考古学家就是死在那里的;她爱哥哥。于是现在她就孤零零一个人住在布朗普顿路旁的一所小屋里。

范妮·威尔默看到了别针;她把它捡了起来。她凝视着克雷小姐。克雷小姐是不是太孤独?不,即便在此时此刻,克雷小姐也是个沉稳而快乐的女人。范妮一时欣喜若狂,已经让她吃了一惊。她坐在钢琴前,侧过身来,双手紧握放在大腿上,把那支康乃馨直直地竖着。她的身后是有棱有角的一方窗户,窗帘没有拉上,在夜色中显得紫微微的,明亮的电灯没有灯罩,照着布置简单的乐室,所以窗户更显紫乌乌的。朱莉娅·克雷弓着背坐着,蜷在一起,手里握着她的花,看上去她好像是从伦敦的夜色中走出来的,似乎把夜色像一件披风一样扔在身后,仿佛在乐室的光秃,浓浓的紫色中,缭绕在她周围的是她精神的焕发,某种她所创造的东西。范妮呆呆地望着。

一时间,所有的东西在范妮·威尔默的凝睇中变得透明起来。仿佛看透克雷小姐后,她看见了她的存在的源泉不断喷发出银色的纯净水滴。她看见了克雷小姐那遥远的过去。她看见了盒子里绿色的罗马花瓶;听见了合唱队队员们在打板球;看见朱莉娅娴静地走下旋转楼梯来到草坪上;然后看见她把茶叶倒在柏树底下;温柔地握住老人的手;看见她在古老的大教堂所在地走廊周围盘桓,手里拿着毛巾给它们做记号;她一边走,一边悲叹日常生活的琐碎;她慢慢地上了年纪,一到夏天,她把衣服收起来,因为它们颜色太靓丽,年纪大了穿着不合适;照料父亲的病;在下定决心要走向惟一的目标时,便更加明确地开辟自己的路;旅行很节俭;对开销精打细算,为了这次旅行或一面旧镜子而从关紧的钱包里再三权衡,拿出所需费用;不管人们怎么说,倔强地我行我素。她看见朱莉娅——

朱莉娅容光焕发。朱莉娅激情似火。她像一颗燃尽了的白星星从黑夜中闪现出来。朱莉娅张开双臂。朱莉娅吻她的嘴唇。朱莉娅拥有了它。

当范妮·威尔默用颤抖的手指把花别到她的胸前的时候,克雷小姐松开了胳膊,怪笑着说道:"斯莱特商店的别针没有尖儿。"

热爱同类的人

那天下午,普里克特·埃利斯一路小跑穿过迪恩斯庭院,冷不防碰上了理查德·达洛维,或者更确切地说,他们正要擦肩而过时,彼此偷偷地扭头从帽子下乜斜了一眼,想不到突然认出了对方;他们有二十年没见过面了。两人从前是同学,埃利斯现在干什么? 当律师? 当然,当然——他一直关注着报纸上的案件。但这里不是谈话的地方。今晚他是不会来串门的。(他们仍住在老地方——就在拐角儿上。)有人来了。可能是乔因森。"现在成了大红人了。"理查德说。

"挺好——至少到今晚,"理查德说完,尽管向前走去,"非常高兴。"(这倒是实话)遇见那古怪的家伙,他跟上学的时候一模一样,一点也没变——还是那个圆鼓鼓、胖乎乎的小子,头上长角,身上长刺,但聪明得不是一般——得过纽卡斯尔奖。哟——他走了。

然而,当普里克特·埃利斯转身望着达洛维消失的背影时,反倒希望自己没有遇见他,或者,至少不应该答应参加这个晚会,因为他一直都喜欢他。达洛维结婚了,常常举办晚会;他俩根本不是一路人。他还得穿上礼服。但当夜幕降临时,他想,如他所言,他不想显得没有礼貌,他必须去一趟。

可多么可怕的娱乐呀！乔因森在那儿；他们之间无话可说。他本来就是个自命不凡的小子；后来越来越妄自尊大——如此而已；满屋子再没有一个普里克特·埃利斯认识的人。一个也没有。他总不能不和达洛维说一句话就立马走人吧。而达洛维呢，似乎全心全意地尽着主人的职责，身穿白色马甲忙得团团转，所以，他就只好干站在那儿。这类事情叫他恶心。想一想已经成年、有责任感的男男女女一辈子每天晚上做这种事！他默不作声，靠着墙，剃刀刮得青一块红一块的脸颊上的皱纹更深了，因为尽管他干起活来像头牛，但他还是坚持锻炼，注意健康；他看上去生硬凶狠，仿佛小胡子染上了霜似的。他头发直立；他气势汹汹。穿着劣质的礼服，使他显得邋里邋遢、无足轻重、生硬笨拙。

百无聊赖，喋喋不休，衣着过分讲究，没有一点头脑，这些高雅的女士、先生们说说笑笑，没完没了；普里克特·埃利斯注视着他们，并把他们与布伦纳夫妇进行比较。布伦纳夫妇打赢了与芬纳啤酒厂的官司，获得两百英镑的赔偿金（还不到他们应得的一半），便拿出了五英镑给他买了一个钟。这件事做得得体；这类事令人感动，他更为严厉地盯着这群人，衣着过分讲究，待人尖酸刻薄，生活富贵荣华，他把自己现在的感受与那天上午十一点时的感受进行比较，当时老布伦纳和布伦纳太太，一对十分可敬而又正派的老人，穿着一身最好的衣服前来拜访，送给他那个小小的纪念品，老头儿就是那么说的，他站得笔直，发表了一番表示感谢和敬意的演说，说您把我们的案子处理得非常出色，接着布伦纳太太尖声尖气地说，他们觉得他功不可没。对他的慷慨，他们深表赞赏——当然是因为他没有收取律师费的缘故。

他把钟收下,摆在壁炉台中间时,他觉得不愿让任何人看到自己的脸。那是他的工作所得——那是给他的报酬;看着眼前这群人,仿佛他们在他的律师事务所里的那一场景上面跳舞,而且被它暴露出来,当这种场景消失时——布伦纳夫妇消失时——那一场景所剩的仿佛只有他自己,面对着这群充满敌意的人,他只是个平平常常,不谙世事的人,一个寻常百姓(他挺直了身子),穿着低劣,怒目圆睁,全身上下没有一点风度或优雅,一个拙于隐藏感情的人,一个普通的人,一个平庸的人,却与社会的邪恶,堕落与无情势不两立。但他不想再呆着下去了。现在他戴上眼镜细看着那些图画。他念着一排书的书名;大多是诗集。他倒很乐意把以前喜爱的作品再看一遍——莎士比亚,狄更斯——他希望有时间能去趟国家美术馆,但就是办不到——不行,办不到。还真的办不到——世界处于这样一种情况下。人们整天都需要你的帮助,吵吵闹闹要求帮助的时候,绝对办不到。现在还不是讲究奢华的年代。他望着扶手椅、裁纸刀以及装帧精美的书籍,摇了摇头,明白自己永远也不会有时间,永远也不会高兴有那份心情,有钱去享受那样的奢华。如果这里的人知道他的烟丝是什么价钱;知道他借衣服的情况,他们肯定会感到震惊的。他惟一的一件奢侈品便是诺福克宽阔河段上的小快艇。那是他允许自己享有的东西。他确实喜欢一年一度离开所有的人,仰面躺在田野上。他想他们将会感到多么震惊——这些高雅人士——要是他们得知他从他抱残守缺、大言不惭地称之为热爱自然的活动中得到多少乐趣的话;树木和田野是他孩提时就烂熟于心的。

这些高雅人士肯定会大为震惊的。的确,他站在那儿,把眼镜摘下收进口袋里时,感到自己一刻不停变得越来越令人吃惊。

这是一种非常不快的感觉。他并没有感受到这一点——他热爱人类，他只买五便士一盎司的烟草，他还热爱自然——自自然然，不声不响地爱着。这些乐趣统统变成了抗议。他觉得正是他瞧不起的这些人使他挺身而出，仗义执言。"我是个普通的人。"他一再说。接下来要说的话让他实在羞于启齿，但他还是说出口来，"我一天为我的同类所做的比你们一辈子做的加起来还多。"他实在难以自已；他不断地回想着一幕一幕的往事，比如布伦纳夫妇给他送钟时的情景——他不断提醒自己，人们对于他的善良、对于他的慷慨、对于他怎样帮助他们所说过的赞誉。他一直把自己看成人类聪明、宽容的仆人。他真想把人们对他的赞扬话大声背出来。令人不快的是，对自己善良的意识竟然在心里沸腾不止。更令人不快的是，他无法给任何人讲述人们对他的评价。感谢上帝，他一个劲儿地说，明天我将回去工作；然而他不再满足于仅仅溜出门回家去。他必须呆着，他必须呆到为自己申辩后再走。但他怎么能呢？这房间里所有的人，他一个人都不认识，向谁去诉说。

理查德·达洛维终于走了过来。

"我来介绍一下奥基夫小姐。"他说。奥基夫小姐直愣愣地盯着他的眼睛。她是一位神态傲慢、举止唐突的三十多岁的女子。

奥基夫小姐想要客冰淇淋或者什么饮料。她叫普里克特·埃利斯给她拿过来，他觉得她的态度傲慢无理，为什么会这样呢？原来在那个炎热的下午，她看见一个女人带着两个孩子，又穷又累，趴在广场的栏杆上往里瞅。不能放他们进来吗？她想，她的怜悯之情如海浪般涌起；她的义愤沸腾起来。不；她马上狠狠地自责了一番，仿佛她扇了自己一记耳光。整个世界对此都无能为力。于是她把网球捡起，掷了回去。整个世界对此都无能为力，她气愤地说。正因为如此，她才会对一位素不相识的男子下命令说：

"给我拿一客冰淇淋！"

离她吃完冰淇淋还远着呢，普里克特·埃利斯站在她身边，什么都没吃，告诉她说他已经十五年没有参加过晚会了；告诉她说他穿的礼服是妹夫借给他的；告诉她说他不喜欢这种东西，如果她让他继续说他是个平平常常的人，正好也喜欢平民百姓，那就会让他自在许多，然后他要给她讲（后来又感到讲这事怪不好意思）有关布伦纳夫妇和那个钟的事儿，可是她却说："你看过《暴风雨》吗？"接着就是（因为他没看过《暴风雨》），他是不是读过什么书？还是没有，于是，她放下冰淇淋，他难道从不读诗？

普里克特·埃利斯感到心中有某种东西涌了起来，它会把这个年轻女子的头砍下来，使她成为牺牲品，杀掉她，让她坐在那儿，在他们不受干扰的地方，坐在空荡荡的花园里的两把椅子上，人人都在楼上，你只能听见喊喊喳喳、丁丁当当的声音，仿佛是某个鬼魂管弦乐队在为一两只悄悄溜过草坪的猫咪，为摇曳的树叶，为左右摇摆的灯笼似的或黄或红的果子所做的疯狂的伴奏——这场谈话好像是为了某种异常真实、充满了苦难的事物所配的狂乱的基干舞曲。

"多美啊！"奥基夫小姐说。

啊，就是美，在客厅呆过之后，这一小块绿色的草坪，威斯敏斯特的塔楼耸立在高空，黑魆魆的聚集在它的周围；听过那片喧闹后，这里异常安静。毕竟，他们还有那个——那个疲惫的女人，两个孩子。

普里克特·埃利斯点着了烟斗。这会让她感到震惊;因为他装进去的是劣质烟丝——五个便士一盎司。他想着躺在那条小船里,抽着烟,他可以看到自己,独自一人,黑夜里,星光下,抽着烟。因为今晚他总在想,如果这些人要来看他,他会是什么模样。他顺手在鞋底上划了根火柴,跟奥基夫小姐说,他看不出这儿有什么美不胜收的东西。

　　"也许,"奥基夫小姐说,"你不关心美。"(他跟她说了他没看过《暴风雨》;他没读过一本书;他看上去不修边幅,触目的是胡子,下巴,还有银表链)她认为这不用花一分钱;博物馆免费参观,还有国家美术馆;还有乡村。当然她知道种种反对理由——洗衣,做饭,看孩子;但事情的根源,也就是大家都不敢说的东西,就是快乐贱如粪土。你能白白获得它。美。

　　于是普里克特·埃利斯让她——这个面色苍白、举止唐突、态度傲慢的女人拥有了它。他一边抽着劣质烟丝,一边告诉她那天他做了些什么。六点起床;几次访谈;在一个肮脏的贫民窟里闻阴沟散发出的恶臭;接下来就去了法庭。

　　讲到这儿,他犹豫不决,想给她讲点他自己的作为。但他忍住了这种冲动,便越发地刻薄起来。他说听到终日锦衣玉食的女人们(她的嘴唇抽搐了一下,因为她身材瘦削,衣着也够不上档次)谈论美让他恶心。

　　"美!"他说。他恐怕他理解不了脱离人的美。

　　他们凝视着那空荡荡的花园,灯光摇曳不定,中间有一只猫抬起爪子,踯躅不前。

　　脱离人的美?他这话是什么意思?她突然发问。

　　唔,这个:他向她讲述布伦纳夫妇和钟的故事,越讲越激动,丝毫不掩饰自己的得意之情。那就是美,他说。

他的故事在她心中激起的恐怖,她是无法用语言来明确描述的。首先是他的自负;然后是他讲到人类的情感时言辞粗鄙;那是一种亵渎;全世界谁也不应该以讲故事来证明他热爱同类。然而,当他讲故事时——那位老人怎样站着致辞——她热泪盈眶了;啊,要是有人给她说过这事那该多好!但随后她再次感到使人类永远遭受谴责的正是这一点;他们永远不能超越送钟的这类感人场景;布伦纳夫妇对普里克特·埃利斯之流致辞道谢,普里克特·埃利斯之流总会说他们多么热爱自己的同类;他们将永远懒惰下去,永远相互妥协,惧怕美。由此便产生了变革;从懒惰、恐惧以及这种对感人场景的热爱而来。这个男人依旧从他的布伦纳夫妇之流那儿获得快乐;她却注定要因为那些不得进入广场的贫穷可怜的女人永受煎熬。于是他们坐着,默默无言。两个人都很不快乐。因为普里克特·埃利斯从自己说的话里没有得到丝毫的安慰;他非但没有把她身上的刺儿拔出来,反而把它搓进去了;他早晨的快乐也被毁掉了。奥基夫小姐被搅得昏头昏脑,恼怒不已;她不但没有明白,反而更糊涂了。

"恐怕我是那些极普通的人中的一员,"他说着站起身来,"他们热爱自己的同类。"

一听这话,奥基夫小姐几乎嚷起来:"我也是。"

彼此憎恨,又都憎恨那满屋子的人,因为他们造成了这个令人痛苦的、令人幻灭的夜晚,这两个热爱自己同类的人便站起身来,一言未发,永远分手了。

探 照 灯

十八世纪的伯爵府在二十世纪变成了一家俱乐部。大厅里圆柱林立,吊灯如云,在灿烂的灯光下用完餐,再走到俯瞰公园的阳台上观景,实在令人心旷神怡。树木枝繁叶茂,要是有月亮,人们就会看到栗树林上粉乳色的顶戴。但那是一个月黑夜,一个明媚的夏日过后,非常温暖。

艾维米夫妇的客人正在阳台上喝咖啡,抽烟。仿佛为了免除他们说话的需要,为了让他们毫不费力地自娱自乐,光束旋转着划过了天空。当时是和平时期;空军在演习;在搜寻空中的敌机。灯光停住,刺探过某个疑点后,就像风车的翼板一样,或者又像某种巨型昆虫的触角一样,旋转着,在这里暴露出一片惨白的石头建筑的正面;在那里显现出一棵繁花盛开的栗树;随后,突然之间,灯光直射到阳台上,于是有个明亮的圆盘忽闪了一下——可能是女士手袋上的一面镜子。

"看!"艾维米夫人惊叫道。

灯光闪过。他们又淹没在黑暗之中。

"你们永远都猜不到它让我看到了什么!"她补充说。自然而然,他们猜了起来。

"不,不,不。"她反驳道。谁也猜不到;只有她知道;只有她能知道，因为她就是那位男子的亲重孙女。他给她讲过那个故事。什么故事？要是他们愿意听，她倒想试着讲一讲。开戏前还有的是时间。

　　"但我从哪儿讲起呢?"她沉思起来,"一八二〇年? ……我的曾祖父还是个孩子,肯定就是那一年左右。现在我自己也不年轻了,"——不,但她绰约多姿,仪容修美——"我还是个小孩的时候,——他给我讲这个故事的时候,他已经很老了。一个非常英俊的老人,长着一头蓬乱的白发,一双湛蓝的眼睛。他以前一定是个漂亮的男孩。但说来奇怪……那挺正常,"她解释说,"要是看见他们怎么生活的话。他姓库默。他们家道败落了。他们也曾经是名门雅士;在约克郡有地产。但当他是个孩子的时候,家中所剩就惟有一座塔楼了。房子只是个小农舍,立在田野中央。我们十年前看见过它,还仔仔细细察看了一番。我们得下车,从田野里走过去。房子不与任何道路相通。它孤零零地立着,野草都长到大门上了……房间里外都是鸡群,跑来跑去四处啄食。一片败落景象。我记得有块石头突然从塔楼上掉了下来。"她顿了顿,"他们就住在那儿,"她接着说,"老人,女人和男孩。女的不是他的妻子,也不是男孩的母亲。她只不过是一名农工,是妻子死后,他带到身边一起过活的一个女孩。这也许是没人探望他们的另外一个原因——整个地方一片败落景象的另一个原因。但我记得门上有个家徽;还有书,旧书,都发了霉。他的一切知识都是从书上学来的。他看呀看呀,他告诉我,看的都是旧书,有地图从书页中探出来的书。他把书拽到塔楼顶上——那条绳子还在那儿,还有破烂不堪的楼梯。窗子里仍有一把坐板都掉了的椅子;窗户开着,晃来晃去,玻璃破了,从那里可以看到多少英里的荒原。"

她顿了一下,仿佛是在塔楼上从晃开的窗户向外眺望。

"但我们,"她说,"找不到望远镜。"他们身后的餐厅里丁丁当当的碟子碰撞声更大了。但艾维米夫人,坐在阳台上,因为找不到望远镜,看上去一筹莫展。

"为什么要望远镜呢?"有人问她。

"为什么? 因为如果没有望远镜的话,"她笑道,"我现在就不该坐在这儿了。"

当然,她现在就坐在这儿,一个绰约多姿的中年妇女,肩膀上有个蓝蓝的东西。

"肯定是那儿,"她接着说,"因为,他告诉我,每天晚上当老人睡了的时候,他就坐在窗口,用望远镜看星星。木星,金牛座,仙后座。"她向开始在树林上空露脸的星星挥了挥手。天越来越黑。探照灯显得更亮了,它扫过天空,这儿停停,那儿顿顿,凝视着星星。

"它们过去也在那儿,"她继续说,"那些星星,他问自己,我的曾祖父——那个男孩:'它们是什么? 为什么它们在那儿?而我又是谁?'一个人独自枯坐,没人听他说话,望着星星时,就是这么做的。"

她沉默了。他们都看着树林上空黑暗中出现的星星。星星似乎是恒久不变的。伦敦的喧嚣跌落了。百年光阴弹指一挥间。他们觉得那男孩正和他们一起仰望星星。他们似乎和他在一起,在塔楼里眺望荒原上空的星星。

这时候,一个声音在他们身后说:

"对,是星期五。"

他们都转过身,挪动挪动,感到又掉到了阳台上。

"啊,但当时没有人对他说这种话。"她喃喃地说。那对夫妇站起身来走了。

"他独自一人,"她接着说,"那是一个晴朗的夏日。六月的一天。是那种一切似乎都热得入了定一般的一个地地道道的夏日。鸡群在晒谷场里啄食;老马在马厩里跺着蹄子;老人端着杯子打着盹儿。女人在洗涤室里洗刷着桶子。也许有块石头从塔楼上掉了下来。仿佛白天永远不会结束似的。他没人说话——也没事儿干。整个世界在他眼前绵延铺展开来。荒原起起伏伏;天地相连;绿的,蓝的,绿的,蓝的,永永远远。"

在半明半暗之中,他们可以看到艾维米夫人倚着阳台,双手托着下巴,仿佛正从塔楼顶上眺望荒原。

"只有天苍苍,野茫茫,天苍苍,野茫茫,永永远远。"她絮叨着。

然后,她做了一个动作,仿佛把什么东西甩到合适的位置上似的。

"可是用望远镜看,大地是什么样子呢?"她问。

她用手指又做了一个敏捷的小动作,仿佛在捻什么东西。

"他调着望远镜,"她说,"他把它调着对准大地。他调着它对准天边上的一大片黑沉沉的树林。他调着它以便他能看见……每一棵树……每一棵单个的树……鸟群……飞起落下……一缕直烟……那儿……在树林中间……然后……往低……往低(她垂下眼睛)……有幢房子……树林中有一幢房子……一座农舍……每一块砖都历历在目……门两边有花盆……盆里有花,蓝色的、粉色的,绣球花,也许……"她顿了顿……"就在那时,屋里出来了一个女孩……头上戴着个蓝色的东西……站在那儿……喂鸟……鸽子……它们在周围盘旋……然后……看……一个男人……一个男人! 他从墙角出来;他抱住了她! 他们亲吻……他们亲吻。"

艾维米夫人张开她的臂膀,又合住,仿佛她在亲吻什么人似的。

"他第一次看到一个男人吻一个女人——在他的望远镜里——在荒原那边多少英里以外的地方!"

她把什么东西推开了——可能是望远镜。她坐得笔直笔直的。

"于是他跑下楼。他跑过田野。他跑下小路,又上了大路,穿过树林。他跑了多少里路,正好星星在树林上空出现的时候,他跑到了那幢房子跟前……风尘仆仆,汗流浃背……"

她停下来,仿佛她看到了他。

"然后呢,然后呢……然后他干什么了?他说什么了?还有那个女孩……"他们追问她。

一束光照到艾维米夫人身上,仿佛有人把望远镜对准了她。(是空军,在搜寻敌机。)她已经站了起来。她头上有个蓝蓝的东西。她举着手,仿佛站在门道里,满脸惊愕。

"噢,那女孩……她是我——"她犹豫了一下,仿佛要说"我自己",但她想起来了;便纠正过来,"她是我的曾祖母。"她说。

她转过身找披风。披风就在她身后的一把椅子上。

"但是给我们讲讲——另外那个男人,那个从墙角出现的男人怎么样了?"他们问道。

"那个男人?噢,那个男人,"艾维米夫人喃声说着,俯下身摸弄着披风(探照灯不再照阳台了),"他嘛,我想,消失了。"

"这灯,"她又说,一边在收拾东西,"只不过这儿照照,那儿照照。"

探照灯照过去了。它现在对着素净宽阔的白金汉宫。他们该去看戏了。

遗　赠

"茜茜·米勒留念。"吉尔伯特·克兰顿在妻子客厅里小桌上乱扔着的戒指和胸针里,捡起那枚珍珠胸针,读着上面的铭文:"茜茜·米勒留念,顺附爱心一片。"

连她的秘书茜茜·米勒都记着,这倒像安吉拉一贯的作风。但真奇怪,吉尔伯特·克兰顿再次寻思,她把一切安排得那么周详——她的朋友个个都得到一件小赠礼。仿佛她预见到自己要死似的。可六周以前,那天早晨她离开家时身体状况极佳;她在皮卡迪利刚一迈出人行道,汽车就把她撞死了。

他等着茜茜·米勒。他请她过来一下;既然她跟他们生活了这么多年,他觉得,他应当把这件表示关爱的纪念品送给她。是啊,他坐着等时,继续寻思:真奇怪,安吉拉把一切安排得那么周详。给每个朋友都留下一份表示关爱的小纪念品,每只戒指,每条项链,每只小套盒——她对小盒子情有独钟——上面都有名字。每一个都能勾起他的某种回忆。这一件是他送给她的;这一件——镶着红宝石眼睛的搪瓷海豚——是她有一天在威尼斯的一条背街上一眼看中,立即买下的。他还能记得她那轻轻的欢呼声。当然,对于他,她并没有留下特别的东西,除了她的日记。十五册小本子,绿皮封面,齐崭崭地立在他身后她的书桌上。打他们结婚之日起,她就天天记日记。他们为数寥寥的几次——他不能称之为争吵,只能叫口角——就与这日记有关。他一进门,发现她写东西,她每回不是把本子合上,就是用手捂住。"不,不,不,"他还能听见她说,"等我死了以后——也许。"就这样她把日记留给了他,成了她的遗赠。这是她生前他们惟一未曾分享过的东西。但他一直理所当然地认为,她会比他更长寿。只要她停住一会儿,想想她在干什么,她现在还会活得好好儿的。但她径直迈出了道牙,肇事司机在接受讯问时说。她就没有给他刹车的可能……这时候门厅里的说话声打断了他的思绪。

"米勒小姐,先生。"女仆说。

她走了进来。他平生还没有单独和她见过面,当然更没有见过她流泪了。她伤心得要命,这也难怪。对她来说,安吉拉绝不仅仅是一位老板。她是一位朋友。在他看来,他想,一边给她推过一把椅子,让她坐下,她不见得比她那一类的别的女人更出色。茜茜·米勒这样的人成千上万——一袭黑衣,手提公文包,死气沉沉的小女子。但安吉拉善解人意,所以在茜茜·米勒身上发现了各种各样的优秀品质。她办事慎重;她少言寡语;她为人可靠,谁都可以对她推心置腹,如此等等,不一而足。

米勒小姐起初说不成话。她坐在那里不住地用手绢轻轻地擦眼睛。后来她憋足了一股劲。

"请原谅,克兰顿先生。"她说。

他含糊了两句。当然,他心里明白。这是人之常情。他猜得出他妻子对她意味着什么。

"我在这儿一直非常快乐。"她边说边四处打量。她的目光落到他身后的写字台上。她们——她和安吉拉,就是在那儿工作的。凡是落到一名政要的妻子肩上的职责,她都尽心尽力了。她一直是他事业上的最好的贤内助。他屡屡看到她和茜茜坐在那张桌子前——茜茜坐在打字机前,打下她口授的信函。毫无疑问,米勒小姐也想到了这一点。现在他必须做的无非是把他的亡妻留给她的胸针给她就是了。这似乎是一件不太合适的礼物。还不如留给她一笔钱,甚至不如把那台打字机送给她。但东西就在这里——"茜茜·米勒留念,顺附爱心一片。"于是他拿起胸针,交给她,并发表了一段他已经准备好的简短演说。他知道,他说,她会珍惜此物。这是他妻子生前常常佩戴的东西……她接过胸针,几乎也像准备好了一篇演说似的答道,它将永远是一件珍宝……她还有别的衣服,他估计,不至于让一枚珍珠胸针显得如此格格不入吧。她现在穿的是那套短小的黑衣黑裙,似乎是她这一职业的统一着装。随后,他想起来了——对了,她穿的是丧服。她也有她的不幸——她所挚爱的一个哥哥死了,只比安吉拉早一两个礼拜。是出了什么意外事故吧?他记不得了——只是安吉拉给他提过。安吉拉由于善解人意,所以心绪特别烦乱。这时候,茜茜·米勒已经站起来了。她正在戴手套呢。显然,她觉得她不应当来打扰。但他也不能不说说她的前景就是让她走呀。她有什么打算?有没有要他帮忙的地方?

她凝视着那张桌子,在那里她坐着打过字,那里放着那些日记。由于沉浸在对安吉拉的思念里,她没有立即回应他要帮忙的建议。她似乎一时没弄明白。于是他又重复了一遍:

"你有什么打算,米勒小姐?"

"打算?噢,没有什么,克兰顿先生,"她大声说,"请别为我操心。"

他认为她的意思就是她不需要资助。这一类建议,他意识到,还是书面提出为好。现在,他和她握手告别的当儿,他能做到的无非就是说一句"记住,米勒小姐,要是有什么需要帮忙的地方,我一定乐意……"然后他把门打开。一时间她在门槛上站住了,仿佛突然想起了什么。

　　"克兰顿先生,"她说,第一次直视着他,他也是头一回为她的那种同情而透彻的眼神所打动,"无论什么时候,"她接着说,"有什么我可以为您效劳的事情,记住,看在您太太的分上,我会感到十分荣幸……"

　　话一说完,她就走了。她的话,还有她说话的神态,都完全出人意料。简直就像她相信或者希望他用得着她似的。他回到椅子旁边,突然冒出一个奇异的、也许是荒诞的想法。会不会,在这些年,尽管他很少注意她,她却如小说家们说的那样,慢慢地对他一往情深?他从镜子前面走过,看到了自己在镜子里的形象。他已年过半百;但他不得不承认,按镜子所反映的情况,他仍是一位相貌出众的男子。

　　"可怜的茜茜·米勒!"他说,扑哧一声笑了。他多想跟妻子开开这个玩笑呀!他凭着本能转向她的日记,"吉尔伯特,"他随便翻开一页读道,"看上去多么神气……"仿佛她已经回答了他的问题。当然,她似乎说,你对女人很有魅力。当然茜茜·米勒也有同感。他接着读。"身为他的妻子我感到无限自豪!"他也为做了她的丈夫而骄傲非常。每当他们到外面吃饭时,他多少次地隔着桌子把她打量,暗自思忖,"她是这里最可爱的女人!"他接着往下读。那是他竞选议员的头一年。他们曾在他的选区巡察。"吉尔伯特坐下时,掌声雷动。听众全体起立,放声高唱:'因为他是个极好的伙伴。'我深受感动。"当时的情景他也记得。他一直和她并排坐在讲台上。他还能看见她投给他的一瞥目光,当时她已经热泪盈眶。可后来呢?他一页一页地翻着。他们去了威尼斯。他回想起当选后的那次快乐的假日。"我们在弗洛里安吃冰淇淋。"他不禁莞尔——她依然是个小孩;她爱吃冰淇淋,"吉尔伯特给我讲威尼斯的历史,有趣极了。他给我讲历届总督……"她用小学生的笔体把这些统统记了下来。和安吉拉结伴旅行的乐趣之一就是她求知若渴。她愚昧无知,她总是说,仿佛那是她的一种魅力似的。随后——他翻开下面的一册——他们回到了伦敦。"我急于留下一个好印象。我穿上了结婚礼服。"他现在还能看见她坐在老爱德华爵士身旁;使那个糟老头子,他的上司,为之倾倒。他赶着往下读,根据她那些支离破碎的记叙填充一幕接一幕的场景。"在下议院用餐……参加洛夫格罗夫的晚会。洛夫人问我,我是否意识到身为吉尔伯特的妻子的责任?"然后,随着岁月的迁流,——他从写字台上又拿了一本——他对自己的工作越来越投入。而她呢,当然独自在家的次数越来越多……显然,他们没有孩子,这是她的一大悲哀。"我是多么希望,"一则日记写道,"吉尔伯特有个儿子!"说来奇怪,他自己倒从来没有为此感到多大的抱憾。其实生活一直是如此充实,如此丰富。那一年,他担任了政府里的一个微职。只不过是一个微职而已,但她的评论却是:"我现在十分肯定,他将来会当首相!"哎,要是情况有所不同,这种事并非没有可能。他停顿片刻,琢磨事态的可能。政治就是一场赌博,他寻思;但这场角逐尚未结束。五十岁哪能呢。他一目十行,又扫了几页,里面记的全是琐事,也就是构成她的生活的那些微末的、快乐的日常琐事。

他又拿起一本,随便翻开。"我是个十足的胆小鬼,又让机会溜走了。但当他事务缠身的时候再拿自己的事去烦他,似乎太自私了。何况我们难得有一个单独在一起的晚上。"这是什么意思?噢,这里就有解释——它指的是她在东区的工作,"我鼓足勇气终于给吉尔伯特讲了,他是如此善解人意。他没有反对。"他想起了那次谈话。她给他讲过,她觉得自己无所事事,一无所用。她希望有个自己的工作。她想干点助人为乐的事儿——她脸红得好漂亮啊,他记得,她就是坐在那把椅子上说那件事儿的。他还口轻舌薄把她取笑了几句。又要照料丈夫,又要操持家务,难道还不够她忙乎的?当然,要是这事儿能让她开心,他有什么好反对的。什么事儿?某个城区?某个委员会?只是她必须答应不要把自己累出病来。这样,好像每逢周三她都去白教堂区。他记得他是多么厌恶她在那些场合穿的衣服啊。但她似乎干得非常认真。日记里充满了这一类的记载:"看望琼斯太太……她有十个孩子……丈夫遭遇事故,失去一只臂膀……尽我所能为莉莉找了一份工作。"他往下浏览。他的名字出现得不是那么频繁了。他的兴趣减弱了。有几则他干脆摸不着头脑。例如:"跟 B. M. 关于社会主义进行了一场激烈的争论。"B. M. 是谁?他无法把这两个首字母补齐。她在一个委员会上遇到的某个女人吧。他猜。"B. M. 对上层阶级进行了一次猛烈的抨击……会后同 B. M. 步行回家,一路上想说服他。但他心胸过于褊狭。"看来 B. M. 是个男人了——无疑是那些自命的"知识分子"中的一员了,这些人正如安吉拉所说,言词如此激烈,心胸又如此褊狭。显然,她还邀请他来看她。"B. M. 来吃饭。他和米妮握手!"这个惊叹号把他脑海里的画像又扭曲了一下。B. M. 似乎对客厅女仆不大习惯;他跟米妮握过手。兴许他是那种经常在上流妇女客厅里宣扬自己观点的驯化了的工人中的一员。吉尔伯特了解那种人,而且对这个样品没有好感,不管 B.M.是何许人。这里又是他。"跟 B.M.参观伦敦塔……他说革命必将到来……他说我们陶醉在虚幻的乐园里。"这正是 B.M.常常挂在嘴上的那种话——吉尔伯特现在可以听见他夸夸其谈。他也可以清清楚楚地看见他那副嘴脸——一个矬墩子,一脸乱胡子,系的是红色领带,穿的总是花呢西服,一辈子没做过一天像样子的事儿。安吉拉肯定有眼力看透他了?他继续读。"B.M.讲了一些很不中听的话,谈的是——"名字被小心地划掉了。"我跟他讲,我再也不想听诋毁——"名字又被抹掉了。会不会是他自己的名字?他一进来,安吉拉立即捂住她的日记,难道这就是原因的所在?这个想法使他对 B.M.不断增大的反感起了火上浇油的作用。他竟然如此无礼,就在这间屋子里对他评头论足。为什么安吉拉从来没有给他说过呀?遮遮掩掩不是她的作风;她可是坦诚的典范呀。他一页一页地翻着,把涉及 B.M.的每一句话都找出来。"B.M.给我讲他童年的故事。他母亲出去给人当清洁工……一想到这种情况,我就不忍心再过这样奢华的生活……一顶帽子三个几尼!"要是她跟他探讨这个问题,而不是用那些问题伤她那可怜的小脑筋,那该多好!因为那些问题太复杂,她是弄不明白的!他还给她借书看,《卡尔·马克思,将来的革命》。首字母 B.M.,B.M.,B.M.,重复出现。可为什么从不用全名呢?使用首字母,表现了一种随便,一种亲密,这不是安吉拉的一贯作风。是不是她当面也直呼他 B.M.?他接着读。"晚饭后,B.M.来了,出乎意料。幸好,只有我一个人。"那仅仅是一年前的事。"幸好"——干吗要幸好呢?——"只有我一个人。"那天夜里他在哪里呀?他核实了一下他记事本上的日期。那天夜里市长官邸举行宴会。B.M.和安吉拉单独过了一个晚上！他极力回想那个晚上的情况。他回来时她是不是还没睡等着他？屋子是不是还跟平素一样？桌子上有没有酒杯？椅子是不是凑在一起？他什么都记不得了——没有任何印象，只依稀记得他在官邸宴会上的一席讲话。他觉得事情越来越不好解释——整个情景：他妻子单独接待一个他不认识的男人。也许下一册会做出解释。他急忙去取最后一本日记——就是她死的时候还未写完的那本。哼，第一页上又是那该死的家伙。"单独与 B.M. 用餐……他变得急躁不安。他说我们也该到互相理解的时候了……我极力让他先听我的意见。但他就是不听。他威胁说要是我不……"这一页其余的话都勾掉了。她整整一页都写的是"埃及。埃及。埃及。"他连一个字也看不明白；但只有一个解释：那流氓要她做他的情妇。在他的房间里，再没有人！血顿时涌到吉尔伯特·克兰顿的脸上。他飞快地翻着。她是怎么回答的？再没有首字母了。现在仅仅是"他"。"他又来了。我跟他讲，我无法做出任何决定……我恳求他离开我。"他竟然在这幢房子里逼她就范。但为什么她没有告诉他呢？她怎么能有片刻的犹豫呢？然后："我给他写了一封信。"然后是好几页空白。然后是这么一句："没有回信。"然后又是几页空白；然后是这么一句："他竟然做出了他所威胁的事。"此后，——此后是什么呢？他翻了一页又一页。全是空白。但就是在她死的前一天，有这么一则："我有没有勇气也去这么做？"这就是结尾。

吉尔伯特·克兰顿让日记本滑落到地板上。他可以看见她就在眼前。她站在皮卡迪利的道牙上。她的眼睛瞪着；她的拳头攥着，车来了……

他难以忍受。他必须弄清真相。他一个箭步向电话走过去。

"米勒小姐!"然后就是静默。接着他听见有人在房间里走动。

"我是茜茜·米勒"——她的声音终于回话了。

"谁是 B. M. ?"他声如雷鸣。

他能听见那只廉价钟在她的壁炉上嘀嗒;然后是一声长叹。最后她说:

"他是我哥哥。"

他竟然是她哥哥;她那自杀身亡的哥哥。"有什么,"他听见茜茜·米勒问,"我可以解释的吗?"

"没有!"他喊道。"没有!"

他已经得到了给他的遗赠。她已经向他讲了真情。她是迈出道牙去和情人相会的,她迈出道牙是为了逃离他。

合 与 分

　　达洛维太太介绍过他们后说,你会喜欢他的。其实没等说话,交流早在几分钟之前已经开始了,因为塞尔先生和安宁小姐两个都望着天空,在他们各自的心目中,天空一直倾诉着它的含义,尽管各有不同的理解,最后塞尔先生明明白白地出现在安宁小姐的身边,致使她干脆再也看不到天空本身,而是被罗德里克·塞尔高高的身材、黑黑的眼睛、灰灰的头发、紧握的双手、严肃忧郁的(但有人告诉她那是"假忧郁")的面庞撑起来的天空。尽管知道这有多傻。但她还是不由自主地说:

　　"多美的夜色啊!"

　　真傻! 傻透了! 但人在不惑之年面对天空,就不可以犯上一回傻吗,何况那天空能把最聪明的人变成弱智——只不过是几把稻草而已——她和塞尔先生,两个微粒,两点尘埃,站在达洛维太太的窗前。他们的生命在月光下看,如同昆虫的生命一样短暂,一样轻贱。

　　"嗳!"安宁小姐说,一边拍着沙发垫子表示强调。于是他挨着她坐了下来。他是不是像人们说的那样是"假忧郁"? 天空似乎使一切都变得无聊——他们的一言一行,他们的一举一动——在天空的激励下,她又说了些再平常不过的话:

"从前,有位塞尔小姐住在坎特伯雷,当时我还是那里的一个小姑娘。"

心中还想着那片天空,塞尔先生祖先的所有坟墓立即在一道浪漫的蓝光中闪现在他的眼前。他的眼睛睁得大大的,变得沙哑了,说道:"是的。"

"我们原先是个诺曼家族,随着征服者一起来的。有个理查德·塞尔就葬在大教堂。他是一名嘉德勋位骑士。"

安宁小姐觉得她无意中碰到了身为假男人基础的真男人。在月亮(对她来说,象征着男人的月亮,她能透过窗帘的缝隙看到它,而且她沐浴在月光中)的作用下,她几乎可以畅所欲言,便开始挖掘那个埋藏在假男人下面的真男人,一面对自己说:"继续,斯坦利,继续。"——这是她的一个暗号,一种秘密的激励,或中年人常常用来抽打某种根深蒂固的恶习的那种鞭子。而她的恶习与其说是胆小如鼠,倒不如说是懒惰成性,因为她真正缺乏的不是勇气,而是劲头,尤其是在跟男人说话的时候。因为男人叫她害怕,所以她的谈话往往流于乏味的老生常谈,再说她的男性朋友也寥寥无几——知己更是凤毛麟角,她想,但她到底需要不需要他们?不。她有萨拉,亚瑟,小屋,中国狗,当然,还有那个,她想,即便在她挨着塞尔先生坐在沙发上的时候也沉浸在那里面,沉浸在她所具有的击中聚集那里的什么东西,即一连串奇迹的目标的感觉中,她不相信其他人也会有这种感觉(因为只有她才拥有亚瑟,萨拉,小屋和中国狗),但她又一次沉浸在这种令人心满意足的拥有中,觉得由于这种拥有和月亮(月亮就是音乐),她就把这个男人以及他对那些埋葬了的塞尔家人的骄傲撇下。不行!那太危险了——她决不能陷入死气沉沉的境地——她这种年纪,绝对不能。"继续,斯坦利,继续。"

她对自己说,并且问他:

"你知道不知道坎特伯雷?"

"他知道不知道坎特伯雷!"塞尔先生笑了,心想这是一个多么荒谬的问题——她真是孤陋寡闻,这个会弹奏某种乐器的漂亮沉静的女人看上去聪明伶俐,有眼光,戴着一条十分精美的旧项链——知道这个问题意味着什么。人家问他是不是知道坎特伯雷。当他生活中最美好的岁月,他所有的记忆,他从来都不能对任何人说起,只有想办法写出来的东西——啊,他一直想办法写出(他叹息了一声)以坎特伯雷为中心的东西时,这个问题使他放声大笑起来。

他的叹息,还有他的笑,他的忧郁和他的幽默,招人喜欢,这一点他心中有数,但招人喜欢并不能补偿失望,要是他依赖人们对他的喜欢过日子(长时间地拜访善解人意的女士,很长、很长时间的拜访),那就有点儿苦了,因为他从来没有做到他能够做到的和一个坎特伯雷的男孩儿幻想着要做的十分之一。和生人在一起,他觉得重新燃起了希望,因为他们不会说他没有履行他的承诺,并且为他的魅力所折服也会给他一个崭新的开端——在人年已半百的时候!她已经触发了春天。田野、花朵和灰色的建筑,点点滴滴渗入了他的心田,在他心田荒凉、黑暗的墙壁上汇成银色的水珠,滴落下来。他的诗往往就以这样的意象开始。坐在这位沉静的女人身旁,他现在就感到了创造意象的渴望。

"知道,我知道坎特伯雷。"他说,以怀旧而感伤的语气,安宁小姐觉得,在诱导谨慎的问题,正是这一点使很多人都觉得他很有情趣,也正是他的这种能说会道、应对如流的能力使他无所作为,他每每这样想,要么是在这样的一次晚会过后(在这个季节,有时他几乎每晚都出去),解开他的领扣、把钥匙和零钱放在梳妆台上的时候,要么就是下楼去吃早餐,并在餐桌上变成了另外一个人,对妻子耍脾气、不客气的时候。他妻子是个病人,足不出户,但有些老朋友有时来看她,其中大多数是女朋友,对印度哲学和各种各样的治疗方法、形形色色的医生很感兴趣。罗德里克·塞尔对这点嗤之以鼻,他说话尖刻,用词巧妙,她根本无法应对,充其量也就是提几句温柔的规劝,掉一两滴眼泪——他算是一败涂地了,他常想,因为他不能与社会和女人的陪伴一刀两断,因为这些对于他都是不可或缺的,他也无法写作。他在生活里卷得太深了——想到这里他往往跷起二郎腿(他的一举一动都有点背离常规,与众不同),他不肯责备自己,而是责怪起他丰富多样的性情来,他有意偏袒,譬如说,把自己的性情与华兹华斯的相提并论。既然他给予人的这么多,他觉得,一边用双手支着脑袋,他们就应该用回报来帮助他,而这是谈话的前奏,颤悠悠的,引人入胜,令人兴奋;各种意象在他的脑海里翻腾。

"她像一棵果树——像一棵花儿烂漫的樱桃树。"他望着一位长着一头漂亮的白发、还算年轻的女人说。这是一种美好的意象,露丝·安宁想——相当美,但她拿不准她是否喜欢这个指手画脚的杰出而忧郁的男人;奇怪,她想,怎么一个人的感情会受影响。她不喜欢他,尽管她挺喜欢他把女人比做樱桃树。她的性情漂浮不定,变幻莫测,宛如海葵的触角,时而激动,时而冷漠,她的大脑远走高翔,冷静渺然,接受着它及时汇总的信息。这样一来,当人们谈起罗德里克·塞尔时(他是一个小有名气的人物),她会毫不犹豫地说:"我喜欢他。"或者"我不喜欢他。"她的主意是一成不变的。一个奇怪的想法;一个严肃的想法;对人间友情的构成做出了新颖的说明。

"奇怪，你竟然知道坎特伯雷，"塞尔先生说，"遇到这种情况总令人震惊不已，"他继续说，（那位白发女郎已经过去了）"那就是，当一个人与另外某人不期而遇时，"（他们又素昧平生）"那人却碰到了对自己关系重大的事情的边缘，这种触碰纯属偶然，因为我想，坎特伯雷对你而言，只不过是个优美的古镇而已。这么说你和你的一位姑妈在那儿呆了一个夏天？"（那正是露丝·安宁要告诉他的关于她的坎特伯雷之行的全部内容。）"你看了看风景，然后一走了之，再也没有想起过它。"

让他就这样想去吧；由于不喜欢他，她倒希望他带着对她的一种荒谬想法赶快离开，因为说真的，她在坎特伯雷的三个月着实令人吃惊。每一个细节她都记得清清楚楚，尽管那只不过是一次随意出行，去看她姑妈的一个熟人夏洛特·塞尔小姐而已。甚至现在她还能一字不漏地重复塞尔小姐关于雷声的一些话。"夜里我一醒来，或者听到雷声，我就想'有人被杀了'。"她还能看到那块结实的、毛茸茸的、有着菱形图案的地毯，还有那位老小姐闪闪烁烁、泪水盈盈的褐色的眼睛。她手里端着半杯茶水，嘴里讲着打雷的事儿。她总是看到坎特伯雷，雷云密布，苹果花白茫茫一片，建筑物的后背长长的，灰突突的。

雷声把她从中年人过分的冷漠昏沉中惊醒。"继续，斯坦利，继续。"她对自己说；也就是说，根据这个假设，这个男人不会像其他人那样从我身边溜走；我愿意对他倾诉衷肠。

"我爱过坎特伯雷。"她说。

他立刻激动起来。这是他的天赋，他的过错，他的命运。

"爱过他，"他重复着，"看得出你是爱过。"

她的触角发回了这样一条信息：罗德里克·塞尔人很好。

他们的目光相遇了;更确切地说是相撞了,因为他们彼此都感觉到眼睛背后那个隐蔽着的人儿,他坐在黑暗中,而他那浅薄、机敏的同伴翻着跟头,做着手势,让表演继续,这时他突然直立起来;甩掉他的披风;面对着他的同伴。这令人惊恐;这十分可怕。他们都上了年纪,都磨得光亮平滑,所以罗德里克·塞尔一个季节,或许会参加十几次晚会,觉得没有什么非同寻常之处,或者仅仅感到有些感情上的遗憾,还有对于美丽意象的渴望——就像花儿烂漫的樱桃树这样的意象——自始至终在他心里滞留着一种对同伴的优越感,一种怀才不遇的失落感。这使他对生活,对他自己产生了痛切地不满,于是呵欠不断,内心空虚,情绪无常。但是现在,突然之间,像迷雾中一道白色的闪电(但这个意象本身熔合着闪电的必然性,赫然隐现出来),已经发生了;那古老的生活的狂喜;它的无坚不摧的突袭;因为它令人不愉快,同时它又欢喜雀跃,青春焕发,用冰与火充塞着血管和神经;它令人恐惧。"二十年前的坎特伯雷。"安宁小姐说,就像一个人用一个罩子罩住了强烈的灯光,或是用一片绿叶盖上火红的桃子,因为它太强烈,太成熟,太丰满。

有时候她真希望自己结了婚。有时候中年生活的冷清,及其防护精神和肉体免受伤害的自动机制,对她来说,与坎特伯雷的雷声和白茫茫的苹果花相比,似乎显得卑贱。她能想象出某种不同的东西,更像闪电、更加强烈的东西。她能想象出某种肉体的感觉。她能想象出——

说来奇怪,因为以前她从未见过他,她的感觉,那些激动和冷漠的触角,现在不再传递信息了,现在纹丝不动了,仿佛她和塞尔先生彼此相知有素,事实上,他们紧紧地结合在一起,只能并肩地顺流漂下。

万事万物中,再没有比人的交流更奇怪的了,她想,因为它千变万化,它毫无理性,眼下她讨厌的简直可以说是最强烈、最狂热的爱,但"爱"这个字眼却偏偏直蹿到她的心头,她摒弃它,再次想到头脑是多么的朦胧费解,它用寥寥数语来形容这一切惊人的感觉,这一切痛苦与欢乐的交替。怎么说呢。那就是她现在的感觉,退避人间的爱情,塞尔销声匿迹,他们俩都迫切需要掩盖那件对人性贬损作用过大,以致人人都竭力体体面面地予以埋藏的东西——这种退避,这种背信,为了寻找某种得体的、约定俗成的埋藏形式,她说:

"当然,无论他们做什么,他们也毁不了坎特伯雷。"

他笑了,他接受了这种看法;他换了个方向跷着二郎腿。他们各自尽着各自的责任;事情就这样结束了。于是那种麻痹、空虚的感觉立即袭上他俩的心头,这时候头脑僵化了,这时候脑壁如同石板;这时候空虚简直使人伤痛;而眼神发呆,死死地盯着一个地方——一个图案,一个煤斗——一丝不苟,令人生畏,因为没有任何感情,任何想法,任何印象来改变、缓和、修饰这种状态,因为感觉的源泉似乎封住了,头脑变僵了,身体也变僵了;僵硬得如同雕像一般,所以无论塞尔先生还是安宁小姐都既不能动,又不能说,后来他们才觉得仿佛有一个巫师解救了他们,生命之流在每条血管里奔涌,因为这时候米拉·卡特赖特顽皮地拍了拍塞尔先生的肩膀说:

"我在'名歌手'协会看见你了,可你没有理我。坏蛋。"卡特赖特小姐说,"你就不配我再和你讲话。"

于是,他们可以分手了。

总　　结

　　既然屋里又热又挤,既然在这样的夜里没有潮湿的危险,既然灯笼像红红绿绿的果子挂在一座着了魔的森林的深处,伯特伦·普里查德先生便带着莱瑟姆太太进了花园。

　　露天的空气和身处户外的感觉使萨莎·莱瑟姆这位高大、漂亮、形容懒散的女士愣了神儿。她仪态万方,所以人们绝不相信她在晚会上不得不说点什么时会有极不适当、笨嘴拙舌的感觉。但事实的确如此;所以她很高兴和伯特伦在一起,因为即便是在户外,也可以放心地和他不停地聊下去。把他的话写下来是难以置信的——他所说的事情不仅样样鸡零狗碎,而且不同的议论之间没有任何关联。事实上,如果一个人拿着铅笔逐字逐句记录他的话——他一个晚上的长篇大论足以写一本书——读读这些话,谁也不会怀疑:这个可怜的男人智力低下。其实情况并非如此,因为普里查德先生是个德高望重的文职官员,最低一级的巴思爵士;但更奇怪的是,他几乎总是讨人喜欢。他的嗓音中有种音调,某种口音或者重音,而他那些格格不入的思想闪着某种光彩,他圆鼓鼓、胖乎乎的棕色脸膛和红胸知更鸟般的身材散发出某种力量,某种无形的、难以捉摸的东西,它存在,兴盛,让人觉得跟他的话并不搭界,实际上往往背道而驰。于是萨

324

莎想起事来,而他则喋喋不休地谈他的德文郡之行,谈小旅店和老板娘,谈生张和熟魏,谈奶牛和夜行,谈奶油和星星,谈大陆的铁路和火车时刻表,谈捉鱼、着凉、流感、风湿病和济慈——她在理论上把他看成一个其存在就是有益的人,在他说话时把他塑造成与他所说的完全不同的样子,当然是真正的伯特伦·普里查德的样子,即使谁也无法证实这一点。怎样才能证实他是个忠实的朋友,又富有同情心,又——但在这会儿,如同常有的情况那样,和伯特伦·普里查德说话时,她却忘了他的存在,开始想别的事儿。

现在她想到的是夜晚,她把身子稍稍蜷到一起,抬头仰望天空。她突然闻到了乡村的气息,星空下寂静的田野;但在这儿,在威斯敏斯特的达洛维太太的后花园里,这种美,使她这个土生土长的乡下人激动不已;或许是因为这种反差;在那里,干草的味道飘散在空气里,而她身后的房间里却满屋子的人。她和伯特伦一起散步;她举步投足颇像一只雄鹿:脚踝一弹、身子一摆,威严,沉默,激起了所有的感官,竖起耳朵,嗅着空气,仿佛她是什么野生动物,但又被很好地控制住了,在夜里享受欢乐。

"这是最令人惊奇的东西,"她想,"人类最伟大的成就。哪儿有柳树林和划过湿地的小圆艇,哪儿就有这个。"然后她想到了干燥、结实、建造精美的房子,里面有贵重的物品,人们熙熙攘攘,来来往往,交换意见,相互激励。而克拉丽莎·达洛维在漫漫长夜里把房子打开,在沼泽上铺上了铺路石。当他们走到了花园的尽头(其实花园极小),她和伯特伦在帆布折椅上坐下时,她肃然起敬、满怀热情地注视着这幢房子,仿佛一支金箭穿透了她的心,上面聚着泪水,随后就感激涕零了。尽管她害羞,突然见到什么人时几乎说不出任何低三下四的话来,但她对别人却佩服得五体投地。要是成为他们那才绝呢,但她注定只能做她自己,这样不声不响,满怀热情,坐在外面的花园里为她自己被排除在外的人类社会喝彩。赞美人类的诗句涌到她的唇边;他们可爱、善良,尤为重要的是勇敢无畏;黑夜和沼泽的征服者们,幸存者们,那些不畏艰险扬帆远航的冒险家们。

由于命运的捉弄她无法跻身其中,但她可以坐在那儿赞叹。而伯特伦口若悬河说个不停,他参加过航海,当过船上的服务员,或普通水手——一名常常快乐地吹着口哨往桅杆上爬的人。这样想着想着,前面那棵树的枝杈也沉浸在她对屋子里那些人们的羡慕之中;滴着金露,或挺拔得像个哨兵。它是那个英勇、狂欢的群体的组成部分——是一根悬挂着飘扬的旗帜的桅杆。靠墙那边有只桶,她也赋予了这种含义。

伯特伦是个手脚闲不住的人,他突然想查看一下庭园,于是他跳到一堆砖上,从花园墙上张望过去。萨莎也望了过去。她看见一个水桶,或许是一只靴子。刹那间幻觉消失了。眼前又是伦敦;这个广阔的、漫不经心的、没有人味的世界;公共汽车;冗繁的事务,酒馆前面的灯;还有打着哈欠的警察。

满足了好奇心,用片刻的沉默补充过奔涌的话源后,伯特伦又拉过来两把椅子,邀请某某先生和夫人与他们同坐。他们又重新落座,注视着同一幢房子,同一棵树,同一只桶;只是因为看过了墙外,瞟了一眼那只水桶,或者不如说伦敦我行我素的情景,萨莎再也无法给这个世界喷洒金云了。伯特伦滔滔不绝,而某夫妇——就是要掉她的命,她也记不起他们到底姓华莱士还是弗里曼——不时应答几句,他们的话统统穿过金色的薄雾掉进平淡的日光里。她望着那幢干燥、粗大的安妮女王时期的住宅;她努力回忆着在学校里学过的关于桑尼岛、划小圆艇的男子、牡蛎、野鸭和雾霭的情况,但这些对她来说,就好像是排水管、木匠一类可想而知的事情,而这次聚会——只不过是一群穿晚礼服的人而已。

然后她问自己,"哪幅景象才是真的?"她可以看到那个水桶和那座一半亮灯一半黑着的房子。

她向那个她借别人的智慧和力量,以自己谦卑的方式创作出的某人问了这个问题。答案往往不经意地出现——她知道她的矮脚长毛垂耳老狗曾用摇尾巴的办法来回答。

现在,那棵树,失去了金色和威严,似乎给她提供了一个答案;变成了一棵田野里的树——沼泽里惟一的一棵树。她常看见这棵树,看见彤云在它的枝间飘荡,或者月亮裂开了,射出散乱的银光。但是什么答案呢?呃,灵魂——因为她觉察到体内有种生命在东碰西撞,力图逃走的行动,她一时管它叫"灵魂"——生来就没有伴侣,是只寡居鸟儿,一只孤零零地栖息在那棵树上的鸟儿。

但后来,伯特伦以他那种随便的方式挽住她的手臂,因为他从她小的时候就认识她。他说他们没有尽到责任,所以必须回到屋子里去了。

这时,某条后街或者某家酒馆里,传来了那种平常、可怕、分不出性别、模糊不清的声音;一声尖叫,一声哭嚎。那只寡居鸟儿受了惊,飞走了,绕飞的圈子越来越大,直到它飞得远远的(这就是她所谓的灵魂),如同被人扔石头惊起飞到空中的乌鸦一样遥远。